正妻無雙

1

文創風 858

含舟 著

目錄

風文創 858

序

含舟

小時候家中並不富裕，沒有電腦，電視也只有不超過十個頻道可供挑選，娛樂生活單調乏味，但幸運的是，還有一項活動可以在我稱得上乏善可陳的生活中描繪出極其斑斕的一筆——讀書。

我家附近有一座書城，裡面的書可以供人隨意觀看，直到今天我都清楚記得那家書城的每一寸擺設，因為我兒童和青少年時期的課餘時間都是在那裡度過的。那時我與許多人一樣，在沒有凳子的書城中隨意找個角落，盤著腿翻開一本本書，毫不誇張的說，我可以在那裡輕輕鬆鬆的消磨一整天的時間，樂在其中，並且一點都不感到枯燥。

那時候提供人免費閱讀的書有限，經不起挑剔，因此我的口味極廣，從漫畫書到中外名著，沒有我不喜歡的書，那樣單純又熱烈的愛著書本中的每一個文字、每一筆線條，現在想來，應該是我人生中最能靜得下心來的一段時間了。

等到讀了中學，網路文學漸漸興起，也給我帶來了嶄新的樂趣，我開始愛上這種令人耳目一新又讓人驚豔的文學作品，可能是受過往經歷的影響，我同樣不挑題材，不局限於言情小說、玄幻、仙俠、軍事歷史等等等等，只要是文筆流暢、引人入勝，我都愛讀。如果非要說更偏愛哪一種，可能因為我對歷史這門課情有獨鍾吧，我更喜歡偏古風的小說。

隨著讀過的小說越來越多，我發現自己的腦中開始頻繁的出現一些片段，有時是一個不經意的腦洞，有時是類似於電影畫面的情景，有時可能是一串串文字，我開始迫不及待的將這些腦海中的片段具像化成現實世界的文字，相信每個愛讀書、特別是愛讀小說的人都有這樣的經歷，靈感和腦洞在心中憋得太久，是真的會噴湧而出的，這時候就會知道，這篇文章我非寫不可。

開始構思這套《正妻無雙》，其實是在好幾年前，那時候的言情小說喜歡在主角的感情之路上設置各種各樣的艱難險阻，而這種困難一般都是針對女主角的，更有甚者，男主角本身可能就是這些艱難險阻的製造者，讓人看了為女主角的悲慘遭遇感同身受、如鯁在喉，當時我的腦海中開始構思出一個淡然堅定的女主角，和稍微有點不一樣的男性角色。

謝懷章這個男人有什麼優點嗎？當然有很多，他相貌出眾、身居高位，更掌握著無可比擬的權勢，但這些都是次要的，因為幾乎每本小說的男主角都有這樣的設定；相反的，相貌醜陋、身無長物，這樣的男主角在小說的世界觀裡才是奇特。如果說謝懷章這個角色有哪裡不同，我認為是他懂得「尊重」兩個字，他愛上容辭，喜歡她，欣賞她，但是並不會用自己的權勢去傷害她，他的愛不是居高臨下的占有慾，也不是咄咄逼人的輕視，而是將她視為與自己平等的愛人的尊重，這，可能就是我塑造這個人物最大的原因吧。

一切外貌、財富、權勢上的優勢都是為了吸引目光的錦上添花，我希望這世上每個渴望愛情的女孩子都能找到深愛她、願意尊重她的戀人和伴侶。

楔子

時值九月，京城的暑氣尚未散去，仍留有一絲燥意，黃昏的陽光不熱烈，卻映得人有些睜不開眼。

恭寧街上，各式馬車和轎子絡繹不絕，井然有序的向著恭毅侯府駛去——今天正是恭毅侯府老夫人的五十五壽辰，全京城半數的達官顯貴都過府赴宴，為這位誥命夫人祝壽。

恭毅侯府雖是權貴，但因軍功起家不握實權，分量不怎麼重，更不用說上任老侯爺在位時，侯府已經不復祖輩時的威赫了，老夫人的壽辰無論如何也擺不出什麼大場面，幸而如今的恭毅侯顧宗霖卻是個爭氣的，不僅使侯府恢復了往昔榮光，還有更上一層樓之勢，實在不能不令人欽佩。

顧宗霖原本並不是世子，在諸兄弟中排行第二，不靠父輩庇蔭，反而走了科舉的路子，他也著實聰敏，十五歲中了舉人，十九歲就成了進士，是個實實在在的少年英才。

按說這位侯府二爺如果照著文官的路子走下去，憑他的本事，將來入閣拜相也並非不可能，可意外的是，幾年後侯府的大爺因病去世，他便被冊封為世子，後來襲了家裡的爵位，趕上了新帝登基沒幾年，喜歡重用有才華學識的年輕人，顧宗霖便抓住機會棄文從武，又從一眾青年才俊中脫穎而出，成為了當今聖上的心腹幹將。

這世上從來都不缺錦上添花的人，因此便有了老夫人壽辰這賓客如雲的盛況。

顧宗霖回府下了馬，隨手將馬鞭扔給身後的小廝，急走兩步，進入大門，和客人們寒暄兩句，道了一聲「失陪」，便繼續朝裡走去。

恭毅侯府經過近些年來幾次修繕，已非往昔的模樣。處處雕欄玉柱，隨處可見蔥郁的花草，假山石壁也蜿蜒精緻，分外賞心悅目。佈景雖不十分奢侈，卻能體現主人家的身分。然而顧宗霖卻沒有駐足欣賞的意思，一路目不斜視向後院走去。

他過了垂花門，剛要進正院，卻突然停下了腳步。

身後名叫朝英的侍從打小伺候他，冷不防隨他停住，不禁問道：「侯爺，咱們這不是去給老夫人請安嗎？」

顧宗霖略一思索，腳下就轉了向。「不，先去一趟靜本院。」

朝英這次是真愣住了，前面主子走遠了才反應過來，忙不迭跟上，心裡卻納悶起來。

府裡的人都知道，侯爺和侯夫人許氏關係並不好，只有剛成親那會兒算得上相敬如賓，後來竟越發疏遠，至於近幾年，兩人已經等閒不見面了。

在這府裡，老夫人居於正院，侯爺自己的三省院在正院東邊，諸位側室按位分住在三省院附近，侯夫人的靜本院反而在正院的西邊，還不如側室住得離侯爺近。

夫人近年來總是臥病，無力主持中饋，府中下人也不怎麼巴結，兼之她又多年無所出，反而是侍妾們一個接一個有子，除去流產夭折的，侯爺共有三子二女，竟無一者嫡出，皆是庶出。這樣一來，府裡更像是沒許氏這個人似的。

朝英到底是跟在顧宗霖身邊的老人了，此中內情知道得一清二楚，因此私底下不免有些同情這位明面上尊貴的恭毅侯夫人，現在侯爺突然說要去靜本院，怎麼能不叫他驚訝。

靜本院裡下人並不多，其他各院的人都熱火朝天的忙著準備老夫人的壽宴，正房夫人的院中卻一片死寂，幾個僕婦靠在抄手遊廊上打盹，兩個剛留頭的小丫頭在一邊翻花繩，一副百無聊賴的樣子。

院中的造景倒還能看，不能說是簡陋了，但卻沒有一絲生機，竟給人一種荒涼的感覺，彷彿是無人居住的廢院。

朝英看到顧宗霖皺了皺眉。

這時，從耳房裡走出來一個丫鬟，手裡端著托盤，正是侯夫人身邊的大丫鬟雲清，她走到廊上看到了站在門口的顧宗霖二人，當下嚇得一哆嗦，差點將托盤上的藥灑出來，急忙行禮。

「侯爺……奴婢見過侯爺。」

聲音驚醒了旁邊的僕婦和丫頭們，嚇得幾人馬上跪在地上。「見過侯爺！」

顧宗霖沒去看她們，只對雲清問道：「你們夫人呢？」

雲清心中激動，侯爺許久不曾踏足靜本院，其他人都捧高踩低，全當沒夫人這個人，現下侯爺好不容易來一次，一定要抓住機會讓侯爺知道夫人的委屈。

她福身恭敬地答道：「回侯爺的話，夫人近來身子一直不適，近幾日尤其嚴重，以至於不能起身，飯也吃不多。」

顧宗霖聽了，眉頭皺得更緊了。「你們是怎麼伺候的，怎麼不請太醫？」

雲清低下頭。「府裡的規矩，請宮中太醫過府瞧病必要用正堂的帖子，現下是劉姨娘……劉夫人暫理中饋，我們使人去要帖子，前幾次還罷了，這幾次劉夫人說最近請太醫請得過於頻繁了，沒的叫人說侯府行事輕狂，只讓普通大夫來瞧了瞧，大夫說夫人身體氣血虧虛，只交代好生養著，開了幾服滋補的藥罷了。」

顧宗霖聽了心下一緊，分辨不出是什麼滋味，他伸出手猶豫了一下，還是端住了雲清手中的托盤，對朝英道：「你親自帶她去要帖子，再敲打劉氏兩句。」

朝英應了一聲「是」，帶著欣喜不已的雲清退了下去。

顧宗霖走到門口，躊躇了一下，又不由自嘲一笑，他行事一向果決，剛才短短的一刻鐘裡卻猶豫數次，簡直都不像自己了。他一邊想著，一邊將門簾子拉開走了進去，穿過屏風，又進入臥室。

許容辭並沒有在床上，而是斜臥在臨窗的榻上睡著了。她穿著一襲素白的寢衣，臉上粉黛未施，在這還有些熱氣的月分裡，身上還蓋了一層不薄的毯子，右手隨意的搭在迎枕上，將頭側倚在手臂上，烏黑蜿蜒的頭髮上一支髮飾也無，就這樣散在身後，一縷秀髮從耳後穿過胸前，順著臥榻滑下，落在了地上。

真是好久不見了，顧宗霖想。

他總是冰冷毫無波瀾的雙眸中泛起了複雜的神色，定定的看了榻上的女人半晌，才將手中的托盤放在榻邊的几案上，卻不料就驚醒了本來就睡得不甚安穩的人。

容辭最近身體確實很差，一天比一天虛弱，頭整日暈沈沈的，夜裡卻整宿睡不著覺，今天好不容易歪著睡了片刻，正在半夢半醒間，卻突然被一點細微的動靜驚醒了。

她低低的呻吟了一聲，費力的抖了抖纖長的睫毛，掀起眼皮微微抬頭，正看到顧宗霖立在榻前。

容辭有些意外，張嘴想說什麼，卻引起了一陣咳嗽，不由撫著胸口深深的喘息了幾下，說道：「侯爺……咳咳，侯爺今天怎麼有空過來？」

顧宗霖從剛才起就站著一動不動，深深地看著自己許久未見的妻子，竟有些想不起多年前兩人成婚那天，他掀起蓋頭看到的那張稚氣豐潤的臉龐到底是什麼樣子。

此時的她身材纖細，甚至能明顯看出骨骼的輪廓，下巴削尖，鳳目半開半合，彷彿被那纖長濃密的睫毛墜得睜不開眼，皮膚和嘴唇蒼白毫無血色，看上去沒什麼精神。

他側坐到榻上，替她整了整身上的毯子。「身子還好嗎？」

這句話問得生硬無比，許容辭笑了笑，重新將頭歪在了迎枕上，呼出了一口氣。「侯爺無事不登三寶殿，您就直說了吧，能做的我一定依您。」

顧宗霖的手僵了一下，緊緊地盯著她。「妳就是這麼想的嗎？」

有？」

「哦，」許容辭漫不經心的說：「是我想錯了，您原來是關心我來著，旁的什麼事也沒有？」

顧宗霖被她的話一噎，冷下了臉。

許容辭斜眼看了他一眼，不禁笑了起來。「您這麼跟我頂著有什麼意思呢？該辦的事還是辦不成，有話直說不好嗎？」

顧宗霖聽著她因為久咳而變得有些沙啞的嗓音，到底還是開了口。「妳可知宮中正在各府遴選伴讀？」

許容辭搖了搖頭。她常年待在這院子裡，出都出不去，消息閉塞得很，哪能知道宮裡的事呢。「我只聽說當今陛下一直無嗣，怎麼，後宮哪位娘娘添了皇子嗎？」

顧宗霖道：「後宮還是無出，不過前幾年陛下從各王爺處挑選了幾位公子養在宮中，怕是要過繼呢。」

這也是應有之義，當今昭文帝勤政愛民，文成武德，是個難得的明君，但過了不惑之年，後宮諸妃始終都沒有為他誕下一兒半女。儲君未立，國本不穩，在眾臣眼中，這一項缺點，抵得過他所有的功績，他也確實到了該立太子的時候了。

「……送到宮中的伴讀，都要求是嫡出。」

許容辭向後仰了仰頭，讓自己靠得更舒服些。「然後呢？」

顧宗霖道：「我想將阿崇歸到妳的名下，記為嫡出。」

這個要求其實並不合理，畢竟就算是嫡母收養庶子，一般也會挑年幼從小養大的，甚至為保險，還會去母留子。顧崇是顧宗霖的次子，今年已經快七歲了，記事以來總共見過嫡母兩次，他生母尚在，正是侯府中最得臉的側室劉氏，這在所有正房主母眼中，真是差得不能再差的條件了。

顧宗霖以為她會不滿，會委屈，甚至難過流淚。他知道這樣對她不公平，但目前的局勢不能再拖了，不然他也不會來難為她。

可是出乎意料的是，許容辭聽了之後很平靜，並沒有任何委屈的表示，只是看著他問：「劉氏也願意嗎？」

顧宗霖點頭。「她能有什麼不願意？」

許容辭挑一挑眉。看來劉氏也是個蠢貨，既然同意兒子記在嫡母名下，就應該日日上香祈禱主母長命百歲才對，她居然一副巴不得她明天就死的樣了，真是腦子進水。

不過就算劉氏現在反悔，真的去求神拜佛，也已經太遲了。

許容辭感覺一陣胸悶，有些透不過氣，又閉上眼深吸了口氣，睜開眼，聲音越發虛弱了。「侯爺……你要做的事，我從未阻攔過，這次也一樣，咳咳……」

顧宗霖不知怎的心裡不痛快，他站起身。「既然妳同意了，我就著人去辦。」

許容辭仰頭看著他，心裡的話還是說出了口。「侯爺，您知道當初那事不是我做的，對嗎？」

顧宗霖猝不及防，整個人都僵住了，站在原地動也沒有動。

許容辭看他這種樣子，心裡什麼都明白了，她重新躺了回去，突然有些意興闌珊。「我說……咳、說句實話吧，您把二爺記在我名下，不僅會害了他，還會讓您自己騎虎難下。」

顧宗霖還沒從她剛才的話裡恢復過來，沒有回答。

「我的身子我自己知道，看上去不比之前嚴重，但這次怕是真的不會好了。您將來有了繼室，未必不能生個真正的嫡子……如此，讓二爺如何自處呢？」

顧宗霖這才回過神來，不由皺了皺眉。「妳這是什麼話，太醫今天就會過來，劉氏我也已經讓人敲打過了，妳何苦自己咒自己呢？」

許容辭苦笑了一聲閉上眼，不想再和他說一句話。

「好生養著，族譜上已經改過名字了，等妳好些了就叫阿崇來給妳敬茶。」說完，顧宗霖轉身要走，卻感覺被拉了一下，向下一看，妻子蒼白削瘦的手緊緊地拉住了他的袖子。

他的心重重的一跳。「妳……」

「侯爺，不管我今後是死是活，好歹看在咱們這麼多年夫妻的分上，答應我一件事吧。」

顧宗霖瞬間平靜了下來。「妳說說看。」

「我這一輩子，掛心的人就兩個，我母親是一個，妹妹算一個……現在我母親已經去了，我妹妹雖說是庶出，到底是我唯一的親人，我不求您能時時照看，只求能讓她一家子平平安安就好。」

看到顧宗霖點頭，她的手就緩緩鬆開了。「侯爺慢走。」

顧宗霖停了一停，大步走了出去。

許容辭仰著頭，兩眼無神的看著上方，剛才短短的對話就將她的體力消耗得一乾二淨，她其實想多說幾句，不管跟誰都好，可是身體卻已經虛弱到極限了。

感受著越來越困難的呼吸和沈重得動彈不得的身體，她甚至覺得整個世界寂靜得只剩下她一個人，眼睜睜的感受到死亡的滋味真是糟透了。

為什麼是我呢？許容辭不禁自問，為什麼遭受這一切的人是我呢？這輩子她沒有害過人，沒做過任何傷天害理的事，盡可能的讓身邊所有人滿意，上敬父母，關愛小妹，照顧夫君，孝順公婆，又有哪裡做錯了呢？

她苦笑了一下，手下意識撫上了平坦的小腹——可能真的有一件事做錯了，如果不是……現在也好歹有個孩子陪著自己呢，不至於得一個人在孤獨寂寞裡死去。

淡淡的悔意湧上心頭，她在那一點點的不甘裡，輕輕閉上眼睛……

第一章

容辭確定自己已經死了。

脫離了虛弱到極致的身體的束縛，她感到了前所未有的輕鬆，甚至覺得死了也沒什麼不好，但她實在太怕寂寞了，她希望死後的世界能熱鬧一點，最好有一群小孩子的笑鬧聲，而不是現在這樣，死寂一片。

慢慢的，她的意識有些模糊了，好像開始迅速的回顧自己的一生。

一會兒好像被人整個抱在懷裡，眼前模糊一片，隱約聽到身邊的人驚喜的笑聲。「夫人，這就是咱們的女兒，名字麼……這一輩的女孩兒從『容』字，《禮記・冠義》上說：『禮義之始，在於正容體，齊顏色，順辭令。』容、顏、辭……就叫她『容辭』吧，小字就叫顏顏，這是咱們的顏顏。」

她驀然明白了說話的人是誰，還沒等她傷感，場景就變了。

這次她正跪在地上，喉嚨嘶痛，滿臉淚水，入目是一片滿眼的白色，周圍皆是一片哭聲，其中最尖銳的來自於她的母親，母親溫氏趴在黑色的棺木上，哭得歇斯底里，狀若癲狂。「你好狠的心哪……就這樣走了！丟下我們孤兒寡母，又能去靠誰！」

容辭低下頭，淚水不斷地滴在身前小小嫩嫩的手上——這一年，她剛滿六歲。

場景又變了，這次她跟著幾個姐妹躲在屏風後面，看著她們爭相向外窺視，三堂姐許容菀指著廳上一人悄聲道：「看見了沒，那個最英俊的，就是恭毅侯家的二公子，他是這一批青年中最出眾的，還沒及冠，就已經中了進士，還是一甲的榜眼呢。」

容辭心中升起了一點興趣，不禁向外看了一眼，正看到了那個穿著深青色衣衫的青年。他看上去十八、九歲，作為一個已經進士及第的人來說，確實相當年輕，身材修長，面如冠玉，但神情嚴肅，眼神裡盡是冷峻的神光，看上去不怎麼溫柔，但確實很英俊……

還沒等容辭再看幾眼，那個青年就把目光移向了這邊，正好跟她撞了個正著，嚇得她趕緊縮回了屏風後。

這時，就聽到身後五堂妹許容佩對許容菀恭維道：「聽老祖宗說，咱們家有意與恭毅侯府結親。我看啊，也只有堂姐妳，才能與這位出身侯府的少年進士相配呢。」

許容菀嬌羞的聲音開始變得模糊。「說什麼呢……八字還沒一撇的事……」

下一個場景是在老夫人院中的正房裡，容辭跪在冰冷的地上，身下連個墊子都沒有，上首坐的是各房的長輩和姐妹，除了自己的母親和妹妹之外，個個都用冷漠怪異的目光盯著她，凍得她的心比膝蓋還涼。

「祖母……」許容菀坐在祖母郭氏身邊抽噎著。「一定是四妹私下瞞著我們做了什麼，不然顧府怎麼會好端端的改向她提親？換誰不好，非要換一個剛及笄的黃毛丫頭！」

她邊哭邊狠狠的瞪著容辭。「妳說！我哪裡對不起妳？妳處心積慮的破壞我的親事，不知羞恥，連未來的姐夫都能勾引！」

容辭跪在地上百口莫辯，她和顧二公子根本沒有交集，只有在聚會上大庭廣眾之下見過面罷了，可說了誰又會信呢？就如許容菀所說，誰會在沒有任何貓膩的情況下捨棄靖遠伯府的嫡次女，而選一個庶房喪父的孤女？辯解的話已經說了千百遍，但是毫無用處。

容辭感覺到投在身上的譏諷和鄙視的目光，淚水差點奪眶而出，但當眼角餘光看到身側母親溫氏絞在一起幾乎要掐斷了的手，又硬生生的忍了回去——她不能再讓母親更難過了。

「好了阿菀，事已至此，我們只能認了，放棄了妳，吃虧的是顧府。」老夫人郭氏的嚴厲聲音在上方響起。「至於妳，四丫頭，不論妳使了什麼手段，我都不管了。妳父親是庶出，但我自問沒虧待你們二房，妳敢做出這種事，可見是沒把我當祖母，但妳最好還記得妳將是恭毅侯府的人，從現在起需謹言慎行，否則，妳嫁到顧府也立不穩。」

郭氏掃了一眼在一旁坐立難安的溫氏，繼續說：「眼看親事就要成了，我也不多罰妳了，家法過後，妳就先去萬安山上的莊子住兩個月吧，免得在府裡惹是非，妳自己這麼能幹，也不用多帶人去伺候了。」

這帶著暗諷的話刺得人抬不起頭來，容辭卻只能一言不發的聽從。

回憶的片段一次比一次時間長，場景轉換間，容辭有了不太好的預感——按照時間順序來說，接下來要發生的不會是……

容辭馬上感覺自己疼得渾身顫抖，她被堅硬的石子刮出了帶血的傷痕。

這是位於萬安山莊子後山的一個隱蔽山洞裡，外面下著瓢潑的大雨，整片天空都黯淡無光，山洞中常年照不進一絲光線，容辭一個人上山採果子，誰知突然下雨，她避至山洞躲雨，不料遭人襲擊。

容辭看不清那男子的臉，只知道他意識非常不清醒，卻還緊緊箝制住她，她抽噎了一下，從未經歷過的痛苦讓她手指驟然抓進了泥土中，甚至沒有餘力思考失去貞潔的後果。

這簡直是一場噩夢，不知過了多久，男人停止了動作，無力的倒在她身上，容辭用盡全身的力氣推開身上的男人，對方毫無掙扎，似乎是陷入了昏迷。她驚懼的顧不上山洞外的大雨，胡亂的攏了攏身上的衣服，忍著身上的疼痛踉踉蹌蹌的跑出山洞。

不知過了多久，當容辭再次恢復意識的時候頭暈沈沈的，迷迷糊糊的感覺到眼前一片紅色，什麼也看不清，只知道自己已經從過去那一段又一段的記憶中脫離，又恢復了自主權。

人死後就是這樣的情形嗎？耳邊響起的是喧鬧吵嚷的聲音，隱隱約約聽到好多人在笑，還有模糊的說話聲。

容辭終於清醒了，她震驚的將視線下移，看到的是自己交握在腹部的雙手，下面是繡著龍鳳呈祥的大紅色喜服，寬大的裙襬遮住了雙腳，但幾乎不用想也知道腳上穿的會是什麼。

現在是什麼時候？這能是在什麼時候？

容辭還處在茫然不可置信的情緒中，頭上頂著的紅蓋頭下突然伸來一枝繫著紅綢的長桿，她眼睜睜的看著蓋頭被掀了起來，眼前重新恢復了明亮。

年輕了十五歲的顧宗霖居然就站在自己面前！

容辭有些怔忡的看過去，對上了顧宗霖隱含了一點不耐的眼睛。

就是這個眼神！十五年前她懷著忐忑不安的心情被揭開蓋頭時首先看到的就是這個眼神。

這時，一個丫鬟端著兩個酒杯過來了。「二爺，該飲合巹酒了。」

顧宗霖皺了皺眉。「放下吧，妳們都退下。」

站在邊上的丫鬟僕婦面面相覷，想提醒他這不合規矩，卻又不敢違逆命令，只得退了出去。容辭帶來的幾個丫鬟卻沒立刻動，看到容辭點了點頭才出了房間。

容辭不動聲色的挑了挑眉，輕輕垂下眼，她需要時間想明白這究竟是怎麼回事，這一切是夢境，還是現實？

顧宗霖坐到了床邊，打量了一下自己名義上的妻子。

聽說她剛滿十五歲，其實才剛到可以成親的年齡，所以個兒不高、身材嬌小，腰肢纖細卻不骨感，皮膚相當白皙，嫩得彷彿吹彈可破，小臉上還帶了點嬰兒肥，杏眼圓圓，口唇小巧，眉色淡淡。

總的來說，長得很好看，但卻還不能用「美麗」來形容，因為她還是個小姑娘而非女人，只能說現在的許容辭十分惹人憐愛，一點攻擊性都沒有。顧宗霖的眼神明顯和緩了一點，他看著這個已經嫁給了自己的小妻子，提醒自己說話要柔和一點，畢竟，這一切並不是她的錯。

「許氏……咳、妳是叫容……」

容辭看著他因為想不起新婚妻子的名字而略有些尷尬，卻沒有做出任何反應。

上一次這時候他也一樣，因為根本不在意這門親事，連她的名字都沒記住。而她則因為「那件事」正滿心忐忑，準備對他坦白，自然沒有臉在意他的錯處，反而主動重複了一遍自己的名字為他解圍。

但這一次，她只是淡定的回視著他，心知肚明他們兩個是半斤八兩，誰也別說誰，自然也談不上什麼愧疚不安了，誰有那個閒心去給他解圍。

顧宗霖看容辭並沒有回應，乾脆就略過了稱呼，單刀直入。「妳可知這樁親事並非我所願？」

果然，跟上次一模一樣的臺詞。

容辭知道自己應該擺出一副吃驚傷心的樣子，但她在這個人面前曾演了那麼多年癡情不悔的妻子，現在剛剛擺脫死亡，實在做不出曾經那種水準，只能勉強擺出一個吃驚的表情。

她知道他接下來要說什麼，畢竟這場談話的每一點細節都讓她印象深刻，使她永世不忘。

顧宗霖像上一次一樣，一開口就毫不留餘地，絲毫不考慮別人的感受。「我其實另有所愛。」

說完這句話，顧宗霖鬆了口氣，話一旦開了頭就好出口多了，他上前一步坐在床沿，特意與容辭隔了半臂的距離，努力選擇適當的措辭，也沒注意到容辭不著痕跡的向外移了一下。

「我已有喜歡的女子，我們青梅竹馬一起長大，但因為……種種原因，我無法娶她為妻，她……也已經另嫁他人，但我向她承諾過，絕不背叛她，所以……」

說到這裡顧宗霖看了容辭一眼，發現她微微低著頭，看不清神色。

「所以我不會跟任何人有夫妻之實，雖然她沒有要求我這樣做，但這是我的承諾，我一定會做到。」他問道：「妳懂我的意思嗎？」

容辭在陰影中輕輕笑了一下，儘管是第二次聽到這些話，她還是覺得好笑。

守身如玉……呵，如果這話不是在新婚之夜和另一位姑娘說，確實很讓人感動。

她慢慢抬起頭來，帶著難以言喻的複雜表情，問出了其實早已知道答案，但從未親自問出口的問題。「您既然如此深情，又為什麼要娶我進門呢？」

你的情深似海，又干我何事呢？

顧宗霖這才發現今天自己的新婚妻子從進門起就一直一言不發，這還是她第一次開口，她的聲音很細，相當輕柔，還帶了點童音，卻意外地不顯得綿軟，不是清脆，而是一種彷彿溪濺山石般的沁涼。

他聽到這聲音怔了一下，沒想到她居然直接將如此尷尬的問題問了出來，不得不斟酌了一下才開口。「父母之命，不得不從。」

這是實話，不過省略了不少，顧宗霖馬上就要到及冠之年了，雖說本朝不像前朝乃是外族，有不開化的習俗，少年少女們十二、三歲就結婚生子，本朝正常成親的年齡是男子十七、八、女子十六、七。但是顧宗霖這年紀成親在本朝也算晚了，恭毅侯夫婦確實一直在為此事發愁。

但真正促使他成親的原因不僅僅是父母之命——他中了進士後被點為翰林學士，已算是正式踏入仕途了，一段明媒正娶的婚事開始變得不可或缺。

這一點，容辭又怎麼會不知道？她表情很平靜，只是點了點頭表示接受他的解釋。

顧宗霖看她恢復了沈默，又道：「妳不必擔心，除了沒有夫妻之實，妳應得的用度都不會少。我知道妳父親是庶出又早早去世，妳在靖遠伯府過得可能不是很好，如今妳嫁進了顧家，就是名正言順的顧二奶奶，誰也不會看輕了妳。」

可不是嗎？容辭心想，一個伯府庶房的喪父孤女，嫁給了恭毅侯的嫡次子，這個嫡次子還是個少年進士，前途無量，真是打著燈籠也找不著的好親事。在他眼裡，只是守一輩子活寡而已，跟錦衣玉食、誥命加身相比，簡直不值一提。

他們從沒想過，哪個姑娘不希望有個少年和自己結為夫妻，從此兩人琴瑟和鳴、相敬相愛，同舟共濟，乃至兒孫滿堂？

顧宗霖生得很是英俊，他的臉在燭光中顯得更是稜角分明，眉目俊朗，卻又透出一股冰冷堅毅的味道。「我要說的就是這些，該是妳的一分也不會少，但不該是妳的，我也希望妳不要奢望。」

為了不留一絲幻想，這話說得冰冷無情。如果聽到這句話的是個普通的小姑娘，此時可能已經委屈得掉眼淚了吧。幸虧容辭不論是這次還是上一次都算不上是「普通」的新婚女子，雖然兩次淡定的原因並不一樣，但顧宗霖擔心的哭鬧依舊沒有發生。

他頓了頓，還是沒有等到容辭的任何反應，猶豫著便要走，容辭在這時候開口。

「二爺，您不在這兒就寢嗎？」

顧宗霖停下腳步，眉頭皺了起來，不悅道：「我剛才說的還不夠明白嗎？我不會……」

「不圓房不代表連新婚之夜都要分房睡。」容辭打斷他。「您的話我聽懂了，但您也應該給我一點起碼的體面……如果您覺得同榻而眠不放心，我自會去榻上安置，必不會委屈了您。」

容辭還沒長開的小臉嬌嫩甜美，聲調也平靜婉轉，偏偏讓顧宗霖覺得心裡被堵了一下，他猶豫了一下，起身坐到了臨窗的榻上。

容辭挑了挑眉，沒再理他，走到梳妝檯前坐下，稍微一想便記起了十五年前身邊的丫鬟是誰，她心裡一動，拍了一下掌，喚道：「鎖朱、斂青，進來伺候。」

門外的一群人早就等得忐忑不安了，她話音一落，房門立即打開，不只是容辭喚的兩個大丫頭，另有七、八個丫鬟魚貫而入，手中捧著洗漱用的東西，跪下齊聲道：「恭賀二爺、二奶奶大喜。」

顧宗霖叫了起，容辭才道：「還不快服侍二爺更衣洗漱。」

這幾個婢女裡，鎖朱、斂青、舉荷、葉蘭是隨容辭陪嫁到顧家的，另外四個是顧宗霖平日裡用慣了的丫頭，小廝不方便進新房，這四個丫鬟就殷勤的服侍顧宗霖到隔間沐浴洗漱。

容辭坐在梳妝檯前任由斂青摘下頭上沈重的首飾，檯子上的水銀鏡裡清晰的映出了自己的樣子，她恍惚的看著這個稚嫩的女孩兒，都有點不敢相信這個人是自己。

她抬起手輕輕碰了碰自己的臉，有種很不真實的感覺，覺得現在是夢，又覺得夢境沒有這般真實。

頭上繁瑣首飾被小心翼翼的摘下來，收到匣子裡，一頭烏黑的秀髮如瀑布般散了下來，斂青輕輕地用梳子將頭髮梳了幾遍。容辭隨手指了一支雕玉蘭花的碧玉簪子，斂青會意的用它把頭髮綰了個簡單的髮髻。

鎖朱俯下身子輕問道：「姑娘，您一天米水未進，要不要吃一點消夜？」

不提醒則已，一被提醒，容辭立即感覺到了胃中火燒火燎的飢餓感，這久違的食慾讓她心情變得愉快，畢竟在她臨死前的很長一段時間裡，她虛弱得就算整日不進飯食也感覺不到飢餓，感覺不到自己還活著。

果然過沒多久，廚房就派人送了個食盒來，鎖朱從舉荷手裡把食盒接了過來，打開蓋子，端出了裡面冒著熱氣的麵湯。

等到容辭津津有味地把一整碗麵都吃乾淨時，顧宗霖已經沐浴完從隔間出來了。

可能是剛剛洗完澡之故，他的臉色被熱氣蒸得有些發紅，頭髮還有些濕，幾滴水順著鬢角流下來，新婚的紅色寢衣淡化了過於鋒利的眉眼，竟顯出幾分平時沒有的豔色。

可惜容辭到底已經跟他夫妻多年，就算不怎麼親近，該看過的也都看得差不多了，一點也沒有驚豔到，反而越看越煩，她用帕子沾了沾嘴角，站起來說：「二爺請安置吧，妾身去更衣。」

這時候的顧宗霖到底還沒有十五年後那樣全然的冰冷無情和波瀾不驚，第一次沐浴後穿著寢衣和一個幾乎算是陌生人的女子共處，他面上鎮靜，心裡其實是有些侷促的，可還沒等他說什麼，容辭竟看也沒看他一眼，就帶著丫頭去隔間洗漱了，留下他一人站在原地竟有些無措。

這邊容辭繞過紅木繪桂林山水大屏風，突然感覺有人拉了拉自己的袖子，她側了側頭，瞥見了鎖朱和斂青微露出焦急的神色，心下一動，停下步子，對舉荷和葉蘭道：「我這裡留鎖朱和斂青伺候就好，妳們去外間幫幫忙，看二爺可有用人的地方。」

聽了這話，舉荷倒還罷了，只點頭應是，葉蘭卻是一副止不住欣喜的樣子，迫不及待的拉了舉荷去了外間。

到了裡面，三人誰也沒急著說話，容辭脫下喜服，兩人服侍她進入浴桶浸入水中。

蒸騰的熱氣中，兩人沈默的幫著容辭沐浴，直到外間傳來動靜，似乎是在收拾床鋪和桌子，聲音有點嘈雜，可以確保這裡的話不會傳到外面，鎖朱這才憋不住了，壓低聲音焦急道：「姑娘，剛才那兩個小蹄子也在，我實在沒敢開口問——您還沒把事情都坦白吧？」

容辭一愣，這才想起來鎖朱她們兩個急著問什麼，原來的自己離成親之初到底太過久遠，這些細節她確實模糊了。

一向穩重的斂青也忍不住急了。「我的好姑娘，您到底說沒說啊……您可不能犯傻，不說還有餘地，說了的話可就一點退路也沒了呀！」

「放心吧。」容辭道：「我沒說，事情有點變化，今晚不會圓房，暫時……可以放心。」

兩個丫頭都鬆了口氣，她們就怕姑娘因為愧疚而傻乎乎的什麼都說了，如果真的說了，姑娘一輩子就萬劫不復了，沒有一個丈夫能容忍自己的妻子婚前就……

況且在她們看來，如果不是顧家莫名其妙的更換求娶的人選，過後又什麼都不解釋，害得自家姑娘平白背上了勾引堂姐夫的黑鍋，惹怒了伯夫人，姑娘又怎麼會被發配到莊子上，以至於發生了……那件事？

顧府就是罪魁禍首，姑娘對他們沒什麼好愧疚不安的。

斂青越想越氣，勉強斂下心頭的火氣，不放心的叮囑道：「沒說就好……還有那個、那個……您千萬不要衝動行事，是去是留，咱們再斟酌……這可不是小事啊！」

是去是留……？

容辭一愣，剛才一直覺得不對的感覺又浮現上來，從清醒之後，就好像有人在她腦子的某一處蒙上了一層紗，不自覺就會忽略，怎麼也記不起來，被這麼一提醒，這層紗才像是被緩緩抽走了，一直被忽略的事也漸漸清晰。

她的心開始狂跳，整個人都有點顫抖，說不上來是什麼滋味，有點想笑，又有點想哭。本來搭在桶沿的手輕輕放下，沈入水中，慢慢貼在了小腹上。觸感應該是意料之中，卻又難以置信，讓她瞬間感覺到了這世界的真實——

她觸到了一點微微的隆起。

女子沐浴總是比男子要繁瑣些的，容辭卸了妝容，整理妥當，從隔間出來時，外間已經差不多整理好了。

顧宗霖靠在床邊，手裡捧了一本書在看，聽到動靜抬了一下頭，正看到同樣穿著寢衣的妻子從隔間走出來，頭髮微濕，半散下來，臉上的妝容已卸，脂粉未施，皮膚在燭光下泛著瑩瑩的光澤，襯著冷淡的眸光，即使形容尚小，也自有一番動人之處。

他回過神來，有些侷促的移開視線，繼續盯著手中的書本，好似漫不經心道：「妳們都下去吧。」

幾個丫鬟福了福身子退下，鎖朱、斂青不放心的看了容辭一眼，也只得出去了。

容辭走到床邊，顧宗霖正因為她的靠近而繃了一下身子，就見她從床上抱了一床被子起來，他問道：「妳這是做什麼？」

「您不是擔心與我同榻而眠會對不起您那位姑娘嗎？我去榻上睡吧。」

顧宗霖嘴角抽了一下，怎麼也做不出趕新婚妻子去榻上睡的事，他伸手拿過被子。「算了，還是我去吧。」

容辭皺起了眉。「那怎麼行，先不說那軟榻短小，您睡不下，再說我睡也就罷了，如果您去，諸位長輩知道了，會怎麼看我？」

顧家的長輩早就知道今晚他們不會圓房，如果顧宗霖要去書房睡，他們不會攔著，但如果他留在婚房，容辭卻讓夫君睡榻，自己睡床，不說別人，侯夫人王氏肯定會對她不滿。也就是說顧宗霖可以給她沒臉，她卻不能讓他受任何委屈。

而她雖然知道侯府的這些人沒什麼討好的價值，但也不想自找麻煩。

顧宗霖想了想，最終還是將被子放回床上。「罷了，一起吧，不過各睡各的而已。」

也不那麼矯情了，只要不圓房，同睡一床也沒什麼。

容辭心裡覺得有些好笑，突然覺得眼前這個顧宗霖和印象中十五年前的人有了一點略微的區別。

不過也是，以三十歲的眼光看這個青年，他確實還不太成熟，但十五年前的她是個真真正正的十五歲少女，雖經歷過磨難痛苦，但仍是涉世未深，靖遠伯府的環境使她言行中都帶著謹慎，生平中第一次任性大意又造成了足以影響一生的可怕後果，更讓她如驚弓之鳥，不敢多行一步、多言一句。

這個時期的她怯懦膽小，看著不苟言笑的顧宗霖又懼怕又敬畏，自然覺得他成熟強大，深不可測。但之後漫長的光陰早已教會了自己，如何冷靜客觀的無視這個男人所帶來的壓力。

今非昔比。

所以兩個人並排躺在床上時，看上去繃著身子不自在的是顧宗霖而非容辭。

容辭翻了個身，背朝著顧宗霖，雙目放空，盯著床幃一動不動，直到背後傳來的呼吸聲變得平穩。

顧宗霖睡著了。

容辭把手臂慢慢從被子裡伸出來，放在嘴邊，對著靠近手肘的地方狠狠咬下去，鑽心的疼痛讓她渾身一哆嗦，牙齒上的力氣卻依然在加深，直到嚐出了血腥味才鬆開手臂。

她的眼淚一下子流了出來，嘴角卻在向上揚。

這不是夢，這一切都是真的……

容辭不知道自己現在是什麼情況，這到底是投胎轉世還是時間倒流，但她能肯定現在自己所存在著的世界是真實的。

死亡對她來說其實並不可怕，可怕的是漫長得能把人逼瘋的孤寂。

上輩子的最後幾年，身體每況愈下，有時候虛弱得手都抬不起來，偏偏身邊一個能說話的人都沒有，沒有朋友，沒有父母，沒有孩子，過這種日子真是一天都嫌長，死亡反而是一種解脫。

現在她再次回到了十五歲的時候，有些事情發生了，但還有些事情可以改變，她現在有健康的身體，母親還沒有病逝，她能走能跳，每天都有人陪著解悶，這已經是再好不過的情況了。

而且……還有一個將來能一直陪著自己的孩子……孩子。

容辭摸著已經有一點隆起的肚子，心裡百感交集。

婚前失貞，這是每個女人連想都不能想的事，卻好死不死被她碰了個正著。當時因為和顧家的婚事惹怒了祖母，她幾乎是被趕出了許府，只能帶著兩個丫頭住在城郊萬安山腳下的莊子裡，這莊子是母親專門為她置辦的嫁妝，裡面的都是對她們母女死心塌地的人，人不多，但勝在忠心，日子不至於過得太艱難。

但是過了兩個月形同被流放的日子，容辭憋了許久的委屈也快到臨界點了，畢竟她在整個許府不起眼，但關起門在三房裡她依然是溫氏唯一的女兒，是娘親的掌中寶，況且當時她還小，平白被冤枉，當然不可能一點脾氣都沒有，只是為了母親在家中好過一點，強行忍住了而已。

終於在溫氏生日前幾天，容辭想回府為母親祝壽，於是讓人回去請示，結果老夫人郭氏直接拒絕了，派人來將她狠狠的訓斥了一番，並言明什麼時候成親，什麼時候才能回府。不只如此，三堂姐許容菀還特地派了身邊的丫頭來，指桑罵槐的羞辱了她一通。

容辭心裡難受得很，但她沒有父親兄弟可以依靠，還有寡母幼妹尚在府中，只能硬生生的忍下這口氣，一言不發的聽了這兩個人的羞辱之詞，直到將人好聲好氣的送走，才徹底忍不住了。

她把自己關在房間裡哭了好幾個時辰，誰勸都不聽，直到哭到頭痛難忍，才沈著臉出來，甩開了兩個丫頭，一個人跑到萬安山上散心。

萬安山是京郊有名的遊覽勝地，鄰近的地方又是各個世家勛貴們收成用的莊子，平日裡有不少官員的家眷來此散心踏青，容辭也是去慣了的。但偏巧那天趕上陰天，又有大風，山上的人不多，她走了一會兒，天突然下起了大雨。

那雨大得一下子就把她淋得濕透了，視線模糊得看不到路，她摸摸索索的好不容易找到一處勉強可以躲雨的山洞，怎知這時　個受了傷的男人突然闖進來，當時天色很暗，容辭看不清那人的長相，只知道他腹部受了傷，神志還不清醒，像是發了狂一般，一進來就抓住了她，她嚇得無法反應……

當時的情況既混亂又痛苦，結束的時候，那個男人也因為傷勢太重堅持不住，昏了過去，她驚恐得什麼也顧不得，衣衫不整的冒雨跑了出去。

那般大的雨，她一身狼狽，慌不擇路的跑下去，就算摔下山也不意外，但不幸中的萬幸，她跑了沒多久，就和著急出來尋人的鎖朱、斂青碰上了，她們一看姑娘的衣服都被撕破了，就知道事情不好，連忙拿出備用的蓑衣將她從頭到尾裹起，小心翼翼送回莊子，幸好沒讓其他人覺出不妥，只有一起去找人的人知道實情，不過這些人也是忠心耿耿，不會對外多嘴。

這件事絕不能透露出去，否則不只容辭前途難料，這莊子上的人也肯定不留活口，溫氏更會受到牽連，這個啞巴虧只能和著血嚥下去，就當沒發生過。

結果事情是捂得嚴嚴實實的了，卻在別的地方出了大紕漏。

這件事能和容辭說得上話的只有鎖朱、斂青二人，但她們兩個雖比容辭大一點，卻也都是黃花大閨女，對這種事和容辭一樣什麼也不懂，故而什麼措施都沒做。等到顧家迎親之日將至，許家將容辭接回府，容辭的乳母李嬤嬤覺出不對時，已經過去了整整四個月。

雖然容辭年紀小，月事時常不規律，幾個月不至也是常事，不過李嬤嬤通曉醫術，沒多久就發現了不妥，她也不找容辭，只找了兩個丫頭挨個兒逼問，這才知道發生了這種事，她從小將容辭奶大，對她視如己出，得知她經受了這樣的痛苦，卻忍著連親娘溫氏也不敢透露，頓時心如刀絞。

但此時一切已經太晚了，再過幾天就是婚禮，肚裡的孩子打掉也不是，留下也不是，縱是李嬤嬤有千般手段也是束手無策，只能走一步算一步。

而容辭自己也知道這一嫁十分凶險，她若是對夫君隱瞞此事，先不說瞞不瞞得過，她的良心也會難安，因此她已決定要向自己未來的丈夫坦白。

她看得明白，這事若是在娘家被發現，她死的同時還會連累很多人，但若是在顧家坦白，最壞的結果也不過是她悄悄病逝。為了府裡的顏面，顧家一定會瞞下此事，興許連許府也不會透露，如此一來，母親等人可能就安全了。

結果人算不如天算，這些思量通通都沒派上用場。

不可否認，當顧宗霖說只做名義上的夫妻時，她確實有一點難過，畢竟她也曾幻想過自己和夫君舉案齊眉的情景。但更多的卻是如釋重負，如果顧宗霖真的待她很好，真心想與她做夫妻，那麼就算她坦白後被處死，還是會心有愧疚，畢竟人家真心娶她，她卻做出了這等事……

這樣也好，就不存在誰對不起誰了，他既然只是利用她來充門面，並無真心，她也不必愧疚得寢食難安，再一點就是，不圓房就代表著那件事不會被發現，她暫時安全了。

這樣一來，不確定的因素只剩下一個……

當時的容辭年紀尚小，還沒有瞭解懷孕和為人母所代表的含義，何況懷上這孩子還是被迫的，孩子在她腹中存在一天，她就有一天的危險，也因此後來她一心只想……儘快把孩子拿掉。

思及此，容辭不自覺地將手貼在小腹上，心想，不會了，這次她不想再那樣做了。

不出意外的話，這個腹中四個多月大的胎兒將會是她此生唯一的血脈，與她骨肉相連，經過了那麼多年的寒夜寂寞，她已經不想再一次剝奪肚中孩兒的生命。

這樣自己不論再怎麼孤單，好歹還有個孩子相伴呢……

這一夜容辭睡得很淺，到了第二天，下人們的一丁點動靜就讓她醒了。

她睜開眼睛，外面天還沒亮，身旁的顧宗霖還沒醒，她也不管他，逕自便起床了。

鎖朱進門時看見容辭已起身，連忙上前去給她披了件衣服，低聲道：「姑娘……不、二奶奶，您怎麼這麼早就起身了，現在才剛剛卯時初刻，還早著呢。」

容辭笑道：「已經沒有睡意了，我精神著呢。」

這種沒有睡意的感覺不像前世，腦子混混沌沌，乏得要命卻睡不著，現在她的感覺前所未有的好，彷彿骨子裡都透著精神。

幾個婢女端著托盤進來，為了不吵醒顧宗霖，就在淨房中伺候容辭洗漱，結束後容辭打發她們下去，只留下鎖朱一人服侍，接著喚斂青進來梳頭。

斂青梳著她烏黑的頭髮，斟酌了一下。「不如梳個墮馬髻，不會那麼老氣。」

容辭看著鏡子裡的自己，笑著拍了拍斂青的手。「妳的眼光一向很好，按妳想的來吧。」

這是容辭第一次梳婦人的髮式，之前不是垂掛髻就是雙丫髻，做孩童打扮，這乍一梳上婦人頭，竟不覺得突兀，反而相得益彰，髮飾襯得她的小臉嬌嫩如花，越發精緻。

「二奶奶，我打聽過了，顧家的各位主子都是卯正起身，在各自的房裡用早膳，大約辰初再去請安即可，今日是您與二爺新婚頭一天，怕是各房的主子們都在府裡呢。」

容辭點點頭，看時辰才過了兩刻鐘，顧宗霖八成還沒醒，就想趁這個時候去院子裡走走。

帶著兩個丫頭走到門口時，一眼瞥見了靠牆的高腳几案上還燃著一對龍鳳喜燭。這恭毅侯府採買的喜燭當然是上好的，火光燃得漫長又均勻，一夜過去還亮著，兩根蠟燭剩下得差不多，龍燭比鳳燭高了一點。

容辭看著象徵著夫妻舉案齊眉、白頭到老的蠟燭，心裡覺得有一點諷刺。她慢條斯理地走到几案旁，在鎖朱、斂青震驚的目光裡，將龍燭一下子吹滅，只剩下短短的一截鳳燭還在靜靜地燃著。

恭毅侯府現下尚沒有十五年後的權勢，但顧宗霖身為侯爺的嫡次子也沒受什麼委屈，他住的三省院雖沒有他襲爵之後的奢華氣派，但也是府裡數一數二的大院子。

東邊的兩間屋子原是書房，不過顧宗霖在成親之前著人將書房的東西都搬到了前院，將地方騰給了新婚妻子。

這個院子容辭住了五年，直到她二十歲那一年搬到了靜本院，也算得上是熟悉了。

這會兒天正曚曚亮，院子裡無人走動，容辭沿著抄手遊廊慢慢的散步，感受著涼沁沁的空氣，覺得這好久沒住過的院子也別有風味，至少比看了好幾年的屋中擺設要可愛得多。

鎖朱欲言又止，最後還是憋不住問了。「好姑娘，您快說吧，昨晚到底是怎麼回事，您跟姑爺說了什麼？」

容辭停下來，用小銀棒逗弄著廊子上掛的小雀，漫不經心的將昨晚發生的事講了一遍。

鎖朱本來還在慶幸小姐新婚之夜不用圓房，事情好歹暫時不會被發現，至於為什麼不圓房，她昨晚還在和斂青猜測，覺得八成是姑爺體諒妻子年紀小，要等過上一段時間再圓房。結果聽了容辭的話，她們氣得臉都紅了。

「另有所愛？這叫什麼話！這不是騙婚糟踐人嗎！」

容辭臉上居然還掛著笑，她愛憐的拍了拍鎖朱的臉頰。「傻丫頭，收收妳的氣性，這對咱們來說是好事啊。」她的神情看不出一點不快。「何況，這樣我和顧家就兩清了，誰也不欠誰的。」

鎖朱氣道：「誰說兩清的？您本來就不欠他們家什麼，如果不是他們把污水往您頭上扣，又怎麼會發生那種事，依我看，他們才是罪魁禍首！」

斂青行事不如鎖朱機靈，卻比她穩重沈得住氣，這時她也很氣憤，但依舊能看出事情的關鍵。「這顧二爺就直接這麼跟您說了？他不怕顧許兩家翻臉嗎？」

容辭的笑帶了一點涼薄的冷意。「我是什麼人？也值得靖遠伯府為了這點事和恭毅侯翻臉？」

鎖朱也明白了，說道：「顧家也就仗著咱們這房不得寵，若換了三小姐遇上這事，老夫人和伯夫人還不和他們拚了……」

她突然頓住。

「他、他們不會……」鎖朱瞪圓了眼睛，不可置信地望著容辭。「不會因為如此，才放棄三小姐，求娶姑娘您吧……」

容辭沈默了，思緒回到了好久的從前，她好歹也在顧家生活了十五年，剛進門時不懂的事，過了這麼久也知道了個大概。

當初顧宗霖過了適婚年齡仍遲遲未娶，恭毅侯夫人王氏自然十分著急，私下持續為兒子找尋家世合適的閨秀，最後發現靖遠伯的嫡次女是個合適的人選。

許容菀是伯夫人吳氏嫡出，同胞的長姐許容慧嫁了內閣杜閣老的長孫杜遠誠，杜遠誠和顧宗霖是同科進士，她因而也見過杜家那孫媳婦，是正正經經的名門閨秀。

王氏相中了她之後就開始頻繁的與許府接觸，每逢宴會必定特地邀請許容菀，一段時間後，兩家的長輩雖沒明說，但也彼此心照不宣，就差媒人上門提親了。

然而此時，顧宗霖察覺了母親的打算，各種因素讓他無法拒絕這門婚事，他索性明確的跟母親攤牌——要他成親可以，但不論娶誰，他都不會碰。

王氏無可奈何之下只得另尋方法，婚是非結不可的，但這樣一來，許容菀最大的優點成了最大的缺點，如果顧家把許家的掌上明珠騙回來守活寡，許家肯定會直接和顧家翻臉，這不是結親，而是結仇。

王氏考慮了一段時間，終於做出了決定——仍舊向靖遠伯府求親，但人選得換了。

她這麼做當然是有考量的。在和許家來往的時候，她也見過許容辭，舉止有度，模樣兒也十分出挑，因為自幼喪父，母親也不是什麼潑辣性子，因此性格比較溫順。她沒有父兄撐腰，也不得家裡長輩的寵愛，但到底算得上是伯府的嫡出小姐，沒有裡子，好歹面子上是過得去的。

這樣一來，成親之後就算有什麼事，她必定也不敢向娘家訴苦，就算她說了，靖遠伯夫婦也不見得會為了一個庶兄弟之女與姻親大動干戈。

至於怎麼向靖遠伯解釋換人這件事，肯定不能直說，畢竟和木已成舟之後的息事寧人不一樣，許家也算得上有頭有臉的人家，還幹不出明知是火坑，還要把孩子嫁進去的事。

於是王氏在提親時做出了一副欲言又止的樣子，似乎是有難言之隱，在靖遠伯夫人的追問下，暗示容辭曾跟兒子見過面，然後兒子就改了主意。

到這裡就不用再做什麼了，王氏什麼謊話也沒有說，就讓許家的人把焦點從顧府轉移到了許容辭身上，畢竟這種事，除了至親，大多數人都會猜測是女人為了得一門好婚事主動勾引男人。

這些事情都是容辭當年從知情者嘴裡東拼西湊湊出來的，知道了真相之後她自己都想笑，這大概就是「人在家中坐，禍從天上來」吧。

斂青的眼圈紅了，鎖朱更是幾乎掉下淚來。「他們……他們欺人太甚……」她忍不住摟住容辭開始抽噎。「……我可憐的姑娘啊……」

容辭溫柔平靜地摸著她的頭髮安慰她，應該有的憤怒仇恨早在漫長的時間裡消磨得差不多了，她現在覺得為那些人生氣就是浪費時間，根本不值得。

斂青把鎖朱從容辭懷裡拉出來，用帕子胡亂給她擦了擦臉，啞著嗓子斥道：「哭什麼？這是能哭的時候嗎？妳不想想怎麼幫姑娘，還淨添亂！」

鎖朱抽了抽鼻子，勉強壓下眼淚，點了點頭。

容辭卻一手一個抱住了她們。「謝謝妳們。」謝謝妳們一直陪著我，讓我再一次嘗到有人關心的滋味。

第二章

等容辭不緊不慢的散完步，已經過了卯正。

她回到新房，坐到西次間的羅漢床上，聽著臥房裡的動靜就知道顧宗霖已經醒了，她自然沒上去湊和，只在碧紗櫥外等著罷了。

過了一會兒，就見留書出來了，她看到容辭，馬上上前行了一禮。「請二奶奶安。」

正巧斂青端了新泡的六安茶來，容辭邊接過蓋碗邊道：「起來吧。」

她輕輕抿了一口茶，皺了皺眉，又向留書問道：「妳叫什麼名字？要往哪裡去？二爺可整理妥當了？」

留書沒想到這新夫人雖臉嫩，看上去還是個孩子，說起話來卻不怯場，要知道一般新婦出嫁，頭回碰到丈夫的貼身丫鬟，總會顯出不一樣的態度來，或是防備，或是怯懦，或是試探，甚至還有的相當刻薄。

她們這位二奶奶看起來卻不太一樣，不過這話卻讓她不由自主地更打起了精神。「回二奶奶話，奴婢留書，是二爺身邊的一等丫頭。二爺還在更衣，她們幾個還在裡面伺候，奴婢正要去廚房看看早膳好了沒。」

容辭半倚在靠枕上，將茶杯遞還給斂青。

「你們二爺身邊還有誰？」

「婢女還有留畫、留棋和留琴，跟在書房伺候的是兩個小廝，叫朝英、朝喜，時日久了您就熟了。」留書猶豫了一下，還是開口道：「……舉荷和葉蘭兩位妹妹也在裡頭……」

容辭臉上的表情變也沒變，只是點了點頭表示知道了，就打發她下去了。

鎖朱不滿道：「難怪那兩個小蹄子大清早的不見人影，原是上爺們跟前獻殷勤去了。」

容辭出嫁前身邊原有四個大丫鬟，都是母親溫氏精心挑選的，出嫁前有兩個年紀大了，便配了人嫁出去，只留了斂青和鎖朱。

郭氏和吳氏也沒等容辭再從二等丫鬟裡面挑人，直接一人給了容辭一個丫頭，湊夠了四個，一起陪嫁到顧家，就是舉荷和葉蘭了。

舉荷還好說，她原是郭氏身邊的二等丫鬟，規矩、頭腦都很出挑，是郭氏特地挑的聰明人來監視容辭、讓她安分守己的，雖不算忠心，好歹不會主動惹事。但葉蘭卻不是個安分的，她雖說是伯夫人吳氏送來的，卻也不是吳氏原本的丫頭，而是不知道從哪裡買來的，面容姣好，身段凹凸有致，舉止規矩只是勉強過得去而已，上一世的時候她就不停地往顧宗霖身邊湊，蠢得讓人目瞪口呆，讓容辭丟夠了人。

鑒於許容菀對她恨之入骨，容辭相信吳氏是故意送了個野心勃勃又沒腦子的丫頭來給她添堵的。

顧宗霖穿戴整齊出來時，早膳也已經做好端過來了。

他在桌前坐下，向容辭看了一眼，倒沒想到她起得這樣早。本來昨晚臨睡前他還在擔憂，早上睜眼看到陌生姑娘躺在身邊該有多尷尬，今早醒時猶豫了一下才睜眼，卻不承想身旁根本沒人，問了婢女才知道，原來容辭早就起了，已經散步散了兩刻鐘。

容辭看到早飯已經端過來了，坐著沒動，向顧宗霖問道：「二爺，可要我替您擺膳？」

不出所料，顧宗霖道：「不必了，讓下人們來就好。」

容辭點點頭，她這話本來就沒多少誠意，多問一句不過是等顧宗霖自己拒絕罷了。

看著幾個婢女依次將菜品擺上，其間葉蘭還想去插手，被留畫擠到一邊，她諷刺地輕笑道：「葉蘭妹妹怕是不知道二爺的口味，還是讓我來吧。」

顧宗霖皺著眉頭看了葉蘭一眼，又去看容辭，卻見她把玩著腕間的金鐲，根本沒往別處看，只能把話嚥了下去。

顧府的早餐還算豐盛，上了一碟山藥棗泥糕、一碟汕炸春捲、一碟翠玉豆糕，配的小菜是醬醃黃瓜、糖醋蓮藕和明珠豆腐。量都不多，但挺精緻。

容辭正是長身體的時候，肚子裡還有個孩子，況且她好久沒有香噴噴的吃上一頓飯了，食慾和飯量當然不小，但她被上輩子的病痛嚇怕了，打定主意要養生，保持健康，因此吃了八分飽就克制著不再進食了。

但饒是如此，也跟顧宗霖平日所見的吃得比貓還少的閨秀大不相同，更何況她還吃得這麼自在，就像身邊沒有旁人似的，就不由多看了她兩眼。

容辭放下筷子，接過杯子漱了口，又拿了巾帕輕輕沾了沾嘴，這才注意到顧宗霖正在看自己，不由疑惑道：「可是我身上有什麼不妥？」

「沒什麼。」他回過神來。「今天父親、母親並各位兄嫂弟妹都會在，正好讓妳認認人。」

此時恭毅侯府還沒有擴建，但大體上的格局還是一樣的，正院叫敬德堂，在整個府邸的中軸上，三省院在敬德堂的東邊，兩院相隔不遠，不到一刻鐘就能到。

用完早膳後，兩人來到了敬德堂後院門口，一個頭戴金簪的婆子帶著一群丫鬟迎了出來。

那婆子笑容滿面的行禮。「給二爺、新二奶奶請安！侯爺和太太早就起了，正在堂屋裡跟三爺說話呢。」

顧宗霖問道：「三弟已經到了嗎？大哥呢？」

王嬤嬤一邊引他們上前，一邊笑道：「三爺和三奶奶，還有三位小姐已經進去了，大爺和大奶奶還沒到呢。」

進了堂屋，繞過了一個紫檀木雕八仙過海的大屏風，就看到正堂最裡面的太師椅上坐了兩個中年男女，這就是恭毅侯顧顯和侯夫人王氏了。

左右手邊各擺了幾把椅子並高几，左右兩邊第一、二張椅子都空著，左邊第三、四位坐了一對不到二十歲的青年男女，男子穿著淡青色的圓領衫，身材偏瘦，相貌普通；女子穿著大紅色繡花開富貴紋褙子，頭上梳著回心髻，戴著累絲金鳳簪，長相有幾分豔麗，眼角微微上吊，這女子身旁站了個僕婦，僕婦懷裡還抱了個兩歲的孩子。

右邊則坐了三個少女，第一個穿藍衣，身材高眺，細眉細眼，神態高傲，約莫十六、七歲；第二個穿著黃衣，五官更加精緻，卻低眉順眼，顯得有些怯懦；第三個身上是粉色的裙子，年齡尚小，和容辭差不多年紀，還是一派天真爛漫的樣子。

顧宗霖和容辭給上首的顧顯和王氏行了禮，王氏笑著拉過容辭，讓顧宗霖坐到了右首第一個座位上。

「霖兒可算是順利成親了。」王氏戴著深紅色的抹額，額角已經有了細細的皺紋，她拉著容辭的手，狀似親熱問道：「昨晚上住得如何，可還習慣嗎？」

容辭垂著眼，微笑著用平靜的語調答道：「一切都好，勞夫人費心了。」

王氏拍著她的手。「也該改口了，一會兒妳大哥大嫂來了，咱們就開始敬茶，先認認人，也讓他們，」說著指了指一邊坐的幾人。「給妳見個禮。還有，老夫人身體不好，見不了人，一會兒妳去她院子裡磕個頭，就算全了妳的孝心了。」

容辭剛應了是，就聽到院子裡傳來了聲音，似乎是婆子的通報聲。

「大爺、大奶奶到了！」

容辭的手狠狠地顫了一下，她將兩手交握，慢慢低下了頭。

隨著聲音響起的是一陣細碎的腳步聲，緊接著，一男一女兩個人走了進來。

女的身材纖細、柳眉長眼，眉宇間自然流露一種不自知的傲慢，她頭戴成套的翠玉頭面，身姿婀娜，即使穿著端莊的紫團紋褙子，也掩不住她手姿綽約的身形。

男子跟顧宗霖差不多高，卻比他消瘦不少。二者長相十分相似，只是比之顧宗霖有些凌厲的五官，他卻顯得柔和，如果說顧宗霖像一棵堅韌的松柏，那此人就如同一杆翠竹，溫潤卻不健壯。

他們正是恭毅侯的嫡長子顧宗齊和其嫡妻王韻蘭，也是顧宗霖的長兄長嫂。

王氏慈愛的笑著。「是齊兒來了。」

人到齊了，就有丫頭端著茶盞上前來。

容辭接過茶盞，跪於顧顯面前，將茶水奉上。「父親，請用茶。」

顧顯已經四十多歲了，身體一向不健壯，兩鬢已經有了一點斑白的痕跡，看上去不如妻子王氏氣色好，事實也確實如此，上一世的時候，他在幾年後就因病去世了。

顧顯其實並不太滿意容辭這個兒媳婦，即使知道選她進門的原因，他還是覺得容辭的出身配不上自己的兒子，但他一向信奉男主外、女主內的規矩，因此王氏既然已經權衡了利弊，定下了這個兒媳婦，他也不會堅決反對，於是他皺眉應了一聲，接過茶抿了一口，遞過了一個紅包，並沒有多說什麼。

相比之下，王氏就圓滑自然得多，她笑著喝了茶，又給了容辭一套紅寶石的頭面。「妳是叫容辭吧，好孩子，我希望你們夫妻二人相處和睦、白頭偕老，也望妳能賢慧溫婉……安守本分。」

這話真是大有深意，但容辭早就不想跟這一家子計較什麼了，這些話就當過耳的堂風，聽到了也當沒聽到。

接著，顧宗霖帶著容辭走到兄嫂面前。

「容辭，這是大哥大嫂。」

顧宗齊比顧宗霖大兩歲，二人乃是一母同胞的親兄弟，長相相似，性格卻是天差地別，顧宗霖冷靜、強勢又果斷，而顧宗齊看上去溫和得多，只是身體十分不好，據說是先天不足。

容辭上前行了一禮。「見過兄長，見過嫂嫂。」

顧宗齊溫和地笑了笑，伸手虛扶了她一下。「弟妹不必多禮。」

王韻蘭卻沒有笑，她舉止端莊，行為也不違禮，但眸光深處卻帶著一種冰涼的意味，看上去並不好相處。

按理說，她是恭毅侯夫人的親姪女，出身名門，才貌雙全，未嫁時也是名滿京都的才女，性格上總有些驕傲，看不上出身不高的妯娌也在情理之中。

可是容辭知道，小王氏表露出的不友好，可不只是因為這個。

王韻蘭從丫鬟手中接過一只玉鐲遞給容辭。「這是我們夫妻二人送給弟妹的見面禮，也不是什麼好東西，」她語調平淡的說：「祝二弟和弟妹琴瑟和鳴。」

這確實是謙虛了，這鐲子通體碧綠，觸手溫潤，帶著通透的微光，一看就知價值不菲。容辭雙手接過來，交給斂青，又福了一福。「多謝大哥大嫂。」

她抬起頭來，正對上王韻蘭看似平靜實則暗藏波瀾的眼睛，那古怪的目光緊緊盯著她。王韻蘭沒想到面前這位尚且一團孩氣的「霖二奶奶」面對她緊迫的目光竟毫不怯懦迴避，在眾人察覺出不對之前，最終還是王韻蘭先若無其事的移開了視線。

顧宗霖沒有察覺出什麼，他將容辭引向下首的一對夫婦。「這是三弟宗亮和三弟妹。」顧宗亮是恭毅侯的側室所出，身為庶子又生母早逝，長相也不如兩個哥哥出眾，只是中人之姿罷了，這樣的人自然不會受什麼重視，他的特殊之處在於娶了一個潑辣的妻子，並搶在兄長們之前生下了顧家的長孫。

即便如此，他的存在感還是不如站在身邊穿著鮮豔的妻子孫氏，甚至不如被抱在乳母懷裡的兒子。

容辭雖然年紀小些，但她是嫂子，因此這次是他們夫妻兩個向容辭見禮，以「嫂」稱之，容辭忙還了半禮，將準備好的禮物送了過去。

孫氏從乳母手中接過了兒子，笑道：「二嫂真是相貌不凡、舉止有度。」說著，逗了逗懷裡的兒子。「燁哥兒，來瞧瞧二伯母，跟二伯母打招呼呀！」

這孩子大名喚作顧燁，剛滿周歲，圓滾滾的身子，黑葡萄一樣的眼睛，粉嫩嫩的小嘴兒，雖不怎麼會說話，卻也不認生，被母親擺弄了兩下，竟當真伸開手臂要容辭抱，嘴裡還

「啊、啊」的不知在叨念著什麼。

容辭的心一下子軟了下來。

她在十四、五歲的時候其實並不怎麼喜歡小孩子，認為他們嬌氣難養又不懂事，滿地亂跑調皮搗蛋，還偏偏被一眾長輩護著疼著，因此雖有幾個堂姪兒、堂姪女，卻一點也沒有培養出所謂的母愛。

可到了二十來歲就不是那麼回事了，她年歲漸長，到了該有孩子承歡膝下的年紀，身邊又一個能說知心話的人都沒有，這時候她漸漸渴望能有個孩子排解寂寞，到了最後，她甚至懷念起自己那個無緣的孩子，雖然那孩子的存在可能時時刻刻提醒著自己曾遭遇過的可怕夢魘……

現在她回到了十五年前，懷上這孩子時的痛苦與仇恨因為時間久遠已經變得不那麼清晰，而那刻骨的孤寂和對兒女的渴望卻是直到昨天還在折磨著她。

而現在，顧燁這個長相可愛的小男孩正張著手臂要她抱，這叫她怎麼能抵擋得住？

她不自覺地露出了一絲微笑，眼裡帶著微微的渴望望向孫氏。

孫氏是個十分善於交際的人，見狀馬上一邊把孩子遞給容辭一邊打趣道：「哎喲喲，我們燁哥兒這是看見伯母長得好看了，連親娘都不要了。」

容辭有些笨拙卻又小心翼翼地將顧燁接在懷裡，有些不知所措的看著這個小男孩，生怕力氣大了把他捏碎似的。

說來奇怪，不知是不是容辭懷孕，身上有著母親的氣息的緣故，即使她這是頭一遭抱孩子，手法十分生疏，顧熚在她懷裡卻也待得樂呵呵的，一點兒也不嫌棄，反而是容辭自己束手束腳的，生怕自己抱壞了這寶貝。

孫氏見狀不由「噗哧」一聲笑了起來。「二嫂大膽抱就是了，這小子皮實著呢！」

容辭這才抿著嘴多用了一點力氣，將孩子貼身抱了，輕輕搖晃起來。

顧熚張開嘴「咯咯」的笑了，還將小腦袋搭在容辭的肩膀上蹭了蹭。

容辭眼中盡是柔和，她親了親顧熚的小臉蛋，不由得開始想像起肚子裡的孩子出生後會是什麼模樣，會像熚哥兒這樣又乖又可愛？還是會像二伯家的岧哥兒一樣調皮搗蛋？

孫氏在旁仔細看了看容辭，見她是真心喜歡孩子，兼之她又不知道這樁婚事的內情，不由道：「二嫂雖還年輕，但想來不出多長時間就會有好消息的，到時候還怕沒有孩子抱嗎？」

容辭聽了這話，瞬間把心從柔情密意裡拉了出來，淡淡地挑眉瞥了一眼旁邊，果不其然看到顧宗霖立馬皺起的眉頭。

有什麼了不起，容辭在心裡直撇嘴，以為我想要孩子就非得找你不可嗎？我自己不用你也能生得出來。

這樣想著，看著懷裡的熚哥兒，她的心情又恢復了愉悅，抱著他親熱了好一會兒，直到顧宗霖提醒後面還有三個妹妹才捨得鬆手。

顧宗霖將容辭引到三個少女面前，首先介紹為首的藍衣少女。「這是悅妹妹。」

那少女微微低了頭，淺淺地一福身子，便抬起頭來。「二嫂好。」

這女孩是侯夫人王氏所出的嫡長女顧悅，乃是顧宗齊與顧宗霖的胞妹，自幼嬌慣著長大，對於琴棋書畫都頗為精通，養成了一副目下無塵的性子，性子十分傲慢。

她跟王韻蘭幾乎是被同一種方式教養出來的，二人性格相似，是一起長大的表姐妹，關係十分親密，因此自然和容辭處不來。她現在這種略顯輕慢卻又不能算失禮的態度，容辭已經習以為常了，不放在心上也懶得理她。

這時，接過禮物的顧悅卻突然開口。「二嫂那般喜愛燁哥兒，連我們姐妹都忘了，不知什麼時候能再給我添一個小姪子？」

孫氏方才也說過類似的話，但她那是不知情下的調侃之語，而王氏的親生女、對整件事知道得一清二楚的顧悅說出這話，卻帶了一絲惡意，暗諷容辭永遠也不可能有孩子。

前世也是如此，明明容辭小心謹慎的伺候這個小姑子，從不敢得罪，她卻從一開始就懷抱輕視之心，不想著自家騙婚的錯處，反覺得容辭占了自家便宜，處處對容辭挑三揀四，言語刻薄。

容辭的眼神波瀾不驚，語氣卻帶著一種刻意的羞意。「這……大嫂都還沒有消息，我、我怕是還早呢。」

這話一出，一屋子的人都愣住了，都不知這話容辭是無意的還是有心的，居然一針見血，正中靶心。

顧悅懊惱地反應過來，她那話不僅諷刺了二嫂，可能更傷到了進門三年都未有所出的大嫂，她和王韻蘭感情甚好，情急之下急於補救，竟脫口一句。「那是大哥身體不好……」

「夠了！」

坐在上首的恭毅侯顧顯臉色發青。「悅兒還不住口！妳說的這是什麼話?!」

下面坐著的顧宗齊白著臉一言不發，臉上慣常帶的笑容也消失了，反而身旁的小王氏面色如常，竟看不出有什麼想法。

侯夫人若有所思；顧宗霖欲言又止；而孫氏則是一反平常的活潑，和身旁的丈夫一起噤若寒蟬；剩下的兩個妹妹一個低頭不語，另一個悄悄抬頭瞅瞅顧宗齊又瞅瞅顧宗霖……

這顧府百態，每個人所站的立場與所代表的利益，在這一刻竟表現得如此隱晦又是如此的明顯。

容辭幾乎要忍不住笑出聲來——她以前只覺得顧悅性子有些彆扭，乍看態度高傲十分能唬人，相處久了就會發現她雖刻薄，其實腦子不太能轉彎，一點也沒學到她母親的智慧，簡直不像是王氏親生的姑娘。

氣氛一時有些凝固，眾人誰都沒有開口，還是王氏輕描淡寫的打破了沈默。「霖兒，還愣著幹什麼？你兩個妹妹還沒見過她們二嫂呢。」

顧宗霖看了容辭一眼，發現她臉上什麼表情都沒有，既沒有尷尬，也沒有惶恐，不由一怔。

容辭察覺了他的視線，輕笑著問：「二爺？」

顧宗霖回過神來，將腦中的疑惑拋開，向著低著頭的黃衣少女道：「這是憐妹妹。」

顧憐向容辭行了禮，輕聲細語道：「見過二嫂。」

其實顧悅今年十七歲，顧憐十六，都比容辭年長，但出嫁從夫，理應按照夫家的排行算，因此容辭面不改色的喊了比她大一歲的顧憐一聲。「憐妹妹好。」

顧憐是這府中唯一的庶女，母親原只是王氏屋裡打簾子的通房，因生了女兒這才得以扶為姨娘，此女看似性格懦弱謹慎，遇到事情等閒不開口，像是個鋸了嘴的葫蘆。

但容辭一直覺得，從一開始嫁進來的內幕，到最後他們夫妻二人徹底翻臉的原因，顧憐心裡都明白，這從她對她這個二嫂的態度變化就看得出來。

從一開始冷淡，到後來容辭與顧宗霖之間關係漸漸親密，顧憐對她的態度也不動聲色的熱切起來，到後來發生了……一連串的事情，他們夫妻之間那點微薄的情分煙消雲散，顧憐就沒再來看望她一次。

對於這樣變化迅速的人，不論是以前還是現在，容辭都不在意，頂多也就是對這位妹妹審時度勢的速度之快，感到略微驚訝而已。

今生也一樣，以顧憐的性格，絕對不會像顧悅一樣主動招惹她，這就夠了——本就是陌生人，又何必結緣分呢？

容辭和顧憐平淡的見過禮之後，另一個穿粉衣的女孩子主動靠過來，不用顧宗霖介紹，就帶著笑主動行了禮。「見過二嫂，我是顧忻。」

伸手不打笑臉人，容辭也道：「三妹妹好。」

顧忻上前拉了拉容辭的手，歪著頭有些俏皮地說：「二嫂好年輕啊！我屬兔，咱們兩個誰大誰小呀？」

容辭道：「我也屬兔。」

「那妳是幾月生？」

「二月，」容辭補充。「二月二十九的生辰。」

顧忻一聽，頓時高興了。「那妳比我大，我是七月分生的。哈哈！還是我最小！」

容辭也覺得好笑——總算三個「妹妹」裡，有一個是「真」妹妹了。

說來也怪，顧顯這三個女兒，不論嫡庶，性格竟全然不同。

顧悅傲慢卻愚蠢，顧憐內秀但勢利，顧忻機靈又圓滑，當真是龍生九子各個不同。

王氏動了動嘴角，喚容辭上前，拉著她的手道：「瞧瞧妳小妹妹，說話沒著沒落，妳們姐妹親熱，可不許學這猴兒，嘴上沒個把門的。」

這話說出口，其實是在敲打容辭和顧悅，把顧悅說得漲紅了臉。

而容辭最煩的就是她這種故作高深的語氣，一開始聽，覺得高深莫測、令人生畏，聽得久了就覺得煩得很，偏其他人居然都覺得這是一種有教養的表現，爭相仿效。

每當這個時候，容辭往往只有一種應對方式——裝聽不懂，一聲不吭。不然的話，應和她一句，你來我往之間不知道又要有多少像這樣讓人煩不勝煩的語調灌入耳中。

她現在每一天都很寶貴，享受都來不及，可沒有時間陪婆婆、小姑子打機鋒。

於是她笑著沈默、沈默、再沈默，直到這次請安結束了也沒主動說一句話。

顧家的兩個長輩反倒對新兒媳婦的沈默寡言頗為滿意——畢竟寡言才不會亂說話。

王氏細細的打量著容辭，越看越滿意，不禁更得意於自己的謀算，這個兒媳婦話不多，性格軟弱，還因為這樁婚事被娘家排斥，想來也不會大張旗鼓的把事情鬧大，當個擺設也只會忍氣吞聲，真是再合適不過的人選了。

霖兒的婚事一波三折，也算告一段落了，接下來就是立世子的事了……

想到這裡，她不禁頓了一下，看了一眼身旁正皺著眉喝茶的丈夫。

自己丈夫的狀況王氏當然心知肚明，他的身體每況愈下，這段時間夜裡整夜咳嗽不止，嚴重時甚至不能喘息，用了藥也總不見效，怕是不大好了，這再不立世子，恐生後患啊。

其實照理來說，這些公侯王族中，嫡長子三、四歲之後，其父就會上書請立世子，但顧宗齊先天不足，小時候病病歪歪，三災八難的，顧顯生怕他養不活，就一直把立世子的事拖著，後來有了顧宗霖，他從小就健康聰穎，越長越顯得文武雙全，端的是個可造之材，就更加不肯早下決斷了，他想的是如果留不住顧宗齊，就直接立次子為世子，如果再大些顧宗齊身體好了，就立長子為世子，這樣也免去後顧之憂。

可誰知人算不如天算，顧宗霖是越長越顯才幹沒錯，可顧宗齊幾次病危，竟都磕磕絆絆的活了下來，三年前還娶了姻親宏昌王氏的表妹為妻，加之顧宗霖又為了一個不可能屬於他的女子屢次忤逆父母，立誓獨身，就更讓他左右為難，不知如何是好了。

他的這些考量王氏都知道，他們夫妻二人也曾多次商議，當時王氏並沒怎麼放在心上，畢竟不論立誰都是她親生的兒子，只要恭毅侯不會腦子一熱產生想立顧宗亮的想法，她就不會著急。

可眼下的局勢讓王氏有了危機感。

萬一真如顧悅所說，顧宗齊夫妻無子是因為他的身體原因，那他今後再有子嗣的可能也不高，畢竟除了姪女王韻蘭之外，她給顧宗齊的幾個通房也一直沒有好消息……

而顧宗霖這邊，兒媳婦懦弱寡言雖是好事，但怕是不能指望她這樣子的能讓霖兒回心轉意了。何況就算霖兒有所回轉，她這年紀也太小了些，要想圓房怕是要等一、兩年。

本來王氏的耐心是很足的，但顧悅那句話卻讓她突然覺得等不得了。

長、次嫡房均無子，難道這偌大的家業要落到三房手裡嗎？

王氏盯了尚還被乳母抱在懷裡的顧燁一眼——

這是她絕對不能容忍的事！

王氏在暗中思索的事，也正是容辭要考慮的事。

此刻她與顧宗霖二人正走在回三省院的路上，一路上都在努力回憶這幾年將會愈演愈烈的世子之爭。

其實說實話，容辭雖對顧宗霖的一切都頗為詬病，逮著機會就想要挑毛病，但是她也不得不承認，只要不涉及那個女人，在某些方面他的人品確實是值得肯定的，比如他雖然有能力將兄長排擠得徹底失去地位，但他卻真的從沒想過奪取世子之位，遇到兄長總是習慣退讓，為了讓顧宗齊放心，他明明武藝出眾，卻從不碰恭毅侯府賴以起家的軍功，而是走科舉的路子，希望不靠家裡的爵位也能走出一條路子來。

不幸的是，他沒有要爭位的想法，但他那位看上去溫潤如玉、與世無爭的好哥哥卻早已將他視為假想敵，欲除之而後快了。

顧宗齊看似翩翩病弱佳公子，見人三分笑，從不與下人為難，顧府內外都覺得他是個無比溫柔的人，但實際上常年的病痛，父親的失望忽視，弟弟逼人的優秀，這些日復一日、年復一年地折磨得他的心靈早就扭曲了。

他無疑也很聰明，但限於身體原因不能常在外走動，更無法習武修文踏入仕途，從小接觸的都是些內宅之術，手段也只在後宅小道著手，從不走陽謀正道，但就是這些小道在之後的幾年讓他們二房防不勝防、頗為困擾，畢竟誰也沒想到這些麻煩都是一臉光風霽月的顧宗齊想出來的，也就談不上破局了。

直到五年後發生的那一連串陰差陽錯的事，而最後一擊幾乎要了容辭半條命，這才讓她反應過來顧宗齊在這裡面做了什麼——事情一開始是巧合，但中間的推動和最後的毒手確實是他一手謀劃。

那個時期容辭先經歷了喪母之痛、和顧宗霖決裂、鎖朱斂青被趕出府，又失去了……第二個孩子，憤怒之下忍無可忍，第一次也是唯一一次動了陰謀手段，一出手就料理了這個仇人，也算是有仇報仇有冤報冤了。

唯一可惜的是這間接便宜了顧宗霖，使他輕而易舉的得到了世子之位，這也是沒辦法的事。

更何況那時候容辭已經隱隱想明白了——她和顧宗霖其實早就兩不相欠了，他騙婚、她失貞，如果這不足以償還她的隱瞞，那五年來她的殷殷照料、千依百順，五年後他的不信任，那個沒來得及察覺就失去的孩子，這些種種也足以抵消一切恩怨了，他們兩個是誰也別說誰，老死不相往來才是最好的結局。

不過這都是以前的事了，現在的當務之急是看看有沒有辦法利用這種局勢來解眼下困境……

容辭正想得入神，不防聽見顧宗霖突然說了一句：「妳不該說那句話。」

她一下子沒反應過來。「什麼？」

顧宗霖揮手讓下人們退去十幾步才又開口。「妳不該把話題引到大嫂頭上，這會讓大哥大嫂難堪，悅兒也下不來臺。」說著他微俯下身，定定地看著眼前的女孩。「雖然我們相處的時間還短，但我看得出來——妳很聰明，那句話絕不是無意間說的。」

容辭與他對視數息，發覺自己對他的容忍度簡直下降了好幾個水平，居然聽了這麼不痛不癢的兩句話，就想搧他的臉，明明上一輩子不論顧宗霖說出怎麼難聽、充滿警告意味的話，她都能忍住，繼續做他逆來順受的賢妻。

難不成沒了愧疚，她的耐心就這麼低嗎？

這麼想著，容辭二話不說扭頭就要走，可走沒兩步就被顧宗霖抓住了胳膊。「我說的話妳不懂嗎？」

容辭回過頭來看著他，語氣涼薄道：「夫君，您的話既然不算數，我為什麼要聽呢？」

顧宗霖帶著怒氣和疑惑問道：「我說的怎麼不作數了？」

容辭半抱著手臂，好整以暇。「那我請問您，昨天新婚之夜，您與我說過什麼？」

顧宗霖想了想。「妳是說我另有所愛，不與妳圓房的話？」

「呵，原來您只記得您對別人的要求，自己做出的承諾卻只是隨口說說嗎？」她譏諷一笑。「讓我來提醒您，您說『除了沒有夫妻之實，該有妳的一分也不會少，妳仍是名正言順的顧二奶奶』，我記得沒錯吧？」

顧宗霖看著她沒說話。

「在您心裡，您的妻子就配被這樣對待嗎？被人冷嘲熱諷也只能忍氣吞聲？」

顧宗霖估計頭一次遇到用這種語氣跟他說話的人，居然被頂得一時不知該怎麼反駁，被她緊迫的目光注視著，好一會兒才找回自己的聲音，含怒道：「三弟妹不是也說了一樣的話嗎？悅兒她什麼都不知道，只是無心之……」

「夠了！」容辭閉了閉眼，滿心的無名邪火眼看就要壓不下去。「二爺，我不瞎也不傻，有眼睛會看，有耳朵能聽，弟妹和顧悅二人誰是有心誰是無意，你我都心知肚明！你何苦將我當傻子哄？」

又是這樣！總是這樣！全天下的聰明人都生在了他家，旁人只配聽他們糊弄。更可氣的是，只要有一次不想追究，裝著被他們糊弄過去，他們就以為旁人都是傻子，可以隨意擺弄。

上輩子忍氣吞聲得夠久了，這一次，她偏不想如他的意了！

然而讓她沒想到的是，聽她發了火，顧宗霖沈默了半晌後，臉上的怒氣竟一點點消散了，他猶豫著輕握了一下容辭的肩，緊接著被甩開也不在意。「妳說得對，是我說錯了。」他停了停，又道：「這次是悅兒的錯，我回頭會教她的。但這畢竟與大哥大嫂無關……我只是擔心牽扯到他們，徒生事端。」

容辭略有些驚異的看著面前神情真摯的顧宗霖。「我沒聽錯吧，您居然也會認錯？真是稀奇。」

顧宗霖見她神色稍緩，便知她的怒氣不復方才熾盛，不由得鬆了口氣，露出一抹微笑來。「妳與我才相處了多久，怎就知道我不會認錯了？我知道自己錯了，自然會認。」

怎麼不知道？在之後相處的五年時光裡，你可是從沒認過錯，從來只會冷著臉發號施令，支使人做這個做那個，知道自己錯了，也只會買些首飾簪環回來，權當道歉。容辭剛這麼腹誹，又轉念一想，也不一定，他們真正相處只有這五年，說不定後來他跟別人相處時就是很好說話呢，比如成天在他的劉氏、錢氏等人面前伏低做小之類的，那也說不準啊。

一想到那個畫面，她莫名有點想笑，也沒那個怒氣跟他發火了。

容辭跟在顧宗霖身後，眼見著他走進了二省堂的正房中，猶豫著跟了進去，不自覺的用手護了一下肚子。「您……是還有事嗎？」

顧宗霖也看出她的驚訝，有些尷尬，卻只能冷著臉強撐臉面。「新婚有三天假，不用當值，我平日裡也是在這裡作息的……」只是一時忘了這已經是妻子的地盤了。

容辭也知道是自己太敏感了，此時已是深秋，馬上就要入冬了，現下眾人穿的也多了起來，這寬鬆的衣物一遮擋，加之她孕期尚短，除了經驗豐富、慣常料理孕事的老嬤嬤，旁人是不會看出什麼的，更何況顧宗霖這個從不對這些事上心的大男人，倒用不著這樣防備。

話雖這樣說，她卻仍不想跟他共處一室。

「您在這兒這麼乾坐著，怕是沒意思，不如去書房看看書也好啊。」

顧宗霖放下茶杯，指了指炕桌那一邊，示意她坐下，解釋道：「眼看就是進午膳的時間了，廚房怕是還會把飯菜端到這裡來，等用完了午膳，我就回書房辦公。」

容辭無法，只得磨磨蹭蹭的坐下了。

兩人之間的氣氛越發沈默。

實際上顧宗霖在成婚之前打定主意要對妻子敬而遠之，以免對方產生不必要的幻想，但此時妻子一言不發，氣氛這般尷尬，顧宗霖自然以為是她在路上的那口氣還沒消，竟想主動開口緩解氣氛。

「……妳平時在家是做什麼消遣的？」

容辭一瞬間都沒敢相信說這話的人是顧宗霖——在她看來，顧宗霖是個等閒不會與生人閒聊的人，就連上一世，兩人也是相處了兩、三年、彼此熟了之後，他才會偶爾跟她聊一些與正事無關的話題。

而現在，從他掀起蓋頭到現在過了有一天沒有？

她一邊在心中稱怪，一邊漫不經心道：「不外乎針黹女工，再就是與姐妹們閒聊玩耍罷了。」

是的，在顧家設計這一齣之前，她和許容菀的關係其實還是不錯的，畢竟沒有利益糾紛，她們又是許家除了已出嫁的兩位姐姐外，唯二的正室嫡出之女，天然立場一致，容辭又有意忍讓，二人關係自然不壞。

正因如此，許容菀才更難接受容辭的「背叛」。

不過現在說這些都太晚了，畢竟難以言歸於好，怪只怪她們雖勉強算是朋友，關係卻沒有好到兩不相疑的地步。

卻聽顧宗霖又在沒話找話。「那……妳曾讀過什麼書？」

「女則、烈女傳……」她猶豫了一下。「……還有幾本遊記之類的閒書。」

其實她在娘家唯讀過女則之類的書，其他的閒書都是在她和顧宗霖關係好時在他書房看的，那時候他們日益親密，容辭甚至可以隨意出入他的書房，他又不太愛說話，兩人的閒暇時光一般都是坐在一處看書度過的，頗有一點歲月靜好的感覺。

不過現在她只要一想到那段時間就膈應，覺得當初那個認為可以和顧宗霖和平相處的自己簡直是腦子進水了。

「妳也喜歡遊記嗎？我書房裡倒有不少，等過些時候我差人搬到東次間，可以作為妳的書房。」

容辭聽了這話終於來了興致，上輩子那兩間屋子一直閒置，不過略擺了兩件家具，使之看上去不那麼寒酸而已，畢竟那時她謹慎得過了頭，顧宗霖不提，她怎麼敢隨便改動格局。

但女人嘛，總是對佈置自己的房子有一股天生的熱情。

「好啊！」容辭總算打起了精神，開始認真打算起來了。「我抬進來的嫁妝裡好像沒有書架，但我名下有一家木工坊，等得閒了就吩咐下去，讓他們留下幾根好木材，用來打一整套的書架書桌，也不怕他們不盡心。」

溫氏就容辭這麼一個寶貝疙瘩，雖還有個庶女，但到底不是從自己肚皮裡出來的，自然不如對親生的掏心掏肺，除了去世的夫君許謙留下的產業分了一半留給庶女，她出嫁時的嫁妝和這麼多年的經營所得，一股腦兒的全塞進了容辭的嫁妝裡。

溫家雖不是豪門大族，但也算家境殷實，上一代子嗣單薄，只剩溫氏這一個獨生女，幾代人的財產積攢下來十分可觀，雖不算家財萬貫，但勝在人口簡單，不曾分散財產，因此容辭現在手頭的鋪子、田莊、現錢之類的也不算少了。

顧宗霖見她興致勃勃的樣子，覺得她肯定不再想著生氣的事了，越發想與她多說兩句。「必不能用妳的嫁妝，我那裡也有些好料子，送到妳那鋪子裡打就是了。」想了想又道：「要是打一整套書架，幾本遊記肯定填不滿，到時候得再搬些書來。」

容辭這時候面上沒什麼變化，心裡卻詫異極了——這還是顧宗霖嗎？他怎麼這麼多話？

一次兩次也就算了，她還能給他想出個理由來，可這好幾次反常也太奇怪了，在印象中，他一向是高高在上，渾身泛著冰冷的氣息，不苟言笑，能不開口就不開口……

她正想著，突然很久之前乳母李嬤嬤跟母親閒聊時的一句話電光石火般閃過腦海，讓她瞬間渾身一僵——

「這男人呀，都是賤骨頭，妳若是一味的順著他，他就蹬鼻子上臉，越發來勁；可妳要是時不時地鬧個脾氣，他反而慌了，說不準就伏低做小地來哄人呢。」

聽這話的時候容辭才十歲出頭，正是半大不小的年紀，多少也能懂事了，她覺得李嬤嬤這話雖不能算錯，但也只適用於庸人，只有那些庸俗的男人才會像李嬤嬤說的那樣……犯賤，她覺得有見地的男人應該是妳對他好，他自然知道，就會回報妳同樣的好；相反，若妳對他不好，他也就會以冷漠相對，明智的人不分男女，都會以真心對真心的。

可顧宗霖也算文武雙全、博覽群書，怎麼著也不能算在庸人那一堆裡吧……

容辭一想到要把「賤骨頭」這三個字安在顧宗霖身上，就整個人都不好了。

原來、原來他……也只是個普通男人啊……

到了新婚第三日早晨，就是回門的日子。

這幾日顧宗霖按照他們約定好的，新婚前三天在正房用膳，晚上也宿在這裡。

說實話，不知道顧宗霖彆扭不彆扭，容辭卻是快受不了了，每天和他在一起吃飯，吃到不合胃口的菜還不能表現出來，生怕引起懷疑。睡覺時兩人都拚命往邊上躺，中間硬生生留出一臂長的空隙。早上發現另一個睜開眼，自己怕尷尬就只能裝睡，這些種種都讓容辭後悔為了面子和他做的這個約定，可是話都說出口了，也沒有嚥下去的道理。

話說回來，連她都險些忘了還有回門這回事，顧宗霖不會也不記得了吧。「斂青，去問二爺，今天他要不要和我一起回門。」

上一世他是沒去的，好像說是要和同僚談公事，不得空，容辭一個人回娘家，自是丟了臉面。

斂青笑道：「回門這種事，姑爺怎麼能不去？昨兒我還聽他吩咐朝喜，命準備各色禮物，預備回門時用呢。」

這可奇了，他那位談公事的同僚今天沒來嗎？

她不知道的是，那位同僚壓根兒就不存在，上一世是顧宗霖不耐煩應付回門，也沒把這有名無實的妻子放在心上，隨口找了理由推了罷了。這一次經容辭堵了他一次，他就怕再被她質問「他的妻子配怎麼對待」，這讓他感覺自己是個過河拆橋的小人，只會嚴以律人、寬以待己，因此竟顯得比容辭本人還要積極。

恭毅侯府與靖遠伯府同屬京中勛貴之家，都是建在靠京城中心的位置，但是一個在皇城東邊，一個在皇城西邊，加之天子腳下，馬車不得疾馳，於是走了將近半個時辰才到。

馬車經過正門，在側門停了下來，顧宗霖先下了馬車，鎖朱在外掀開門簾，扶著容辭也下了車。

今天在門口接人的是許府二老爺許訟的妻子陳氏，也就是容辭的二伯母，她身後還跟著個二十四、五歲的青年，正是二房的獨子，容辭的大堂兄許沛。

許沛先走上前來，容辭向他行了福禮。「大哥哥安好。」又掛念道：「我好幾天不見岑哥兒和岩哥兒了，他們好嗎？」

他點了點頭，笑道：「老大還好，岩兒這猴兒倒是更皮了，難為妳記掛他們。」

說著將兩人帶至母親面前。

陳氏從剛才就一直在觀察二人，容辭她自是常見的，如今短短一面，只是覺得她滿身稚氣像是消減了，旁的還看不出什麼來。但顧宗霖卻是引人注目，他頭戴嵌白玉紫金冠，身穿靛青色交領長袍，外頭披著二色金松花色披風，雖神情嚴肅、不苟言笑，卻相貌堂堂，五官英俊，加之冷峻的氣質，在人群中也能給人鶴立雞群的感覺，真是好一個氣質不凡的少年郎。

陳氏當即就想，難怪此人能引得姐妹反目，要是能拿捏住這個人，四丫頭就算得罪了娘家，也不算虧了……但她再細看兩人舉止，倒是又生了旁的疑惑。

「二爺，這是我的二伯母，這是沛大哥哥。」容辭介紹道。

兩人行禮畢，二伯母方上前握住容辭的手，帶著笑容道：「可算到了，老太太和妳母親都等著呢，快去見見她們吧。」

容辭自然遵從，一行四人便帶著一眾僕婦前往老夫人所居正院。

不一會兒，正院到了，進門後只見老夫人郭氏坐在正中，身旁坐著大夫人吳氏、三太太溫氏以及四太太楊氏，站著服侍的就是幾位嫂子，下首坐著的則是容辭的幾個堂姐妹，許容菀卻不在。

兩人上前先給郭氏磕過頭，再分別給幾個長輩見禮。

溫氏從他們進來就緊緊地盯著容辭看，這時看兩人向她見禮，口稱「母親」，眼裡便忍不住含滿了淚水，把兩人扶起來，嘴裡不住的應「好」。

容辭上輩子十九歲喪母，眼睜睜的看一場風寒奪去了親娘的性命，至今已經有整整十年了，十年之後再看到臉色雖然憔悴卻還活得好好的母親，自是百感交集，不由落下淚來，抱著溫氏喊了一句「娘！」便哭了起來。

這一哭，把溫氏滿腔掛念都引了出來，母女倆頓時抱著哭作了一團。

顧宗霖在旁邊卻是看得呆住了，他沒見過容辭如此感性的一面，在他心目中，容辭一直是理智的甚至有些漠然的形象，即使含怒也帶著一分克制，從沒想過她也會像孩子一樣痛哭。他不好袖手旁觀，又不知該如何規勸，只得呆立在一旁，看其他嫂嫂姐妹去安慰她們母女二人。

眾人正勸慰著，卻聽門口那邊傳來一道暗含譏諷的聲音。「四妹是有心人，如今求仁得仁，自是該高興啊，如今又來哭什麼？」

容辭臉上尚還流著淚，便被這一句喚回了心神，她壓住喉中的哽咽，從母親的懷中抬起頭來。

說話的人正是容辭曾經的姐姐，現在的冤家——許容菀。

她進門先看了顧宗霖一眼，然後似笑非笑的盯著容辭。「四妹怎麼不哭了，別是高興得哭不出來了吧。」

容辭沒有馬上搭理她，而是不緊不慢的抽出帕子來擦乾眼淚，這才看向氣得臉上表情有點扭曲的堂姐。「三姐說得是，我見母親，可不是既傷心又高興嘛，想來三姐將來出了閣，也會懂我的。」

這已經是已婚婦人才能說出口的話了，許容菀要是要臉，在大庭廣眾之下聽到「出閣」

二字，就必須按照時下的風俗規矩，立刻做出嬌羞不已的表情，然後保持沈默，不然會被腹誹「不矜持」。

許容菀萬萬沒想到，幾天的工夫沒見，容辭已經修煉得高了好幾個等級，心境早不復以往，指望她羞愧難當繼而有口難辯，怕是很難了。她更沒想到，以往一直退讓的堂妹居然還敢頂嘴，要知道，除了這樁婚事，容辭從沒有與她起過正面衝突，她是靖遠伯的嫡次女，除了已經出嫁的長姐，府中確實沒有旁的女孩比她更尊貴了，姐妹們都有意相讓，自然包括容辭。

此刻許容菀一時氣憤，也顧不得什麼嬌羞不嬌羞了，她氣得柳眉倒豎。「我什麼時候出嫁，哪有妳說話的分兒，妳不過是個……」

「容菀！」郭氏此時開口打斷了她的話，她語氣平靜的提醒道：「還是個姑娘家，滿口出嫁不出嫁的，也不怕新姑爺笑話。」

郭氏是府裡的老封君，一向積威深重，她的話，別說許容菀，就連現任的靖遠伯許訓也不敢輕易違背，因此許容菀只得悻悻住口。

郭氏如今已經年過六十，滿頭銀髮，臉上刻滿了歲月的痕跡，但她精神很好，上一世直到容辭去世，她依舊是這個大家族的掌權人，她處事理智，不以個人好惡而處處以家族為重，為了靖遠伯府的地位延續，她既能擺高姿態，也能放下身段，可以說這個家甚至可以沒有許訓，但絕不能沒有她。

她抬手喚顧宗霖和容辭上前來，握住兩人的手，因為眼花，又眯著眼看了顧宗霖許久，才道：「我之前就看你不錯，如今果然長得越發出息了。」說著拍了拍他的手，又道：「我這孫女性子靦覥，也不大愛說話，但卻是個貼心的，行事從不出差錯，我只盼著你能好好待她，日後相互扶持，也不負我這一番囑託了。」

接著容辭感覺自己的手被緊緊地握了一下，感受到了那隻乾燥的、屬於老人的手上那深刻的線條和沈穩的力道。「四丫頭，妳嫁了人就是大人了，在夫家不可淘氣，我知道妳事母至孝，之後對公公婆母也要像對妳母親那樣，恪盡孝道，這才是我們許家嫁出去的好姑娘。」

這話苦口婆心、入情入理，不說顧宗霖，就是容辭這在家時從不討郭氏喜歡的庶子之女，都聽得感慨萬千，不得不承認郭氏是個睿智的老人。她之前雖不喜歡容辭，還輕易相信容辭品行不端，但作為一個大家長，相比於一個人過去發生的事、所犯的錯，她更在乎這個人今後能為這個家帶來什麼利益。

在她看來，容辭的過錯，之前該懲罰的已經懲罰過了，該敲打的也敲打過了，這事就應該就此揭過，不必再翻舊帳。

現在容辭的身分已經不是當初在府裡任打任罰的四姑娘了，她如今是恭毅侯顧家的兒媳婦，是維繫著許顧兩家聯姻關係的紐帶，她過得好了，自然給許家長臉；許家好了，她在夫家也能立得住，二者沒有衝突，反而有共同利益，如此為何不和睦相處，非要去糾結過往，平添仇人呢？

容辭瞭解郭氏的想法，知道她是個不折不扣的利益至上者，但她也不得不承她的情，畢竟如果是吳氏當家，怕是現在早就撕破臉皮了，這場回門也會變成鬧劇一場，白白叫顧宗霖看了笑話。

她微微屈膝，真心真意應道：「孫女多謝老太太教誨。」

郭氏看她的樣子就知道這個平時不言不語的孩子已經明白了自己的意思，她點點頭，笑著把顧宗霖和容辭的手拉到一起，讓它們緊緊地握在一起。「那我這老婆子也就放心了。」

兩人的手相貼的那一瞬間，顧宗霖和容辭的神情都有一瞬間的不自然，幸而兩人都是沈穩的性子，掩飾得十分快，馬上恢復了正常。

郭氏道：「好了，容辭，妳跟妳娘怕是有好些私房話要談，我就不多留妳了，跟妳娘回去吧，至於姑爺，他們爺們兒在前院等著要見你呢，隨著沛兒去吧。」又向眾媳婦孫女道：「妳們也都散了吧，回去準備準備，下午就擺宴。老大媳婦留下，商量宴請的事。」

眾人告辭不提。

眼看著他們出了門，許容菀委屈的鑽進了吳氏的懷裡，吳氏心疼女兒，便帶著三分不滿對郭氏道：「老太太何苦如此厚待那小蹄子，豈不是下菀兒的臉面？」

郭氏閉著眼養神。「還不慎言！什麼小蹄子，她如今已經是顧二奶奶了。」

許容菀抬起頭不甘心道：「那她之前做的那不要臉的事，就這麼過去了？」

「不過去又能怎麼樣？難道兩家能老死不相往來嗎？」郭氏睜開眼，恨鐵不成鋼的點著許容菀的額頭。「況且我打也打了，罰也罰了，再不依不饒，就真的結仇了。」

郭氏其實有些無奈，親孫女她當然疼愛，可容菀卻一點也沒有繼承到自己的大局觀，甚至也沒有她嫡長姐的沈穩，而是十成十的隨了她娘的愚蠢不開竅。不過萬幸的是，容菀雖不聰明，但好歹沒有學到她娘的另一項缺點——毒。

老話說得好，不怕人蠢也不怕人毒，就怕人不但愚蠢而且狠毒，她這個大兒媳婦就是典型的又蠢又毒，一肚子壞水，偏還沒那個聰明勁兒把壞事辦俐落，真是害人又害己。

而這樣的女人，竟然是他們許家的當家主母——想到這個郭氏就頭疼。

雖然她知道自己活一天，這府裡就出不了大亂子，可她到底年紀大了，還能活幾年呢？

「打幾棍子算得了什麼打罰？依我看，就應該把那小蹄子的臉抽爛了，才叫旁人知道厲害，要不然，咱們家的臉往哪兒擱？」

聽聽聽聽！這說的叫什麼話？

郭氏沒搭理吳氏，去問許容菀。「三丫頭呢？你也覺得該按妳娘說的做？」

許容菀這時倒猶豫了，她畏縮道：「賞她幾個耳光還使得，打爛臉……這倒是不必吧……」

「聽聽，妳還不如妳閨女！」郭氏忍著頭疼教導吳氏。「若這事真傳得人盡皆知，毀了靖遠伯府的名聲，不用妳說，我自會處置她以正家風，可人家顧家只是暗示！妳懂什麼叫暗示嗎？就是不管四丫頭背後有沒有做什麼事，都是咱們自己想的，外邊誰也不知道，這樣妳不大事化小小事化了，非要鬧得滿城風雨才高興嗎？」

看到吳氏還是滿臉不服，郭氏就知道這教也是白教，如果能教好，幾十年前就教好了，也不必等到如今了。

「再有，三丫頭如今定的親事不也很好嗎？妳還有哪裡不滿意？」

「人是不錯，但……家裡到底沒個爵位，看著不穩當呢。」

「那顧宗霖家的爵位是他的嗎？他只是次子而已。」郭氏疲憊的仰頭靠在引枕上，閉目嘆息道：「何況這爵位如今越發不中用了，有爵位的人家，指不定還不如別家穩當呢……」

第三章

這邊容辭跟著母親回到了日常起居的西小院，進院就看到小妹許容盼在門前踮著腳等她，看見她立刻就跑過來摟住她。「姐姐，我可想妳了！」

鎖朱在一旁看她撲上來，嚇了一跳，生怕許容盼撞壞了容辭的肚子，忙伸手扶她。

容辭擺手示意無礙，又用力把妹妹抱起來親了親小臉蛋，放下說：「喲，幾天不見，咱們盼盼又長沉了。」

許容盼現在還不滿十歲，是庶出的孩子，當時溫氏與許謙成婚後久沒有生育，到二十多歲才生了容辭，之後又是好幾年沒有消息，便知自己怕是子孫緣淺，再不能生了，便替許謙納了一房妾室以延續香火，後來那妾室懷上身孕後，溫氏也整日求神拜佛祈求能生個兒子，一來延續丈夫的香火，二來自己的女兒有了兄弟，將來也能有個依靠，便給那孩子取了小名兒叫盼盼。

不承想生下來是個女兒也就罷了，那妾室還因為難產當天就去了，夫妻兩個都老實善良，雖生在富貴人家，也不是那等視人命為草芥的人，這因為私心求子而鬧出了人命，自是十分愧疚，從此便也歇了那生兒子的心，只守著女兒過日子罷了，覺得能看護著女兒嫁人生子也足夠了。

誰知天有不測風雲，人有旦夕禍福，許謙沒多久居然也病死了，到底沒能看到女兒出嫁。這下，溫氏母女三人成了徹底的孤兒寡母。

許容盼與容辭十分親近，纏著她說了好些話。

容辭也許久沒見這個妹妹了，上一世五年後母親去世，也沒來得及給妹妹安排親事，許容盼守了三年母孝，才在府裡的安排下匆匆成了親，嫁的是個家境不算殷實的舉人。

那時容辭的身體還沒有壞到後來的地步，容盼便得空過來瞧瞧她，也算是解了她心頭寂寞。可惜後來她身子一日不如一日，後院裡顧宗霖的妾室劉氏也漸漸掌權，就不許容盼上門探望了，饒是如此，她也瞅著逢年過節的機會便遞帖子進來，盼望著姐妹能有一聚。

容辭臨死前最放不下的也是這個妹妹，雖聽說她的夫婿對她不錯，後來夫妻倆也有了兩個孩子，算得上子女雙全，但到底怕她報喜不報憂，受了委屈也沒個人撐腰，於是還低聲下氣的向顧宗霖乞憐，希望他能看在他們夫妻一場的分上，能替她多多看顧這個小妹妹。

現在她捏著她又圓又胖的小臉，歡喜得不知該說什麼好。

「盼盼在家有沒有聽娘的話呀？」

容盼此時坐在容辭膝上，靠在她懷裡使勁摟著她，聞言嘟著嘴道：「盼盼都長大了，肯定聽話啊，娘親說，姐姐小的時候才不聽話呢。」

容辭點點她的鼻尖，笑道：「那是娘親哄妳的，妳偏還當真了。」

溫氏坐在旁邊愛憐的看著兩姐妹，聽到這話卻被氣笑了。「誰哄她了，妳從小在老太太屋裡不言語，回了咱們院子裡就搗蛋，跟孫猴子去了緊箍咒似的，旁人還都讚妳文靜。真是從小就會看人下碟，可見是知道老太太不手軟，我和妳爹卻捨不得動手。」

容辭也知道自己之前是個什麼性子，不由捂住臉羞惱道：「哎呀，娘！我是在替妳教盼盼呢，幹麼揭我的底？」

她這聲抗議哄得其他人都笑了。

又同妹妹親熱了一會兒，才把她放下來。「我讓妳鎖朱姐姐把禮物放到妳房裡了，去看看喜不喜歡，讓姐姐和母親單獨說說話。」

盼盼乖巧的點了點頭，蹦跳著出了門。

等她一走，溫氏便揮退了下人，迫不及待的問道：「顏顏，怎麼樣？姑爺對妳可還好？」

容辭笑著點了點頭，沒有一絲破綻。「他主動求娶，怎麼會不好？」

溫氏聽了這話卻愈加不放心。「什麼求娶不求娶的，妳是我懷胎十月的親閨女，我自是知道妳，妳是不可能做出他們說的那等事的，既不是妳的原因，就肯定是顧家那頭出了什麼岔子！」

關係到女兒的終身大事，母親的本能讓她變得無比多疑，也無比敏銳，她一反平時的木訥，猜得居然非常接近真相。「妳說實話，是不是那顧二爺有什麼不好？……是他養了外室，還是有了庶長子？」

容辭上一世已經見識過母親在這事上的敏銳了，但當初她年紀小，被問得無話可說，又不能告訴母親真相讓她傷心，只能支吾過去。

溫氏作為她的親娘，能看不出這事有貓膩嗎？她從此日夜懸心，無時不在掛念著自己的女兒，本就不怎麼健壯的身體，因為思慮過度更加不好，以至於最後一場尋常的風寒竟也遷延難癒，最終不治身亡。

這也是容辭重生後最想改變的事之一，她想快快活活的過下去，讓母親知道自己過得很好，一點兒委屈也沒有受，讓她能放心，不再牽念。

「沒有您想的那樣複雜，只不過是我那夫君性子強勢，說一不二，不喜歡張揚的女子，在外聽說三姐十分驕縱、不好相處，於是便想換個溫柔順從的罷了。」她不慌不忙的解釋道。「您看他的舉止，也該知道他不是那等在意出身門第的人，捨三姐而選我，不過是憑他的個人喜好，沒有那麼多的陰謀詭計。」

這話半真半假，聽上去卻是合情合理，溫氏的疑慮瞬間被打消了大半，但她還是不放心。「姑爺這麼有主意，可好相處嗎？」

容辭趴在她肩上得意地笑了起來。「他喜歡溫順的女人，誰不知道我就是個頂頂溫順的，老太太都誇我呢。」

溫氏被她逗得笑了起來，也知道自己這個女兒是個能耐得住性子的，雖本性並沒有外頭傳得那麼柔和，但像對付老太太一般，糊弄糊弄夫君也足夠了。

她又想起一事，小聲問道：「你們圓房了沒有？」

容辭面不改色答道：「還沒有，我這不還小呢。」

溫氏想了想，道：「也好，妳年紀確實是小了些，萬一有了身孕……妳妹妹的親娘就才十五歲出頭，當初我也沒想太多，只是看她模樣不壞，性子又老實才定的她，沒想到生產時居然那般凶險，大夫這才說是年紀太小的緣故，我和妳父親悔不當初，如果當時想得周全一點，也不至於害了她的性命。」說著嘆道：「可惜了，花兒一樣的年紀……」

容辭攥緊了雙手，被母親的話嚇得臉色有些泛白，埋在溫氏懷裡不自覺有些顫抖。

「妳別怕，這事兒因人而異，有的長全了便也沒大礙，那些沒長全的，才會出風險。」

溫氏看到女兒不安的樣子，安撫道：「女人都要走這麼一遭，就算年齡合適，也不一定安全，年紀小的也不一定出事。」

容辭點點頭道：「我記得李嬤嬤對這些事頗為精通。」

「是啊，她是從宮裡放出來的，之前學過幾手，盼盼的姨娘那時候她就提醒過，說可能有風險，可惜咱們當時沒有放在心上，不然……唉！」說著她又有了疑惑。「顏顏，妳是她從小看大的，有時同她比和我還親暱些，怎麼出閣卻死活不帶她？妳帶著她，我多少還放心些呢。」

容辭原本自是有她自己的理由，卻不能告訴母親。

「我是和嬤嬤鬧了脾氣，賭氣混說的，現在才發現離了她真不行，今天也是來接她的。」

「妳這孩子，以後萬不可如此了，她那般疼妳，豈不叫她傷心。」忍不住說了女兒幾句，見容辭點了頭，她才又道：「她就在外邊候著呢，怕是也等急了。」

說著便差人喚李嬤嬤進來。

不一會兒，便見一個長相端正的半老婦人走了進來，她約莫四、五十歲的年紀，面上並沒有什麼皺紋，只在眉宇間刻了幾道深深的紋路，滿臉嚴肅，看一眼就知道是個頗為嚴厲的人。

但這個嚴肅的女人卻在見了容辭的那一刻就變了神情，她的眼中瞬間泛起了淚光，快步走到容辭面前，也顧不得主僕之禮，一把拉住容辭的手，激動道：「姑娘可還好嗎？」

容辭回握住她的手，有滿腔的委屈想向她傾訴，卻不知從何說起，只能向她點了點頭，兩人交換了個只有彼此懂得的眼神。

「嬤嬤，之前鬧脾氣是我錯了，妳別和我計較，今天便隨我去顧府吧。」

其實容辭不是鬧什麼脾氣，而是當初李嬤嬤察覺出她有身孕，卻因為胎兒已經成形，不宜強行用藥物墮去，否則重則丟命，輕則怕也會影響日後生育，與之相比，順利生產的機率怕還大些，因此堅決認為應該把孩子生下來。

但容辭已打算向顧宗霖坦白實情，生死早已置之度外，沒有想過生不生孩子的事，只擔心若李嬤嬤在，怕是會以死相逼讓她打消坦白的念頭，她視容辭為親女，行事卻遠比溫氏這個當親娘的激進，不定到時候會做出什麼事來，容辭怕節外生枝，便咬緊牙關不讓她陪嫁。

上輩子在新婚之夜後，容辭知道自己暫不用赴死，本應像如今這般將李嬤嬤接到顧府，但那一次她一門心思想將孩子打掉，怕李嬤嬤反對，便想把事情做完了再接她，卻沒想到還沒來得及接人，李嬤嬤就在一個月後外出時出了意外，連人帶馬車翻倒，當場便斷了氣……

聽母親說，李嬤嬤本是要去廟裡燒香，想替她求個護身符的。

容辭為此愧悔難當，幾乎忍不住落淚——若李嬤嬤那時在她身邊，肯定能躲過那次意外……

不說其他，此時李嬤嬤卻是驚喜異常。「姑娘，妳想明白了？」

容辭忍著淚意，強笑著點了點頭。

「我就說姑娘不能鑽牛角尖……」說了一句便想起一旁溫氏還被蒙在鼓裡，李嬤嬤話鋒一轉，對著她道：「太太放心，老奴一定照顧好姑娘，不叫別人欺負她。」

溫氏什麼也不知道，聞言便含笑應道：「有妳在我就放心了，顏顏這孩子看著文靜，一倔起來九頭牛都拉不住，一旦離了我，叫我怎麼放心？」

李嬤嬤心裡贊同這話，容辭雖沒說她的打算，但自己奶大的姑娘，眼珠子轉一轉便知她打什麼主意，不外乎無論如何也不能對不起別人，不然她會愧疚得寢食難安，非要給人補償回來不可……可在宮裡摸爬滾打出來的李嬤嬤卻知道，這世道從來都是人不為己，天誅地滅，何況顧家也不是什麼好東西，他們自己做了初一，怎麼能怪別人做十五？

當初李嬤嬤打的主意是爬也要爬到顧府，絕不能讓容辭把實情說出口，可沒想到姑娘竟讓鎖朱那死丫頭把她迷暈了，等她醒來時已經是第二天早上了，如此心急如焚的爬起來打探，卻沒有得到什麼顧二奶奶不好了的消息，一切風平浪靜，這就知道姑娘那裡不知怎的改了主意。

雖不知原因為何，卻也是萬幸了。

在親人身邊的日子總是飛快的，容辭覺得還沒跟母親說上幾句私房話，時間就不夠用了。

這時候已經是中午，郭氏吩咐擺了幾桌子宴席，留他們夫妻兩個在許府與眾長輩、姐妹兄弟一起用了午膳後，便是回府的時候了。

吃飯的時候許容菀異常老實，什麼么蛾子也沒出，惹得容辭還多看了她幾眼。也不知道郭氏是怎麼教導她的，如此有效……怕就怕只是一時老實。

臨走時，溫氏和二太太一路送到了門口，溫氏依然捨不得撒手，戀戀不捨地拉著容辭不住地囑咐。

「三弟妹，妳就放心吧，姑爺一定會照顧好姪女兒的。」二太太勸她。「我們容婷出嫁那會兒，我也是恨不得把眼給哭瞎了，晚上睡裡夢裡都是閨女，可妳猜怎麼著？人家和女婿琴瑟和鳴，一時不見就要想念，可一點兒也沒想著我這當娘的，我這心裡是既心酸又高興。這姑娘家長大了，自然要飛到別人家裡，咱們就該放手了。」

不提還好，一提這個溫氏更難過了。

許容婷在府裡排行第二，是二房的獨女，許訟和陳氏只有她和許沛這兩個孩子，從小千嬌百寵的長大，她有親爹親娘親兄長，又是老太太的親孫女，就是許容菀也得敬著她。到了出嫁的年紀，她父母為了給她挑個十全十美的好女婿，足足相看了三、四年才定下來，又因為捨不得閨女，特意多留了她一、兩年，到了十八歲才出嫁，嫁的是振威將軍秦慶的嫡長子秦盛，這人也不愧是二房兩口子千挑萬選出來的佳婿，正直上進，品行絕佳。更難得的是他與許容婷情投意合，從沒有生外心。

而自己的女兒呢？生在庶房，從小沒了爹，連個兄弟也沒有，好不容易長到十四歲，本想給她找個人品好、同她兩情相悅又志趣相投的夫婿，誰承想還沒來得及相看，就被人劈頭一盆污水潑在身上，真是跳進黃河也洗不清，覺得委屈，別人還說是占了便宜賣乖。

是，單看顧二爺這個人是沒什麼好挑的，出身名門，才華橫溢，相貌更是滿京城也挑不出幾個比他更周正的郎君了，女兒嫁了這樣的男人，無怪乎有人說是占了便宜。可在溫氏心中，此人齊大非偶，性格過於強勢又不怎麼體貼，和她心目中的女婿差了十萬八千里，更別說顧侯夫人張嘴就給自己閨女套上了個不守閨訓、勾引姐夫的罪名，這更讓她餘恨難消。

當時老太太罰容辭領了十棍子，險些把腿給打爛，那一棍一棍落下來，是打在容辭身上嗎？那分明是打在溫氏心窩子上。這怪誰？還不是怪恭毅侯府張口就敢胡說八道，毀人清譽。

而自己從小寶貝大的女兒，就要一輩子待在這樣的人家了。

拿容辭和容婷比，卻哪裡有可比之處？溫氏覺得陳氏就是站著說話不腰疼——她是可以高興的放手了，但自己怕是一輩子也難安心，真當自己的女兒和她女兒一般幸運嗎？

這麼想著，不由又流下淚來，嚇得容辭手忙腳亂地安撫了好半天，溫氏才能勉強止住淚，不捨地將女兒和女婿送走。

卻說那邊陳氏送了妯娌進屋後，回了自己的院子，一整個下午都在榻子上輾轉反側，不停地推敲著這一天所見所聞，直到晚上許訟回來，兩人躺在床上，她還在想。

半夜時分，突然坐起來，伸手把身邊的人搖醒。「老爺！老爺！」

許訟被她驚醒了，捂著胸口不滿道：「大半夜的，什麼事啊？」

「老爺，你今天見著四丫頭家的姑爺了沒有？」

「顧宗霖？他特地去前院見過我們了，」許訟疑惑道：「不只今天，他今年進士及第，如今與我同殿為臣，之前我就見過他，怎麼了？」

陳氏壓低聲音道：「前一陣子四丫頭不是因為這樁婚事受了罰嗎？……就是說她私會顧宗霖，以至於人家棄了三丫頭非要娶她的那件事。」

許訟當然知道這事，聞言不由皺緊了眉頭，他是個傳統古板的男人，對這種事總是厭煩的。「那事不是已經過去了嗎，如今還提它做什麼？沒得丟人。」

陳氏道：「照恭毅侯夫人說的，顧宗霖寧願得罪咱們大哥大嫂，也非四丫頭不娶，那他對四丫頭就算不到生死相隨的地步，起碼也該是情根深重了，可我今天眼瞅著，他們兩個可生疏得緊呢。」

「興許是人家剛成親，還害羞呢。」

陳氏不滿道：「你這個人！這夫妻之間有沒有愛意我還看不出來嗎？這兩個人都有些不對頭，顧宗霖呢，好歹還有意看顧他娘子，咱們四姑娘卻全不像那麼回事了，按理說她既有那心思勾搭他，便應該細心留意，時時注意人家的心思才對，可整天下來她居然一眼也沒往旁邊看，要不是顧宗霖有時問她兩句，看樣子她能全當沒這個人，當初咱們三姑娘可是恨不得把眼珠子都長到姑爺身上呢。」

「妳是說……」許訟遲疑道：「他們之間本無私情，是咱們冤枉了姪女？」

「呸呸呸！什麼咱們，明明是老太太和大嫂她們給人定的罪，當初我可一句話都沒說。」陳氏啐了他一口。「我之前就說這事有貓膩，容辭那個性子……不像是能幹出這等事來的人。」

「妳這時候放這些馬後炮有什麼用，還能跑到老太太跟前去替容辭洗刷冤情不成？這事都過去了，妳再提，不但老太太嫌妳多事，大嫂認定的事妳要去駁，不怕她生撕了妳？」

陳氏譏諷地說道：「我算是怕了大嫂了，哪有膽子敢去駁她？」說著又正色道：「我是覺得，既然容辭的品行沒有問題，咱們不妨與她多親近親近，我看她今天的舉止行事，倒像是個能在侯府站穩腳跟的，咱們若是跟顧家打好關係，到時候多個朋友多條路不好嗎？之前我不提，是覺得她人品有瑕，不想跟她多打交道，如今……」

許訟騰地一聲坐起來，盯著她道：「妳要這麼多條路做什麼？老太太總不會虧待我們。」

陳氏一下子就上了火氣。「是！老太太是你的親娘！可你看看這些年，從有了吳氏之後，伯爺還像是你的親大哥嗎？咱們都是做祖父祖母的人了，不為自己想，總要為孩子們想吧？大房瀟兒至今只有兩個女兒，可咱們岑哥兒七歲，岩哥兒也都五歲了，大嫂她……叫我怎麼能不怕？」

許訟眼神黯淡下來。「何至於此……」

「我也不是說要害誰，只是未雨綢繆罷了……」說著陳氏流下淚來。

許訟雖有些迂腐，但到底不忍見妻子如此傷心害怕，只得道：「行了，快別哭了，妳想做什麼就去做吧，我不管了還不成嗎？」

陳氏馬上收了眼淚，破涕為笑。「我就知道你這老貨還是有些良心的。」

這廂顧宗霖與容辭回府後，兩人便分道揚鑣，一人去了前院書房，一人回了後院。

容辭一進屋，剛把其他人遣走，就見李嬤嬤沈著臉將手探向了她的腹部問道：「可是穿著束腰？」

其實容辭對李嬤嬤是有點又愛又怕的感覺，她雖疼她，卻也十分嚴厲，遇到她做錯事的時候也會毫不猶豫地指出來，容辭小時候調皮搗蛋，許謙和溫氏性子都軟，管不了她，那時都是李嬤嬤出手教育她。對她來說，李嬤嬤既像慈母又像嚴父，自是對她十分敬畏。

她這時有點怕李嬤嬤秋後算帳，因此格外乖巧，問什麼就緊趕著快答。「沒有，平日裡也覺不出什麼來。」

其實李嬤嬤早把迷藥的事拋諸腦後了，畢竟在她心裡，就是她自個兒的生死也不及容辭重要，這個緊要關頭，她哪還有心思追究那些細枝末節的東西。

「姑娘，咱們脫了外衣讓我瞧瞧。」

等容辭聽話的穿著裡衣站在她面前，她便重新仔仔細細用手丈量了一番她的肚子，又掐了掐她的腰身，沈吟了片刻，便示意容辭把外衣穿上。

「嬤嬤，怎麼樣？」

「我瞧著妳這肚子，比大多數這個月分的孕婦要小一些。」

容辭一聽有些著急。「是不是胎兒有什麼不好？」

李嬤嬤很是意外的看了她一眼，才道：「那倒不是，應該是妳的子藏天生靠後一些，人又不消瘦，才顯得肚子小了些。」

容辭聞言鬆了口氣，又聽李嬤嬤道：「這是件好事，妳的肚子並不明顯，等過一、兩個月肚子大起來，那時候就是深冬了，人人都穿著大毛衣裳，妳到時穿得再厚一點，必不會露出破綻……但這法子最多也只能用不到兩個月，再大些就真的遮不住了，姑娘，咱們得在那之前想法子避出去。」

容辭點點頭。「這事我已經想過了，這顧府的老夫人眼看就要不行了，替她診脈的太醫說，也就是這一、二月間的事了，到時候以這喪事為契機，咱們再做點什麼推波助瀾，一定能光明正大的出去，不過這具體怎麼安排，得煩勞嬤嬤替我描補了。」

李嬤嬤倒是有些震驚容辭如今能想得這麼周全，畢竟在她心裡，容辭還是那個要她時時刻刻護著、摟著的小姑娘，儘管也不失聰明伶俐，但到底年幼，行事免不了冒冒失失，誰承想不過幾天不見，就成長了這麼多。

她目光一暗，拉著容辭低聲道：「姑娘，這顧府裡到底有什麼神神鬼鬼，妳一五一十的跟我說，我可不是太太，妳胡謅的那些話，哄得了她，可哄不住我。」

容辭苦笑道：「我也沒有那麼自大，覺得能瞞得過您，我正打算跟您說，讓您幫著拿主意呢。」

說著，就把新婚之夜顧宗霖說的那些話跟李嬤嬤說了一遍。

李嬤嬤越聽臉越沈，她在宮裡見過不少勾心鬥角的事，略一動腦子就知道恭毅侯府當初為什麼幹那缺德事，聽到最後狠狠地拍了一下桌子，罵了一句。「真是不要臉！」

她氣得直哆嗦，反倒要容辭來勸慰她。「嬤嬤別氣，要不是他們打的是這個主意，我不早就沒命了嗎？如今反倒該慶幸才是啊。」

李嬤嬤氣道：「那要不是他們打這個主意，妳也遇不到那骯髒事，如今也不必小小年紀就受這個罪。」她心裡想著怪不得姑娘對這孩子的態度有如此大的改變——這也許是她這輩子唯一的親生骨肉了，肯定捨不得拿掉了。

其實容辭也知道，受辱那件事要怪也只能怪自己行事不謹慎，顧府縱有千般錯處，也和那事關係不大。但她聽到親近之人不顧原則的偏向自己，總是開心的。

那邊李嬤嬤一方面欣慰容辭已經看開了，一方面又對顧府恨得牙癢癢。「為了騙婚，給一個小姑娘身上潑髒水，他們這一家子可真幹得出來啊……」

最後卻也只得無可奈何的嚥下這口氣，愛憐的把容辭摟進懷裡，喃喃道：「要不是現在姑娘的身體重要，受不得波折，我非叫這些人好看……」

卻說顧宗霖那邊在書房看了一下午書，又練了好一會兒字，天就開始昏暗了。

這時候卻見朝英進來，猶猶豫豫的問道：「我是想問問二爺，今天您的晚膳是在哪裡用啊？」

顧宗霖將手裡的紙卷放進瓷桶裡，想也沒想就道：「當然是回……」他突然頓住了。

按理說短短的三天，遠不到養成什麼習慣的時間，但他現在卻下意識的想要去容辭那裡，完全沒有一開始的避之唯恐不及，甚至忘了當初他們約定同房的時間也只有這三天。

眼前朝英也是一臉尷尬。「您還是回後院嗎？」

顧宗霖不由得放下手中的紙，垂下了眼。「自是不同了，當初說的是只留三天，全了她的臉面，要是再住下去，若她想多了，生出什麼不該有的希望又該如何？」

朝英這幾天在顧宗霖身邊跑腿，他旁觀者清，也漸漸地開始瞭解容辭的性子，如果說他們二爺是刻意冷淡以拉開距離，那這位二奶奶則是完全不經心的冷淡，她沒想刻意疏遠，但就是不經意間就會無視她的丈夫。

其實要朝英說，任哪個女子在新婚之夜被丈夫捅了這麼鮮血淋漓的一刀，怕都會生氣，可二奶奶那態度怎麼也不像是賭氣，反倒十分自在。要不是她年紀太小，平時也沒機會接觸什麼外男，朝英都要以為她也另有所愛，二爺和她說的條件正中她的下懷呢。

但他此時也實在不敢去提醒他的主子，他的這位妻子可能也不是很歡迎他回去，說不定早把他忘了，只得應道：「那我讓當值的留畫姐姐去後院知會一聲。」

他等了許久，才聽到顧宗霖從鼻子裡發出了一聲。「嗯。」

顧宗霖如今已經是從六品的翰林院修撰，過完了婚假之後每天都要應卯，只有晚上回府，在這種情況下，若是有心躲避，他和容辭能好久見不上一面。

容辭這段時日也頗為舒心，除了每天早上在王氏屋裡乾坐一會兒，聽她敲打敲打這個，拉攏拉攏那個之外，就只需要在三省院中衣來伸手、飯來張口，享受李嬤嬤無微不至的照料，要不是有時候顧憐和顧忻偶爾過來坐坐，她能過得更逍遙一些。

但她也知道，這種日子不會太長久了，眼下她就有幾場硬仗要打。

這天是顧宗霖連續工作了大半個月後頭一次休沐，他也不知怎麼想的，前一天便差人通知容辭早膳要回後院用，然後陪她一起去王氏處請安。

要說有長輩照料的人和沒有的人過的日子確實是天差地別，李嬤嬤沒來的那幾天，因為容辭剛剛擺脫前世的病痛，自覺已經過得很好了。但李嬤嬤來了之後，她才是真正被泡在了蜜罐裡，同時對一些事更加不耐煩了。

很明顯，跟顧宗霖打交道就是「一些事」之一。

半個月之前，她雖不耐跟他相處，但多少還裝裝樣子——前世她因為婚前失貞覺得愧疚，就對他格外體貼忍讓，硬生生的裝出了一副深愛丈夫的賢妻形象，這輩子就多少留下了點後遺症。

可是如今她膽子更大了，上一世的陰影在李嬤嬤的細心照料下已經漸漸淡去，自然不願再搭理他們。

之前的經驗已經告訴了她，任憑妳十依百順溫柔賢淑，也不會讓顧宗霖更高看一眼，平時看著再像那麼回事，到了緊要關頭還不是說捨棄就捨棄。但妳對他不那麼恭敬，他也不會用下三濫的招數來故意為難妳。

於是她直接跟來通傳的朝英道：「你去回二爺，就說我這幾日身體不適，吃得不香，怕打擾了他的興致，這事就免了吧。請他自在前院用吧。」

朝英滿臉尷尬的來，又灰溜溜的回去，從此打定主意，下次再有這種事一定叫朝喜來辦，再摻和他們兩口子之間的事他就是狗。

容辭覺得這事已經過去了，並沒有放在心上，卻不想第二天早上居然還是在餐桌前見到了久不露面的顧宗霖。

顧宗霖也有些不自在，兩人心不在焉的吃過早膳之後，才解釋道：「我今天休沐，若不一起去請安，怕母親擔心。」

容辭面上稱是，心裡卻在想顧宗霖是不是把自己當成了不諳世事的傻瓜，他難不成還以為她對王氏幕後做的那些事一無所知？居然找這麼蹩腳的理由。

不過容辭卻也不想琢磨他的目的了，反正男人總是反覆無常的，誰知道他們在想些什麼。

反倒是李嬤嬤暗地裡打量了他一番，然後冷笑了一下，並沒有說什麼。

本以為今天的請安還是做個形式而已，沒想到這次卻有了不同。

王氏對著容辭道：「這幾日妳大哥身體不大好，韻蘭一直在照看他。」

怪不得這幾天都沒怎麼見著王韻蘭，也沒見她再攛掇著顧悅來給她找事。不過顧宗齊日常就是三天一小病、五天一大病，應該不至於需要特地提出來吧？

又聽王氏繼續說：「有件事本與妳不相干，但這回看樣子得妳幫個手才行，過幾日就是宮裡頭娘娘的千秋，宮裡向來要擺宴，我得帶一個女眷去赴宴，往常都是妳大嫂同我一道，現如今她不得空，妳就跟著我進宮吧。」

容辭心裡疑惑，上一世並沒有這一齣，顧宗齊生病是常有的事，若王韻蘭次次都要留下照顧，那她壓根兒就無法外出交際。上一世都是顧宗齊病他的，王韻蘭做自己的，二者並不衝突。

因此容辭問道：「大哥病得可重？」

王氏搖頭道：「也不算，不過是平常事罷了，只是妳大嫂定要推辭，說之前妳沒進門，她總騰不出手來照顧夫君，如今妳來了，正好讓妳去見識見識，她也好專心侍奉齊兒。」

容辭一聽就知道王韻蘭在胡說八道，若她真有這個心，那她上一世怎麼沒提讓容辭去「見識」？

雖知王韻蘭肯定沒安好心，但容辭也不能推脫，因為王氏這種身分的貴婦進宮朝拜，是肯定要帶媳婦隨行的，大媳婦咬定不去，若二媳婦再推辭，那就只能帶孫氏，用腳趾頭想也知道王氏肯定不會答應，因此她只得應了。

「不知是哪位娘娘芳辰？」

「是承慶宮德妃娘娘。」

這位德妃娘娘是為數不多容辭所知的娘娘，因為直到現在以及之後十五年，一直是宮中位份最高的妃嬪。

其實今上御極還不到半年，他原本是太上皇元后所出之嫡長子，兩歲便被冊為太子，不幸元后早逝，後宮之中又頗多內寵，這些寵妃們個個有子，枕頭風日復一日的吹，終於在太子及冠的那一年成功把親爹吹成了後爹——昌平帝正式下詔廢除太子，改封其為燕王，謫居北地。而太子本無過錯，昌平帝找的理由自然是十分牽強，滿朝文武強烈反對的不在少數，據說那一年流放、砍頭的朝臣是近十年的人數之合，昌平帝廢除嫡長子的決心，由此可見一斑。

結果不到六年，這位廢太子便秘密進京——據說是奉了密詔，剿滅了逼宮造反的三皇子陳王一系，替被陳王屠殺的太子、五皇子、七皇子報了仇，據說昌平帝感動得泣不成聲，表示愧對這個以德報怨的兒子，當場寫下禪位詔書，傳位於燕王，燕王幾番推辭，終不忍違背父願，只得無奈聽從。

——說真的，這些怕只有三歲小孩才會相信吧。

反正容辭沒信，也不知朝中的大臣是出於什麼立場擺出一副深信不疑的姿態的。

這些扯遠了，話說回德妃身上，今上的後宮人數並不多，因為登基的時間短，還沒有充裕後宮。登基之前若不算通房，原有太子妃一人、側妃兩人、良娣兩人、孺人四人，可如今正妃因為行事狂悖遭到貶斥，幽於冷宮，並沒有被冊封為后，於是現在位分最高的就是原本側妃之一的德妃，其餘侍妾便按照之前地位一一冊封，並沒有顯出偏愛來。

這位德妃雖不怎麼得聖寵，但地位倒還穩固，容辭記得即使之後選女入宮，一般也是進宮什麼位分，幾年後依舊什麼位分，並沒有人能越過德妃。

當今的後宮在之後十幾年裡其實算是少見的平靜，幾乎算得上是死水一般了，除了皇帝從不偏寵之外，最大的原因就是沒有子嗣，別說皇子了，就是公主都一個也沒有，這沒個孩子，妃子們為了什麼爭，又替誰去爭？

但那是多年後，現在皇帝剛剛登基，誰也摸不準他的喜好，個個都想去拔一拔頭籌，想博得聖寵生下皇長子，朝中大臣們也都躍躍欲試，屢屢進言後宮空虛，應當充裕後宮，想要通過女兒或者外孫為家族增添榮光，等他們發現好好的女兒送進去一點水花都泛不起來，無論怎麼勾心鬥角都生不出孩子之後，也就漸漸消停了。那時就算皇帝的妃嬪依舊不算多，也再沒人提充裕後宮的事了。

現在正是選妃呼聲最高的時候，等這一批妃子進宮，大家也就漸漸明白捷徑不好走了。眾人請安後就各自散了，容辭想著同李嬤嬤商量幾口後入宮賀壽的事，沒留神顧宗霖居然也跟她走在一起，直到三省院門口，才停下腳步。「妳進去吧，我回去辦公了。」

容辭一時沒想明白他白走這麼多路是為什麼，直到他離開才不確定的想，他……該不會是在送我吧……

她這麼一想就忍不住雞皮疙瘩豎起來，覺得這想法太自作多情了，正要進院子，卻冷不防看見不遠處一棵樹下站著一個人，正死死的盯著她。

正是自稱在照顧夫君的王韻蘭。

此時已經是冬天了，院子裡花草枯寂，不染綠意，那棵樹也只剩下遒勁的枝幹，灰濛濛的泛著冷意，更襯得站在樹下一動不動的王韻蘭有一種古怪的氣質。

她一步步走上前來，在李嬤嬤防備的目光裡貼近容辭的耳邊，用只有兩人能聽到的聲音道：「二弟同二弟妹倒是越發感情深厚了，這麼幾步路還依依不捨的相送。」

她的聲音輕柔，卻透著一股子怪異。

「不過，二弟妹可要小心二弟被別的女人搶了，進宮時一定要留意一個女人，她與我們一起長大，在某些人眼裡怕是美得如同天仙一般，相信我不說那人是誰，妳自己也能認出來——妳只要看……看妳的眼神最怪的那個肯定就是了……」

這一瞬間容辭就知道了她說的人是誰，也立刻明白了王韻蘭執意要自己進宮的目的。

她此時還沒長開，比王韻蘭稍矮一些，等王韻蘭說完話要抬起頭時，容辭卻冷不防伸手從脖頸處扣住了她的頭，固定在自己耳畔，用和她同樣的聲音輕輕問：「和妳的眼神一樣嗎？」

感覺到手下的肌肉瞬間緊繃，容辭緩緩的笑了，繼續對著王韻蘭耳語。「我管她做什麼，宮裡的女人再美也是宮裡的，怎麼比得上咱們府裡的女人近水樓臺呢？」

說完，容辭鬆開了手，斜眼看著王韻蘭緊縮的瞳孔，伸手推開她。

王韻蘭在驚駭之下被推了一個趔趄，往後退了好幾步才止住，她抬起頭。「妳……」

看到她驚得說不出話來的樣子，容辭收了笑，面無表情道：「大嫂，莫要以為旁人都是傻子，什麼也不知道，殊不知人家不說只是因為噁心，連提也不想提罷了。」

王韻蘭瞪大眼睛盯著她，一句話也說不出來。

「大嫂慢走，我就不送了。」容辭冷笑道：「妳也不想留在這裡，聽我說出什麼不好聽的來吧？」

王韻蘭緊緊攥著拳，氣得抿著嘴哆嗦了好半晌，才終於垂下頭，一言不發的扭頭走了。

李嬤嬤在後面問道：「這裡的牛鬼蛇神還真是多，姑娘，這位不會是……」

容辭奇道：「嬤嬤莫不是看出什麼來了？」

「這大奶奶行事雖傲慢，但無緣無故針對他人也十分少見。她為難妳，不是為情就是為利，為利的話應該去找顧二爺，那既非利益相悖，就只有……」

「——為情。」

李嬤嬤咋舌。「這長嫂和小叔子……原來她就是那個……」

「不是，」容辭一口否定。「這是王韻蘭一廂情願，與顧宗霖倒不相干。」說著又冷笑。「嬤嬤，妳是不是覺得嫂子覬覦小叔子實在匪夷所思，不過更稀奇的事還在後頭呢。」

上一世容辭遭受了好幾次王韻蘭的為難之後，就差不多知道了原因，畢竟情意是掩飾不了的。她也曾一度懷疑她就是顧宗霖「另有所愛」的那個「愛」，畢竟叔嫂相戀也十分符合顧宗霖所說的他們絕不可能在一起的情況。

可容辭萬萬沒想到，顧宗霖的膽子比嫁不了弟弟就非要嫁哥哥的王韻蘭還要大十倍。

——他居然，敢覬覦宮妃。

第四章

幾天眨眼就過去了，這日便是德妃的生辰，王氏和容辭兩個盛裝穿戴了，坐上了去宮裡的轎子。

宮裡自有奴婢服侍，因此一個誥命夫人只許帶一個下人，幫著管理需換的衣服而已，這次帶的肯定是王氏身邊的人，容辭這邊一個都進不去。

上一世容辭並沒有進過宮，前幾年是因為她只是小兒媳婦，前面有王韻蘭頂著，後來顧宗霖襲了爵，她也成了恭毅侯夫人，但那時他們兩個已經恩斷義絕，誰也不想見誰，再加上容辭也開始常年臥病，更加不會進宮了。

恐怕是這次顧宗霖對她的態度比上次明顯親近了一些，讓王韻蘭無法容忍了，就想提前挑破那層窗戶紙，以此離間兩人，說不定還能有意外驚喜，引得容辭和宮裡那位來個明爭暗鬥就最好了，反正誰吃虧她都高興。

容辭現在沒心情管王韻蘭打的是什麼主意，她現在要去完全陌生又步步驚險的深宮，身旁既沒有李嬤嬤，也沒有鎖朱、斂青，難免覺得沒有安全感。

她用手緊緊地貼著肚子，一刻也不敢放鬆。

宮裡的規矩多，她們到宮門口的時候還是下午，但等她們下轎，排著隊進了宮，又走了好長一段時間的路，最後在宮人的安排下按照位次坐好，都已經是黃昏了。

宴會是在一處水台上舉辦的，人們坐在一邊飲宴，隔岸的另一座水台上則在唱著戲曲供人欣賞。

後宮的妃子坐在一處，誥命夫人們坐在一處，諸位宗親公主及王妃們在一處，容辭則是和一群年輕的少婦們坐在最邊上。

天漸漸暗下來，兩處水台都掌了無數盞燈，映得亮如白晝，一點兒不耽誤人們享樂，但容辭的位置太偏了，唱的什麼戲也看不清，只能和坐在一起的其他人一樣吃著菜等結束。

宮裡的菜式都繁瑣，缺點就是端上來就已經不熱了，但容辭近來火氣大，吃著倒還好。正吃著呢，容辭就突然感覺到有人的目光投在了自己身上，不由抬頭去追尋。

那個方向坐著的都是妃嬪，正中穿著最華麗也最顯眼的女人當然是德妃，她之下就坐了幾個人，畢竟皇帝的後宮如今還是小貓兩、三隻。其中一個看著最為年輕的妃子正怔怔的看著容辭，察覺到容辭回望的目光，就忙不迭的移開了視線，過了片刻，又重新看過來，還對著容辭露出了一個不怎麼自然的微笑。

還真被王韻蘭說中了，容辭當真看一眼就明白了她是誰。

這位便是鄭嬪，顧宗霖那位青梅竹馬、非她不娶的真愛。

她長得確實漂亮，穿著湖藍色的衣裙，梳著並不複雜的宮髻，在昏黃的燈光下更顯得眉目如畫，朱唇小巧，整個人溫柔似水，不似凡品。

她是和容辭或者王韻蘭完全不同類型的女子。

過了一段時間，正逢一齣戲結束，好多女眷都藉口更衣去如廁，容辭便也一道去了。眾人下了水台，被宮女引到了一座不怎麼起眼的宮室裡，各人便都各自尋了房間解決問題。容辭出來後剛要原路返回，卻突然聽到有人喚她。

「許小姐，請等等！」

她回頭一看，卻見鄭嬪站在門口注視著她。

按理說容辭是不知道她是誰的，因此她還是開口確認：「您是？」

「許……不，是顧二奶奶。」鄭嬪輕輕低了低頭。「我是延春殿的鄭嬪。」

容辭不知她的目的，仍是依禮問安。「請鄭嬪娘娘金安。」

鄭嬪忙扶她。「妳不必多禮……我這是有幾句話想與妳說。」她看了看周圍，道：「此處人多眼雜，請二奶奶借一步說話。」

她的語氣十分真誠，並沒有擺宮妃的架子，周圍這麼多人看著，容辭也不好推辭，況且這許多人都親眼見著是鄭嬪主動找她，萬一出了問題，鄭嬪也逃不了干係，於是便點頭同意了。

鄭嬪拉著容辭一路往偏僻的地方走，一邊走一邊觀察周圍有沒有人，直走了好久才走到一處花園假山旁，周圍寂靜無聲，水台那邊那樣熱鬧，卻只有很小的聲音傳到這裡，可見其偏僻了。

天馬上就要黑透了，這裡一點燈光都沒有，又是個無星無月的陰天，只能憑著最後一絲光線看路，鄭嬪可能對路比較熟悉，但容辭卻說什麼也不肯往前走了，隱隱後悔跟她出來。

本來她是覺得出了什麼事大聲呼喊也肯定有人過來，卻沒想到鄭嬪選的地方這樣偏僻，雖說她覺得鄭嬪不可能這樣蠢，但萬一人家一時衝動真的動手了怎麼辦？到時候不論鄭嬪會怎麼樣，自己都肯定已經涼透了。

越想越後悔，容辭在心裡責怪自己記吃不記打，在萬安山發生的意外還不夠讓她謹慎嗎？居然又犯了這種錯。

鄭嬪轉身握住容辭的手，嚇得她渾身一哆嗦。

「許小姐，我姓鄭，名映梅，妳聽過我的名字嗎？」

容辭搖了搖頭，鄭映梅神情中帶了一點黯淡，她輕聲道：「妳雖不認識我，我卻早就知道妳了，妳叫容辭，對嗎？」

容辭不知道她要說什麼，但看這情形知道她應該不是想害人，於是稍稍放鬆了些。

鄭映梅繼續說道：「我家和妳……夫家其實是世交，我從小就跟宗……就跟顧大人相識，他比我略小一歲，我們……情同姐弟。」說著抬頭望著容辭，一雙美眸中水光搖曳。

「妳明白嗎？」

容辭道：「鄭嬪娘娘，我實在不知道您想說什麼。」

鄭映梅其實也不知道自己想說什麼，她自是知道顧宗霖已經成親了，甚至許容辭從小到大的經歷她都派人細細的查了一遍，知道她父親是庶出，本人也沒什麼過人之處，便覺得她有些配不上顧宗霖，但轉念一想，自己如今這身分，才是真的配不上了。

她有許多話想對容辭說，想問她顧宗霖過得好不好、他們夫妻之間的感情怎麼樣，還有……他還在遵守當初的約定嗎？眼前的姑娘是不是他名副其實的妻子？

可是看著他的妻子一副毫不知情的樣子，這些話便怎麼也說不出口，只得道：「我是想囑託妳替我好好照料顧大人……他從小脾氣就硬，也不愛聽人勸。」她的聲音透著哀怨。「若他犯了脾氣，妳……就提提我，看他還肯不肯聽……」說著像是忍不住了似的，竟輕聲抽噎了起來。

容辭簡直要被她驚呆了，她是生怕旁人不知道他們之間有私情嗎，怎麼敢把這事說得如此露骨？

她仔細的打量著眼前哭得婉轉幽怨的女子，最後不得不確定她居然真的不是故意說這番話來膈應情敵的，她居然是真心實意的傷心。

說真的，要是她在故作姿態，那容辭一定反諷回去，讓她知道並不是所有人都拿顧宗霖當個寶，不需要她來大費周章的宣誓主權，可她偏偏是真情實意。雖然也被那些話噎了一下，但容辭卻不好計較了，便隨口應了下來，又客氣道：「娘娘在宮中能安享榮華，我們府上也替娘娘高興。」

不想鄭映梅聽了卻幽怨道：「妳卻不知道，我當初剛進東宮，還沒來得及承寵，陛下便被貶為燕王，派去了北邊；等到今年陛下登基，又不知哪裡出了問題，他竟再沒有招過人，我聽之前伺候過的妃嬪都說，之前不是這樣的，如今怕是被前燕王妃的謀逆傷到了心，暫時不想見後宮。」

說到這兒，她想起了什麼似的，眼睛一亮，那股清愁之氣都消了不少。「容辭，煩勞妳把我剛才的話告訴顧大人……這樣也能、也能讓他多瞭解陛下的心事……」

也順便把她還未承寵的好消息傳過去，順便提醒他守住他的誓言是不是？

容辭也是服了這一對了，在這一點上倒是什麼鍋配什麼蓋，天生一對。

原來顧宗霖喜歡的是這種調調的，真是看不出來，原以為他那冷冰冰的性子喜歡的應該是端莊大氣、優雅尊貴的類型，如今看來還真不能太想當然。

見容辭又答應了，鄭映梅露出了一抹笑容。「剛剛我已經跟德妃娘娘告了病，那我就先回延春殿了，妳自回水台吧。」

說著便走了。

容辭目送她離開後一回頭，卻突然發現此地自己完全不認識，來的路是哪條都不記得了，忙開口喊了幾句「娘娘」，想把鄭嬪叫回來，卻久久不見回應，便知她已經走遠了，只得自己硬著頭皮，循著隱約的樂器聲找回去的路。

等她摸黑走了一段路，走到周圍稱得上伸手不見五指時，還沒有接近目的地，她才不得不承認自己徹底迷路了。

容辭習慣性的護住小腹，在這冬天的夜裡額頭上竟然冒出了不少冷汗，她逼迫自己儘快鎮定下來，不然越急就越容易出錯。

可是這裡實在太黑了，周圍不是樹木就是假山，遮擋住了一切可能傳過來的光線，風吹過樹枝發出的颯颯聲也讓人毛骨悚然。

容辭一邊慶幸今天為了遮住肚子穿得非常厚，就算自己找不到路，堅持到第二天早上也凍不死；一邊也在期待王氏什麼時候能發現自己的兒媳不見了，派人出來找找。

她正跌跌撞撞的摸索著向前走，越過一處假山後，卻突然發現前面隱隱約約像是有光的樣子，不由大喜過望，連忙朝著光源的地方趕去。

她只顧飛快的朝有光的地方走，卻沒發現此刻已經出了假山花園的範圍，等她一腳踏出，發現沒踩在路面上的時候，立刻就有了警覺，但已經太遲了，只能下意識護住腹部，希望胎兒能少受些衝擊。

出乎意料，下一刻她感受到的不是跌落在地的衝擊，而是冰涼刺骨的湖水。

她竟然失足跌進了湖裡！

容辭掙扎中發現這水雖說不上很深，但淹沒自己卻剛剛好，她的頭全沈下去腳還沒有踩到水底！慌亂間她用盡全力抓住岸邊的石板以此借力，把頭露出水面想要爬上岸，但剛剛為她保暖的幾層棉衣此刻卻瞬間吸足了水，一個勁兒的把她往湖底拉，加上冬日裡寒冷刺骨的水溫，不過幾個呼吸間就讓她渾身僵硬，手也使不上力，從石板上滑脫，整個人一下子浸入了水中……

遠處，容辭原先看到的光亮其實源於一只小小的燈籠，那燈籠被放在湖心一隻小舟上，一個男子正仰面躺在簡陋的船上，怔怔的看著漆黑的夜空。

謝懷章近來煩心事頗多，身邊也並沒有親近到可以訴說心事的人，偏偏所有人都理所當然的認為他無堅不摧，又覺得他如今肯定心情飛揚、意氣風發，個個都要上前阿諛奉承一番，殊不知現在他的心情沈重到了一定地步，並不想聽這些毫不知情的人的歌功頌德。

最難的是他不僅不能表現出來，還要做出一副心情愉悅的樣子聽著，畢竟自己此時任何反常的行為都會被人仔細琢磨成各種意思，揣摩附加在政令上，影響內閣或六部的決策，這後果太嚴重了，他無論如何也不能任性妄為。

白天無處可逃，只能在晚上得個清靜，偏偏今晚趕上德妃生日，設宴的水台距離紫宸殿太近了，那邊的歡聲笑語不停地往他耳朵裡鑽，他自然明白德妃如此安排的用意，卻非但沒有如她所願生出興趣，反而恨不得堵上耳朵厲聲命令所有人閉嘴還他清靜——這當然也不能做。

於是只得撇開所有下人，一個人來到隱密湖邊，登上他幼年時愛玩的小船，吹著冷風什麼也不做，卻多少能透透氣。

正出著神，突然被一點聲音驚動了，他皺眉往岸邊看，正好看到一個人影落入水中。

明知四周原有的守衛已暫時被他遣離，一時半會兒不會有人過來，謝懷章仍是只看了一眼，並不打算多管閒事，他對宮裡每一處都很熟悉，更知道這座湖其實不深，尤其那人落水的地方靠近岸邊，湖水非常淺，除了冷點之外並沒有危險，應該很快就能自救上岸，他是個頗為冷情的人，本無心於其他的人或事。

不想那人的掙扎聲卻持續了好一會兒，他起身仔細一看，這才恍悟落水之人怕是並不高大，在他眼中十分清淺的湖水可能就是這人的滅頂之災。

到底不是個見死不救的人，他拿那盞光線微弱的小燈略找準方位，隨即以最快的速度脫下外衣，跳入水中救人。

謝懷章從湖心的小舟處游向落水之人，找到人之後發現這人已經不省人事了，便將人抱住想向上拉，才發現這人穿著幾層夾襖，外面還繫了一件帶毛的厚披風，這些衣物一進水，馬上讓人重了幾十倍，怨不得把人帶得一個勁兒的往下沈。謝懷章好不容易將這人的頭抬出水面，再往上托卻無處使力，只得胡亂將這人身上的披風解了，隨它落在水中，又將厚重的外套一併扯下來，然後雙臂一使力便將人托上了岸。

他將人托起，黑暗裡仔細辨別，這才發現溺水之人果然是個女子，剛剛用力托舉腰身的時候他便察覺了異常，此時貼近果然看到她的腹部明顯隆起，一隻手還不自覺地撫住肚子，分明是有了身孕。

謝懷章微微一愣，這正正戳中了他現下最大的心事，不由慶幸自己反應及時，若剛剛他以為她能自救從而袖手旁觀，現下豈不是一屍兩命，更讓人心下難安了？

這麼一愣神的工夫，眼前的女子便咳嗽了兩聲，緩緩睜開了雙眼。

容辭方才被水嗆了一口，出了水後很快就恢復了清醒，她睜開眼後的第一件事就是摸自己的肚子，感覺孩子並沒大礙後才發現自己的披風和外衣都不見了，沒有厚重衣服遮擋的腹部，看著分外明顯。

在這一瞬間她驚恐得不敢動，察覺到自己正靠在一個男人的胳膊上，立刻嚇得想要直起身子，可她剛被湖水凍得渾身僵冷，略掙扎了兩下就動彈不得了。

還是那個男子把她扶正後，讓她靠在岸邊的欄杆上，然後半蹲於她身前，用著沒有波瀾、使人分辨不出絲毫情緒的聲音說道：「夫人懷有身孕，還是小心為上，萬不可獨自到如此偏僻之地。」

他果然看出她懷孕了！

容辭要自己冷靜，此時天色黑暗，他們看不清彼此的外貌，他也勢必不知她的身分，何況此次進宮赴宴的人眾多，婦人中懷孕的也不在少數，光她見到的就有四、五個，也不是什麼稀奇事。

今晚會在內宮的男人只有三種，一是皇上，二是內監，三就是赴宴的皇室宗親、王孫公子。眼前這人看氣勢就絕非內監，陛下據說今晚身體不適，連德妃的壽宴也沒有參加，就更不會在大冷天跑到這犄角旮旯來了，那這個男人九成是宗親。

其實他不論是這三種的哪一種身分，和自己再見的可能都少之又少，這麼想來，倒也不必太過擔心。

容辭自我安慰了一番，終於放下了心，卻聽他又道：「夫人衣衫濕透，恐生風寒，我喚人來送妳回去吧。」

「不行！」容辭聞言一驚，連忙拒絕，此刻敢與他相處，不過仗著黑暗無光，誰也看不清誰，若讓人大張旗鼓的送她回那燈火通明之地，豈不是要鬧得人盡皆知？

她竭力保持聲音的平靜。「多謝您救命之恩，實在不便多麻煩了，煩勞您給指條能回水台的路吧，妾身感激不盡。」

她打定主意一回去就避開人去找王氏帶來的丫頭換身衣服，誰也不用驚動……只是自己的披風哪裡去了？就穿著這麼兩件趕回去，肚子不知能不能遮得住……

謝懷章看出她的驚慌，一眼便瞧出她有難言之隱，但他生性不愛多事，看她凍得哆哆嗦嗦，只想著她懷著身孕還要遭這樣的罪，難得的動了惻隱之心，便道：「那妳稍等片刻，拿件我的斗篷禦寒吧。」

說著走到湖邊，看了眼自己已經濕透的衣衫，便踏進湖中，向先前的小船涉去。

容辭來不及拒絕，便驚訝的看著那男子踏入水中，這時才發現他起碼比她高一個頭還有餘，她掉進去便沒下去的湖水只勉強到男子的脖頸。

他再度上了船，把相隔本就不遠的小舟划到岸邊，容辭這才看見船上有一盞小燈籠，她慌忙轉過頭，下意識想伸手遮住臉，不想男子下了船，卻並沒有帶那盞燈籠，只拿了他的斗篷，將之仔細地披在了容辭身上。

她感覺到僵硬的身體慢慢有些回溫，便試探著扶著欄杆站了起來。

男子指了路給容辭看，便轉過身背對她。「船上有燈，夫人自去取吧。」

容辭眼裡有些濕潤，卻不知該說些什麼好，只能去船上取燈，走了兩步，又忍不住回頭看他，見他一手扶著欄杆，正背對她站著，她猶豫了一下，還是開口認真道：「尊駕救命之恩，妾身現下無以為報，求尊駕告知姓名，日後也容妾身回報一二……」

男子依舊沒有回頭，只是道：「不必了。」說著停頓了一下才又開口，語氣中含了些許說不清的傷感意味。「孕育子嗣並非易事，請夫人日後多加小心……若能順利誕下麟兒，也就算不負我今日所為了。」

容辭不知道他在傷感些什麼，畢竟交淺言深，也不好多說，只能拿了燈，最後朝他的背影行了一禮，背對著他走了。

兩人各自想著自己的心事，目光朝著相反的方向，誰也沒有再回頭。

那個男人指的路是對的，容辭裹著寬大的斗篷，用那只散發著微弱光芒的燈籠照著路，沿著湖邊走了一會兒，慢慢聽到了越來越大的喧鬧聲，終於在拐了幾個彎之後，見到了不遠處燈火通明的水台。

她想了一下，繞到水台的另一邊，去了剛剛諸命婦更衣之地，趁著周圍沒人，飛快的把身上的斗篷脫下來展開，將領子靠下的地方折了一大塊進去，再重新披到身上，這樣斗篷就不會拖在地上，讓人一眼就能看出不合身了。

王氏的丫鬟梨花就在另一邊候著，容辭找到她連忙招手把她喚來。

梨花跑過來，看見容辭便驚道：「……二奶奶，您、您這是怎麼了？還有這頭髮……」容辭回來的一路上冷風吹著，頭髮已經不像剛被救上來那會兒似的，滴滴答答直往下落水了，但仔細一看還是濕漉漉的。

容辭道：「快別提了，剛剛想沿著湖邊走走透透氣，沒承想竟失足落了水，還好湖水淺才沒出大事，梨花，咱們帶的衣服呢？快拿來與我換了。」說著還抽了抽鼻子。「要不是一位夫人借了我這件斗篷，怕就要冷死我了。」

梨花跟著來，本就是為防意外事故需要換衣服的，聞言也不耽擱，俐落的帶著容辭去了一處無人的房間，翻出一套乾淨衣裳遞給她。「二奶奶要奴婢侍奉更衣嗎？」

容辭當然拒絕。「不必了，妳去門口守著吧。」

眼見梨花走出去，容辭連忙將門從裡面鎖上，飛快的把一身濕透的夾襖脫下來，扔到一邊，又將身上打理乾淨，換了身衣服，為難的是容辭本身穿的衣服都很厚，又特意多穿了兩件，為的就是怕露破綻，但準備替換的卻只有一件夾襖，穿在身上舒服是舒服了，但卻容易讓人看出肚子，唯一值得慶幸的是還帶了一件乾淨的大毛領披風可以遮擋一二。

她用披風披上，想了一下，又把剛剛的斗篷搭在自己胳膊上遮住肚子，然後站在穿衣鏡前仔細看了許久，確定不會被人看出什麼才罷。

接著開門喊梨花進來，幫著把頭髮整理了一番，使之看上去不那麼狼狽，梨花頗為擔憂。「二奶奶，您的頭髮還是濕的，這樣出去，一定要小心不要著涼啊。」

容辭當然也知道這點，但她今晚不能再出任何差錯、再引起任何人注意了，她現在只想老老實實參加完壽宴，順順利利的回去。

就這樣，容辭頂著一頭濕髮，裹著披風又回到了水台，也幸好她的身分很普通，沒有引起旁人注意。

那邊臺子上咿咿呀呀唱著戲，這邊幾個公主和妃嬪嘰嘰喳喳正說著什麼在討德妃歡心，容辭卻漸漸覺得渾身發冷，頭也慢慢昏沈了起來，她不由抱緊了懷中的斗篷，強令自己保持清醒。

這場宴會不知為什麼持續的時間特別長，好不容易挨過了戌時，各宮娘娘們像是終於盡了興，總算吩咐撤了席。

容辭打起精神，又重複了一遍進宮時的流程，走了好遠的路，終於坐上了回府的轎子。她剛剛鬆了口氣，卻又慢慢感覺到腹部似乎傳來了隱隱的疼痛，並且驚恐的發現這疼痛竟隨著時間的流逝越來越嚴重。

她咬著牙忍著疼痛和恐懼，終於等到下了轎，強裝無事的先送王氏回院落，才一頭撲在了來迎接的李嬤嬤身上，被李嬤嬤扶著回了院子。

容辭躺在臥室的床上，整個人冷得直打哆嗦，又掛念著肚子裡的孩子，耐著性子等李嬤嬤號了脈，抬起身子啞著聲音道：「孩子怎麼樣？」

李嬤嬤摸了摸她的頭安慰道：「只是動了胎氣，並沒有大礙，我已經讓斂青悄悄去熬安胎藥，喝了就沒事了。」

容辭放下心來，終於鬆了手，縮在被子裡半睡半昏的失去了意識。

等她睡著了，李嬤嬤的神情卻變得有些沈重，不放心的看了眼容辭，才站起來走出臥室。

鎖朱急忙迎上來。「如何？姑娘還好嗎？」

李嬤嬤沈著臉搖頭。「孩子的問題倒是不大，喝幾服安胎藥就好了，可我瞧著姑娘自己倒是有些發熱，若今夜犯了風寒，再燒起來可就麻煩了。」

鎖朱急道：「那嬤嬤您趕緊再開個方兒呀。」

李嬤嬤不耐煩的說：「妳個小丫頭片子懂什麼，這懷孕的人與常人不一樣，好些藥是不能吃的，若是一味的想壓制風寒，那喝的藥肯定對胎兒不利！」

她現在確實十分焦急，若是容辭今晚燒得嚴重，就不能用藥，只能靠自己好轉。這太危險了，明天再看看吧，若是明天還不退熱，就只能先把孩子放一邊，以容辭的安危為重了。

也不知孩子的命是好是歹，要說好吧，自懷上他開始就總出事故；若說是不好，偏偏也能化險為夷——容辭自半夜發起了高燒，整整燒了五個時辰，把李嬤嬤三人急得人仰馬翻，終於在李嬤嬤下定決心要用藥時，容辭的體溫漸漸降了下來，人也精神了起來，一場風波總算告一段落，也算得上吉人自有天相了。

容辭這一世的人緣倒是不錯，病了這一場，下午三奶奶孫氏便帶著燁哥兒來探望，容辭雖也想與燁哥兒親近，但唯恐過了病氣給他，只教孫氏抱來遠遠看了一眼，便催促二人回去了。然後傍晚的時候顧憐和顧忻也一起過來與她說了一會兒話，府裡的女眷除了王韻蘭和顧悅，竟都過來走了一遭。

別人還罷了，顧憐肯過來，倒是說明容辭並不像上一世剛嫁過來時那般毫無地位了。

這麼些人來探望，最該來的顧宗霖倒是一直不見蹤影，直到容辭臥床了好些天，他才又一次踏足這個院子。

他是晚上來的，容辭正躺在床上跟鎖朱聊天解悶，聽到他來的動靜還納悶了一下，不知道他是幹麼來的。

顧宗霖走進臥室，看到容辭懶懶的倚在床上，披著頭髮，脂粉未施。再仔細看去，覺得她的臉色倒還算紅潤，便多少放下心來。他走過去坐在床邊，問道：「我聽說妳病了，如今可還好嗎？」

從容辭進宮那日到今天，已經是小半個月過去了，此時再問這話，可不是黃花菜都涼了？

她挑了挑眉沒說話，反而是鎖朱在一旁插了句嘴。「我們奶奶病了快半個月了，多謝二爺還惦記著。」

這倒是她二人冤枉了他，顧宗霖自發現自己並不反感與容辭相處之後，就有些刻意的想迴避有關後院的話題，從不主動問起，旁人都依著他的意思不提這一茬，他自然不知情。

他自覺理虧，被鎖朱不軟不硬的刺了這一句也不生氣，反而又問：「不是說風寒好了嗎，怎麼這麼長時間還下不了床，可是請的大夫不盡心？」

容辭倒不介意在他不找事的時候與他和平相處，聞言搖頭道：「這倒不是，不過這次發病發得急，俗話說，病來如山倒，病去如抽絲。如今可不正應了這話嗎？」

其實風寒雖險，卻病根已除，之所以躺這麼多天，是因為上次動了胎氣，李嬤嬤唯恐她再坐胎不穩，硬壓著她躺了這些天。

問候過了身體，兩人之間便沒什麼話好說了，容辭捂著嘴小小地打了個哈欠，算是委婉地送客。

顧宗霖好些天沒見她，好不容易見一次，面上不顯，心裡卻下意識的不想早走，便找出之前的話題想跟她多說兩句。「之前不是說要佈置書房嗎？我已經讓人把料子備好了，只需吩咐下面打出書架來就好。」

他要不提，容辭早把這事給忘了，雖說她一開始還感興趣，但如今她眼看著就到了不得不找個理由出府的時候了，這一走不知什麼時候才能回來，現在費盡工夫佈置個書房，誰知道到時候又便宜了誰。

苦恨年年掐金線，為他人作嫁衣裳，這種事做一次就夠了，哪能次次都做？

「多謝二爺還記著，可惜我最近精神不濟，先暫且把這事擱下吧。」

這就又把話題說斷了，顧宗霖沈默了片刻，終於站起來，垂著一雙總是凌厲的雙眼注視著她。「那妳且歇著吧，我改日再來看妳。」

見容辭忙不迭的點頭，他又頓了一頓，才抬腳走了。

他前腳走，一直在次間聽著他們談話的李嬤嬤後腳就進了臥室，含笑道：「這位顧二爺倒是個有意思的人。」

容辭不可置信，失笑道：「他有意思？我一直以為他是世上最無趣的人。」

李嬤嬤笑而不語——

一個自己都不知道自己想要什麼，一個壓根兒沒開竅，這樣也好，畢竟他們兩人之間最好的相處方式就是永不交心。否則，一旦生了情愛，彼此之間存在的問題就是死結，絕對無法可解。

她怎麼忍心看到她的姑娘受那種撕心裂肺之苦？

不再提這件事，李嬤嬤從衣櫥裡把容辭進宮那晚帶出來的斗篷拿了出來，放在容辭面前。「這可是那位恩公之物？該怎麼處置好呢？」

容辭看著這斗篷，它用料貴重，樣式卻極為普通，通體深藍色，上面沒有一點花紋，更別說標誌之類的了。

看到這斗篷，她就想起那晚的人，漆黑的夜裡，一道模糊的人影，當初雖慶幸天色黑暗，那人看不見自己的長相，現在想起來卻有些遺憾自己也沒看清楚對方的臉。

容辭看不清那男子的長相，也沒問出他的姓名，只單純記得他高眺的身形和低沈卻缺少情緒的聲音。

單憑這些，能再認出那人的機會少之又少，更談不上報答人家的救命之恩了。

這世上好人總是難得的，除了至親之外，容辭見過的好人實在不多。見別人出事，袖手旁觀就已經算是頂好的人了，怕就怕有些人專愛落井下石，見人落魄了，恨不得踩人一腳才能顯得出才幹來。

當時落水後情況危急，容辭沒來得及細想，但回府後平靜下來，才開始回想起這份救命之恩是多麼難得，這竟是活了兩世第一個向她伸出援手的陌生人。

可惜就像容辭當初說的，這樣的恩情，注定無以為報了，她現在能做的，只有為那位恩人祈禱，無論他當時是想到什麼才那般傷感，都希望他能得償所願，再無憂慮。

容辭將衣服遞還給李嬤嬤。「好生收著吧，這衣服不起眼，咱們留下來也不打緊，走的時候也帶著，沒法報恩，好歹留個念想吧。」

李嬤嬤也應了，把它收好後，坐到床邊，認真道：「姑娘，眼看妳這肚子一天比一天大了，再不能拖下去了，必須認真打算起來才好。」

容辭說了半天話，也當真累了，她半閉了眼。「今兒是十月二十幾了？」

「二十五。」

「再等幾天……」

上一世顧老夫人是冬月初二的忌日，等到那一天之後，就有理由搬出去了。

李嬷嬷坐近一點，小聲道：「姑娘，妳說實話，是不是打了自污的主意？」

容辭一下子睜開眼。「嬷嬷怎麼這樣想？」

「這府裡都知道，老夫人的壽數怕是就在這幾天了，妳等的難道不是那日子？」李嬷嬷道：「姑娘是不是想暗地裡放出流言，讓別人覺得妳的命數硬，與顧府相剋，再主動搬出去？」

容辭沈默了片刻，終於苦笑道：「我就知道，我這點子道行，肯定抵不住您看兩眼的。」

「妳這又是何必呢？就說要替老夫人外出祈福幾個月不就很好，何苦讓下人拿來說嘴？」

撫了撫隆起的腹部，容辭搖頭道：「要說是祈福，頂多出去幾個月，只夠我把這孩子生下來，但我生他又不是為了要母子分離的，總是想著能多照料他幾年……」

李嬷嬷想著當初容辭鐵了心不要這孩子，現在倒是完全不同的想法了，嘆息道：「怎麼這一眨眼工夫姑娘就長大了，倒是真有了做娘的思慮……」

她想到自己生下來就夭折了的孩子，和那段時間難過得恨不能立時就去死的心情，也不由感慨萬千，正傷感著，不防突然聽見自家姑娘「哎喲」的驚叫了一聲，忙把過往拋到九霄雲外去了，飛快的去看容辭的情況。

「這是怎麼了？肚子疼嗎？」

容辭倚在床頭上，捧著肚子不敢置信地叫道：「他在動！他居然會動！」

李嬤嬤「噗哧」一聲笑了。「我的好姑娘，孩子不動才壞了事呢。」說著也貼著肚皮感受了一番。「要五個月了，確實該有胎動了。」

肚子裡的孩子動彈了第一下之後，像是發現了興趣，隔一會兒就動動小胳膊小腿兒，向母親提醒著他的存在。

容辭感受著這樣旺盛的生命力，不由想到，原來孩子在肚子裡存活也會有這樣的動靜啊……

上一世他第一次，也是唯一一次發出動靜的時候是容辭喝了墮胎藥之後，也是這個月分，混合著撕裂般的腹痛，肚子裡像是誰在抗議一般，那樣激烈的拳打腳踢，整整疼了她一天一夜。

容辭忽然抓緊了身上的衣服，再也不想回憶當初的感覺，也不想思考那時的胎動是不是孩子在痛苦的反抗母親的狠心。

她強迫自己不再想之前的事，眼裡卻不由流下淚來。

李嬤嬤見了，還以為她是欣慰於孩子的第一次胎動，便笑道：「姑娘之前可沒這樣愛哭，自有了他之後倒是時不時地就要撒嬌掉淚，這懷的莫不是個小哭包？」

容辭也怕她擔心，便把眼淚忍了下去，強笑著去接她的話。「男孩兒也會愛哭嗎？」

李嬤嬤點了點她的鼻頭。「這就知道是個兒子了？這是不稀罕閨女嗎？」

容辭搖搖頭，慢慢將頭靠在枕上。

她知道，她當然知道——他是個男孩。

昌平二十九年，十一月初二。

容辭的身子其實已經好全了，但為免在最後關頭節外生枝，便一直對外稱病，就說風寒時好時壞，不宜見風。這天正盤腿坐在床上與兩個丫頭說話。

雖是在聊天，她的心神卻時時刻刻緊繃著，滿腦子想的都是今天即將收到的喪報，準備著應對接下來將要發生的事。

鎖朱和斂青兩人之前也從不知道原來孩子在母親腹中就已經會動了，此時正一左一右的把耳朵貼在容辭的肚子上，每聽到孩子在裡面活動就興奮不已。

容辭任她們兩個搗亂，心卻已經不知道想到哪裡去了。

「姑娘？姑娘！」

容辭回過神來，見剛才將頭貼在她肚子上的鎖朱正抬頭看她呢，不由笑道：「怎麼了？」

斂青直起身子說：「姑娘剛在想什麼呢？鎖朱是在問您，這孩子動的時候您疼不疼？」

聽了這話，容辭垂下眼，沈默了片刻方輕聲道：「這是孩子在和我打招呼呢，高興還來不及，又怎麼會痛呢？」

鎖朱和斂青對視一眼，不禁笑了。「小少爺生下來一定很活潑，剛才踢得可有勁兒了。」

幾人正在說笑，李嬤嬤從外面走了進來，到容辭身邊壓低嗓音道：「那邊傳出消息，說老夫人，沒了！」

容辭一下子坐直了身子，看著李嬤嬤問道：「可都安排好了？」

「姑娘放心，那院裡有我買通的人，找到機會就會行動的，不過……」李嬤嬤道：「說不定用不上她也未可知呢。」

「這話何解？」

李嬤嬤嘴角勾出一抹譏諷的笑。「不必我們去傳流言，那邊老太太剛去了，屋裡就已經有人在說難聽話了，可不是用不上咱們的人嗎？」

容辭自是知道李嬤嬤的手段，進府不過一個多月，這府裡誰是誰的親戚、誰是誰的對頭，誰暗地裡為誰做事，都知道了個八九不離十，顧老夫人病了有好幾年，近來已經不省人事了，屋裡伺候的下人油水也少得可憐，李嬤嬤不過巧施利誘，便買通了不少人，她得到的消息，總是準的。

容辭便道：「跟咱們過不去的不外乎那麼幾個人，這次還真是省了咱的事呢。」

李嬤嬤想了想。「也罷，這樣也好，要不，讓我去傳姑娘的壞話，我還覺得彆扭呢。」

即使府中眾人早有預料，一應物品也準備齊全，但輩分最高的老夫人去世，還是讓所有人手忙腳亂了一番，眾子孫當然按制丁憂的丁憂，守喪的守喪，等那邊訃告、弔唁、停靈乃至下葬一切結束，已經過去了好些天，而府中的某些流言也愈傳愈烈。

這一天，好不容易忙完了喪禮的王氏聽說大兒子又病了一場，不由嘆了口氣，起身去看望。

到了顧宗齊夫婦所居的文欣閣，母子兩個說了半晌話，王氏才多少有些安心，王韻蘭送她出去，幾人還沒出院門，便聽見牆外面幾個丫鬟婆子閒聊的聲音。

「這麼說來，真的是二奶奶的命硬嘍？」

王氏等人都愣住了，王韻蘭見她臉色不好，作勢要上前呵斥，卻又被王氏擺手制止。她上前了幾步，側著耳朵更清楚的聽見了那邊在說些什麼——

「可不是嘛，聽說她從小就死了親爹，命硬得連個兄弟都容不下，剛嫁進咱們府裡才幾天哪？老夫人就沒了。」

「這可不是二奶奶的緣故吧，老夫人都病了好些時候了，我記得她老人家從前年就下不了床了。」

「妳也說是病了好幾年了，但為什麼早不出事晚不出事，偏等到二奶奶進門才出事？」

「這麼說倒也有些道理，那妳說咱們大爺的病……」

王氏聽到這裡便若有所思，抬頭看了一眼跟著她的陪嫁王嬤嬤，王嬤嬤立即會意，當下帶了幾個婆子衝了出去，把閒談的那幾個人堵了嘴，帶到了主母面前。

王韻蘭一看這些人，便上前請罪。「請母親恕罪，這裡面有個我們院子裡的丫頭，都是我沒管教好，才縱得她們滿嘴胡話。」

王氏看了她一眼。「這事待會兒再說。」又吩咐人把這些人嘴裡的布拿出來。「妳們剛才在說什麼？」

幾個下人跪在地上嚇得發抖，一個勁兒的求饒。

王氏看她們嚇得只會亂說一氣，又向王嬤嬤使了個眼色，王嬤嬤便上前讓旁人制住她們，自己則挨個兒狠狠打了她們幾個耳刮子。「呸！打量夫人好性兒是不是？都不要命了？問妳們什麼就說什麼，不然綁了一家老小通通發賣了！」

幾個人被打腫了臉，也不敢求饒了，其中一個剛才說得最起勁的婆子被推出來，只得老實道：「我們在說二奶奶的事……」

「還敢打馬虎眼！妳們說二奶奶什麼？」

「說、說二奶奶命硬，剋死了老太人……夫人饒命，奴婢也是聽人說的……」

王氏沈著臉。「聽誰說的？」

那婆子被嚇破了膽子，戰戰兢兢道：「好些人，好多人都這麼說……還有、還有伺候老夫人的丫頭，說是自打……自打二奶奶進了門，老夫人的身子就一日不如一日……」

王韻蘭呵斥道：「還不說實話！剛剛我還聽見妳們在編排大爺！」

那婆子嚇得連滾帶爬。「不是我，大奶奶，這個當真不是我說的！是、是秋實說的！」

一旁跪著的一個丫鬟膝行爬到王氏身邊，磕著頭道：「夫人，這話確實是奴婢說的。」

王韻蘭在王氏耳邊提醒。「這是您前年賞給大爺的丫鬟，名叫秋實。」

她這麼一說，王氏就想起來了，這秋實是從她屋裡出去的，當初是因為孫氏懷了燁哥兒，王韻蘭卻久沒有身孕，她就從丫頭裡選了個看上去最好生養的指給了大兒子做通房，此人便是秋實。

那秋實在地上狠狠地磕了幾個頭，再抬起臉時臉上的血和淚混在一起，分外狼狽，她哭著道：「夫人、大奶奶，妳們殺了奴婢吧，有些話奴婢實在是忍不住了！」

王韻蘭看了眼王氏，見她一言不發，便說：「這說的是什麼話？怎麼敢隨意編排主子？」

秋實哭道：「大奶奶有所不知，近來府裡好些人都在傳二奶奶的命格硬，總剋身邊的人，還說老夫人就是她剋死的，奴婢原本是不信這話的，可仔細想想，大爺之前身體雖一直不好，但病得好歹不這樣頻繁，也不這樣重，可自打二奶奶來了，大爺的病就一日重似一日，近些天吃的藥竟比飯還多……」

王氏腦子被她哭得有些亂，不由得緊緊閉上眼，卻聽到王韻蘭道：「這麼說來倒是妳的功勞了？若人人都像妳這樣自作主張，敢往主子頭上扣帽子，誰生了病就說是二弟妹剋的，那這府裡豈不是翻了天？……來人！把她拖下去！」

王氏睜開眼。「慢著！」

「母親，您這是？」

王氏揉了揉額角，疲憊道：「把其他人關起來，秋實押到我院子裡來，我有事問她。」

王韻蘭擔憂道：「可二弟妹那邊……」

王氏不耐煩道：「我只是有話問秋實，至於許氏……我還會冤枉她不成？妳回去專心照顧齊兒就行了，不用管這些事了。」

說著便帶著人回了正院。

王韻蘭留在原地，原本沒有絲毫表情的臉上浮現出了一個極淺的笑。

那頭王氏剛走，這邊李嬤嬤就收到了消息，她到容辭那裡把剛才那齣戲分毫不差的複述了一遍，又道：「我說什麼來著？根本不用咱們出手，人家就先把前前後後都安排明白了。」

容辭笑道：「說來她們安排得比咱們周到多了，唱念做打一個不漏，起承轉合樣樣具備，真是好一齣大戲。」

李嬤嬤也跟著笑。「這可不能說我想得不周到，要是咱們出手，隨便一張羅，就算不是這樣精心，也沒人會懷疑是咱們自己做的；人家大奶奶那邊出手，被發現的風險可就太大了，可不得仔細安排嗎？」

「接下來就等傳我去登場了……」

這話說了沒幾個時辰，正院那邊就遣了人來傳話。「二奶奶，夫人有事吩咐，請您去正堂一趟。」

第五章

容辭穿著夾棉長裙，外面罩著立領對襟短襖，然後圍上灰鼠皮的大披風，被李嬤嬤裹得嚴嚴實實的進了敬德堂的門。

王氏照舊坐在羅漢床上，身邊王韻蘭正給她端茶，羅漢床另一邊坐了一臉病容的顧宗齊，他手裡捧著手爐斜歪在炕桌上，身上穿得比容辭還厚。

丫頭上前來想替容辭解開披風，被她拒絕了。「我從外頭進來，還冷得很，讓我穿著吧。」

說著上前與三人見禮。

容辭故作懵懂。「不知母親喚兒媳前來所為何事？」

一旁的顧宗齊捂著嘴咳嗽了兩聲，啞著嗓子道：「母親，二弟妹的命數不是早就算過嗎？本就沒有問題，您何苦難為她？咳咳、咳咳咳……」

這麼兩句話過去，卻又是咳得喘不上來。

王氏本還在猶豫，看他難受的樣子忙去照料，好不容易等他平靜下來，反而下了決定。

她拉著容辭的手把她拉到身前來，臉上又恢復了那種慈祥的笑意。「這段時間府裡為了老夫人的喪事忙得焦頭爛額，我也沒時間照看妳，好孩子，委屈妳了。」

容辭道：「母親說的什麼話，您和大嫂忙於家務，我這幫不上忙的有何委屈之處？」

王氏的笑意更深了。「妳小小的孩子嫁進來，每天悶在這府裡，想必也煩悶了，若讓妳出府一段時日，妳可願意？」

容辭聽了，面上顯出疑惑來。「可如今全家都在守喪，我身為孫媳自然也應如此，怎可外出遊玩呢？」

王氏略頓了頓。「不是在外遊玩，是找個山明水秀的地方暫住幾日解解悶，這京城冬天嚴寒逼人，往常我們也都會去京郊溫泉山莊避寒，只是今年出了喪事，我和妳大嫂都不得閒，妳三弟妹又有燁哥兒要照料，便想叫妳去舒坦兩日。」

她這話裡漏洞頗多，也經不起推敲，若尋常媳婦聽了，就算是無法反抗，也肯定要問個明白，可是容辭怕推脫得過了頭，萬一再讓王氏打消了念頭，那可就得不償失了，便作勢思考了一番就要答應。

容辭這嘴還沒張開，就聽見外面丫鬟的通報聲。「夫人，二爺來了。」

王氏看了眼容辭，便道：「讓他進來吧。」

那邊顧宗齊的咳聲頓了一下，他與王韻蘭對視了一眼，發現彼此都不知道顧宗霖的來意，只能靜觀其變。

顧宗霖那邊大步跨進來，進門後先看了一眼低頭站著的容辭，再向王氏請安。

王氏抬手讓他起來，責怪道：「這早不早午不午的，外面那樣冷的天兒，你跑過來做甚？」

顧宗霖垂眸站在容辭身邊。「是聽下人們說，您把容辭叫過來了，我怕她年輕不知事，哪裡衝撞了您就不好了，故而趕了過來。」

這話實在讓眾人驚訝，連王氏都仔細打量了他一番。「我倒不知道我兒什麼時候這般體貼了。」

容辭的驚訝不比任何人少，她知道自從重生回來之後，顧宗霖的態度確實要比上一世和緩不少，也不像之前那麼冷若冰霜，但萬萬也沒想到他會在此時為了她來應付王氏。

要說在他們關係最好的時候，倒是有可能，可是現在？怎麼也不像他會做的事啊。

顧宗霖一言不發地任母親打量，等見妻子也用驚訝的目光看著自己時，他才感覺略有些不自在，微微側了側身子。

王氏想了想，覺得兒子怎麼也不應該會為一個沒有夫妻之實的妻子駁自己的話，便輕描淡寫道：「我是怕你媳婦在府裡住得悶了，要讓她出府去待兩天。」

「不行！」顧宗霖堅定道：「她就待在家裡，哪裡都不會去。」

整個屋裡的人都被顧宗霖這斬釘截鐵的話驚呆了。

他這人天生便性格強硬，若覺得不合心意，就連父母的話也會反駁，要不然也不會拖了這麼久都不成親，就算最後成了親也能扛住壓力不圓房，但這種強硬只是在他在乎的事或者人上，現在……

容辭……已經算是他在乎的人了嗎？

王韻蘭扶著夫婿胳膊的手驟然收緊，她不敢置信的望著顧宗霖那堅毅的面孔，眼裡的震驚慢慢變為了怨毒，這情緒濃烈得都要掩飾不住了。

顧宗齊的胳膊險些被她抓破，但他像是沒察覺到一般，一聲也沒吭，只有一瞬間沈下來的臉色能讓人看出他此時極度不悅，但他馬上低下了頭，掩飾得一絲不漏。

顧宗霖不在乎其他人怎麼想，開口就直截了當。「母親是不是聽到近來府裡那些荒謬的謠言了？不過無稽之談罷了，也能讓您這般費心？」

王氏沒想到他說話這樣直接，一點臉面也沒留，她看了一眼震驚得不知該擺什麼表情的容辭，閉上眼說了一句。「你也說是無稽之談了，我又怎麼會相信，你也太多心了，叫你媳婦以後怎麼看我這當婆婆的？」

容辭被顧宗霖這神來一筆徹底弄懵了，等回過神來才發現事情不好，急忙補救。「母親別生氣，我知道您是好意，我還巴不得出去解解悶呢。」

顧宗霖皺著眉瞅了她一眼，將她拉到身後。「她年紀小不知道輕重，我是她的丈夫，自可以替她作主。」

容辭沒想到原本十拿九穩的事也能出岔子，當場被他弄得張口結舌說不出話來，只能看向王氏，指望她能拿出母親的架子壓住他。

卻不想王氏若有所思的在他們二人之間來回打量，不知想到了什麼，聲音竟帶了點笑意。「那些亂七八糟的人說的話我怎麼會信？既然不想去就不去吧，你們小倆口的事你們自己斟酌著辦就是了。」

王韻蘭在旁聽了大驚，剛要開口說些什麼，就被顧宗齊抓住了手臂，低頭便看見他陰沈不見底的眼睛裡暗暗含著的警告。

她最終還是沒說什麼。

容辭此刻也是五雷轟頂，本來此事她與李嬤嬤謀劃了多次，都覺得不論從哪個角度都是十拿九穩、不可能出意外的事，誰知千算萬算，也沒算到顧宗霖居然會橫插一腳，徹底破壞了計劃。

她渾渾噩噩的不知該怎麼辦，直到被顧宗霖拉著回到三省院，也沒能從打擊中回過神來。

他們兩個那邊稍後再表，這邊另一對夫妻的心情也沒有好到哪裡去。

王韻蘭扶著顧宗齊一路回了文欣閣，剛進屋就把他甩了開來。

顧宗齊早有預料，微微側身就順勢坐到了小榻上。

王韻蘭握著拳，在房間裡來回走動，一直以高冷孤絕、目下無塵示人的臉孔此時微微扭曲。「他為什麼要替那賤人說話？他怎麼會把她放在眼裡……他不是有鄭映梅嗎？才幾個月的工夫就忘了嗎？他怎麼可以……」

顧宗齊的臉色也不好看，但他比王韻蘭要鎮定許多，看著這個女人瘋了一樣胡言亂語，就不耐煩地打斷她。「夠了！現在說這些有什麼用？妳難道不知道一個男人移情別戀有多麼容易嗎？」

王韻蘭有些崩潰。「他不一樣，他怎麼能一樣！要是他那麼容易移情的話，我當初怎麼會答應……」

「答應嫁給我？」顧宗齊毫不在意的接道。

當初成親時兩人就對彼此的目的心知肚明，顧宗齊娶的不是王韻蘭這個人，而是她王氏嫡女的身分和臉面。他也知道王韻蘭別有用心，要不是這樣，憑他這病弱的身軀、到了二十多歲還未封世子的尷尬身分，作夢也別想娶到和王韻蘭同樣家世的女子。

兩人對對方的小心思知道得一清二楚，倒有些心照不宣的意思，相處起來也算得上融洽。

「對！要不是他死活不肯成親，我也不會為了離他近一些而另闢蹊徑，他怎麼可以如此維護許容辭……不、不會的，當初他發過誓只愛鄭映梅一個，要是他真的能變心，那我費盡心機做了他的嫂子只為能天天看著他又算什麼？笑話嗎？」

王韻蘭說著竟笑了起來，一邊笑一邊哭，更顯得瘋癲，沒有一絲在人前的風采。

顧宗齊厭惡的看了她一眼。「我早就知道他說的話也沒有那麼絕對，他當初也說絕不成親，為了仕途不也一樣妥協了，現在也開始對許氏漸生好感，再過一段時間，怕是那絕不圓房的話也能拋在腦後，到時候……」

王韻蘭聽了這話，被刺激得竟然慢慢恢復了平靜，胡亂的擦乾臉上的淚，整了整凌亂的頭髮，看上去又像那個冰清玉潔的王氏千金了。「到時候生上那麼三四五六個孩子，還有你站的地方嗎？」

被顧宗齊陰冷的眼神看著，她也不畏懼。

「你不在這個時候除掉許容辭，難道等著她跟顧宗霖生兒育女嗎？」

「妳難道有什麼好主意不成？」

王韻蘭貼近他的耳邊，輕輕說了幾句話，然後抬起頭。「如何？」

顧宗齊看著王韻蘭那姿容秀美的面龐，慢慢露出一個笑來，他曖昧的摸著她的臉，貼過去輕輕吻著她的耳珠。「我就知道，大奶奶與我是天生一對……」

說著，將人緩緩推倒在榻上，翻身覆了過去。

王韻蘭皺緊了眉頭，手緊緊抓著衣料，最終卻只是把頭歪向了一邊，任身上的人動作。

容辭被顧宗霖一路拉回了三省院，直到兩人進了屋子，顧宗霖才鬆了拉著她的手。

這時容辭已經明白這次謀劃肯定是失敗了，但她實在想不明白顧宗霖是吃錯了什麼藥非要來插一腳，本來這齣戲根本沒有他的位置。

她看著眼前的男人。「二爺，您……」

顧宗霖將外衣脫了下來。「下次遇上這樣的事，妳就早些差人知會我一聲，沒想到這些下人們居然有這樣大的膽子，這樣的流言也敢傳。」

「您是怎麼知道的？」容辭一邊接過他的衣服，將之整理妥當擺好，一邊問道：「難道有人敢跑到您跟前去說這話？」

顧宗霖看到她下意識的動作，眼裡暈出一點淺淡的自己也沒察覺到的笑意，他輕扶著容辭的肩膀，將她帶到羅漢床邊，待看她坐下了，方坐到炕桌的另一邊。「不是妳的侍女去前邊通知我的嗎？」

容辭疑惑。「我的侍女？」

「就是那個……」顧宗霖扶額想了想，道：「叫葉什麼的那個。」

容辭一下子明白了，她深吸了一口氣，簡直恨不得立時叫人拿了葉蘭來，當面賞她幾個巴掌。

她就說呢，顧宗霖怎麼莫名其妙的就知道這件事了，他身邊能跟他說得上話的下人就那麼幾個，他們連她病了小半個月都不會跟顧宗霖多嘴，更何況只是一些流言了。

鬧了半天，原來是自己這邊的丫頭壞了事。

近來容辭的身形已經變得越來越明顯了，若不是親信，在屋裡伺候的丫頭很容易看出不對，因此除了李嬤嬤、鎖朱和斂青三人外，容辭已經不許其他人未經通傳就隨意進出了，別人還好，舉荷和葉蘭是陪嫁的貼身大丫鬟，不好打發，但李嬤嬤不知用了什麼理由，把舉荷派去打理嫁妝，也打發了葉蘭去總理針線上的活計。

葉蘭不安分，是如今三省院上到容辭下到掃灑的婆子都知道的事，這大冬天的，明明都是成日裡被關在後院當差，針線房裡的其他人忙得手都騰不出來，她偏偏就能擠出空來穿得花枝招展的往前院湊，要不是顧宗霖的書房管得嚴，還不知要鬧出多少事故來。

李嬤嬤生平最是看不上這種丫頭，要是換作平常早就發作了，但目前是關鍵時刻，唯恐動作多了節外生枝，就沒騰出手來料理她，容辭也覺得反正這丫頭煩的又不是自己，給前院裡的人找找事做也沒什麼不好，因此也沒有追究，沒想到這一時放縱就釀成了禍。

事實上葉蘭自然不是為主子憂心才去報的信，而是她這好些天圍著書房轉，卻連顧宗霖的面也沒見著，偶然聽到底下人嚼舌根，就靈機一動，以此作為理由闖進了顧宗霖的書房，本想乘機獻媚，卻不想顧宗霖聽她說完，居然一刻也沒耽誤就往後院趕去，讓她的如意算盤落了空。

這些容辭雖沒看見，卻也能猜到一二，更加後悔沒有早些處置了她，放她到今天損人不利己，可是現在說什麼都晚了，連葉蘭她也不好馬上動，畢竟人家是打著為她好的旗號才跑去通風報信的……

但還有個事情她沒想清楚。「二爺，您今天去敬德堂是為了什麼？」

顧宗霖明顯的愣了一愣。「自是為妳解圍，若母親聽信了那荒謬之言，真的送妳出府，豈不是坐實了流言？我不知道就罷了，既然聽說了，又怎能坐視不理？」

「不對，」容辭看著他，抿了抿雙唇。「您不是這樣熱心的人，您從來不會多管閒事……況且我走了，於您而言只有好處不是嗎？」

「妳這是什麼話？妳走了我有什麼……」他看著容辭的眼睛，想起了自己曾立下的誓言，慢慢移開視線，恢復了平靜。「妳不需要多想，我雖不能給予妳情愛，我們也算不上真正的夫妻，但妳既然進了這個門，我就有責任護著妳。」

容辭動了動嘴唇，卻什麼也沒能說出來，她現在心情算得上是複雜，對於顧宗霖，她感激也不是責怪也不是，畢竟無論之前他對她做過什麼、對她究竟是什麼樣的感情，剛才確確實實是真心實意的想要幫她，即使他破壞了她的計劃，她好像也沒法因此怨恨他。

顧宗霖也有些不自在。「我之前也說過，除了夫妻之事，我會給妳妳本就該得的……」

容辭深呼了一口氣，抬起頭，把那股莫名其妙的淚意壓了下去。

他今生這種責任感出現得太早了，早到令她有些無所適從。上一世她在嫁入顧家後的幾年中恪盡本分、任勞任怨，也同樣得到過這一份無關情愛……或許夾雜了那麼一點愛意的責任感，但那是用整整五年的相處和無微不至的關心換來的。

正是曾經得到過，她才知道這份情感是多麼難以獲得，又是多麼……容易失去……

現在他說出這麼一番話，說得太早了，早到令她不知如何面對；也太晚了，晚得一切已經塵埃落定，無法更改。

顧宗霖說完那番話，面上還是冷冷的像公事公辦，心裡其實已經有些不好意思，坐了不一會兒就走了。

容辭在他走了之後，就低下身子，將頭抵在炕桌上，閉著眼睛平復心情。

這是大了肚子就容易多愁善感了嗎？顧宗霖是什麼人她難道不知道嗎？他的維護與偶爾的溫情固然讓人感動，可是他在情意最濃時的翻臉無情更加令人膽寒，經歷了一次那種不可置信的難過還不夠嗎，難不成要在同一條陰溝裡翻船兩次？

容辭迫使自己回想了一番那段能把人氣得吐血的往事，終於平靜了下來，這時才想起自己如今最大的難題還懸而未決，毫無頭緒。

李嬤嬤進了房間，看見容辭正自己坐著，便上前坐到她的身邊。「我聽說了，是顧二爺把事給壓下去了。」

容辭也不驚訝她的消息靈通，她被今天的事弄得非常疲乏，計劃了好久、本應十拿九穩的事就此落空，煩得她頭疼欲裂。

她伸手把一直沒敢脫的披風解下來隨手扔到一旁，抱著肚子躺下來，把頭靠在李嬤嬤腿上。「嬤嬤，我的頭好痛，我是真的不知道該怎麼辦了……可這事實在拖不得了……」

李嬤嬤連忙替她按揉著太陽穴，安撫道：「頭疼就別想了，妳這裡想不出來，自有旁人替妳想。」

容辭閉著眼。「可是若那邊再出手，手段怕沒有這次溫和了，我擔心的是他們下狠手啊。」

李嬤嬤手上的動作十分輕柔，像是在護理世上最名貴的玉石，臉上卻帶著透著冷意的譏笑。「狠不狠的有什麼要緊，要還是那三腳貓的伎倆，再狠也不能成事。」

李嬤嬤估摸得沒錯，只用了一天，次日傍晚文欣閣就派了人來傳話，說是那邊請二爺並二奶奶過去共進晚膳。

長兄相邀，顧宗霖自然不會推辭，就帶著已經準備妥當的妻子並幾個下人一起去赴了這場「鴻門宴」。

一進門就見顧宗齊由王韻蘭攙扶著起身相迎。「二弟二弟妹來了，快請坐吧。」

顧宗齊還是一臉病容，但千尊萬貴養出來的公子也絕不醜陋，他雖不像顧宗霖那樣稜角分明、輪廓中帶了銳氣逼人的俊美，但也算得上是五官精緻，加上偏柔的氣質，看起來也是一個帶著病氣的翩翩公子。

此刻他一臉誠摯的看著顧宗霖和容辭。「二弟、弟妹，今晚請你們來主要是為了賠罪的，特別是弟妹，都是為了我的事讓妳為難了，我這做兄長的真是羞愧……但請妳不要怪母親，她只是護子心切，才亂了主意。」

顧宗霖道：「這如何能怪大哥，都是小人亂嚼舌根，不關大哥的事。」

顧宗齊搖頭道：「要不是我這身子骨不爭氣，總是染病，也不會有那難聽的話傳出來，連累弟妹遭了池魚之殃。」

容辭看著顧宗霖略顯生硬的安慰長兄，心裡還是有些緊張，今晚這對夫妻打的什麼主意她一點兒也不知道，心中自是感到略微沒底，腦子裡一根弦總是繃著，直到看到李嬤嬤正守在身後，才定了定心，心想今晚好歹不是孤軍奮戰，李嬤嬤的手段她也是放心的。

不一會兒，菜也陸陸續續的上齊了，顧宗齊對著一旁侍立著的丫鬟吩咐。「秋實，妳去把茶端上來吧。」

一聽這名字，容辭就警覺了起來，並且敏銳地感覺到對面三人——特別是這個叫秋實的丫頭，渾身都繃緊著——這是極度緊張的表現。

秋實僵著身子應是，然後走了出去，王韻蘭也在這時低下了頭，只有顧宗齊還在鎮定的談笑風生。「孝期不得飲酒，過一會兒我以茶代酒向弟妹賠罪。」

秋實馬上回來了，她手裡端著托盤，上面整齊的擺了四只茶杯。

她剛剛進門，還沒走兩步，一旁李嬤嬤就迎了上去，一面嘴裡說著：「這等粗活讓老奴來吧。」一面飛快的將那托盤拿在了自己手上，身子以不合年紀的靈巧轉了個圈避開了秋實的手。

也就是眨眼的工夫，秋實馬上反應了過來，幾乎是用搶的，把托盤重新奪了回去，她慌亂的低頭看了一眼，看到上面的杯子紋絲未動才放下心來，強笑道：「嬤嬤不必了，還是奴婢來吧。」

李嬤嬤自然的放下手，不再強求，還讚嘆道：「要不怎麼說是大爺大奶奶的丫頭呢，就是勤快，不像我們院裡那幾個，油瓶倒了都不知道扶。」

她一邊說一邊往回走，臉上掛著自然無比的笑，對著容辭幾不可察的點了點頭，容辭便知道這裡面應該沒問題。

秋實把茶杯挨個兒放在幾人面前，王韻蘭端起茶杯，盯著她問：「這茶可是泡好了？」

秋實低頭回道：「奴婢看顏色已經泡出來了。」

等王韻蘭低頭看茶時，又與顧宗齊交換了個眼色。

顧宗齊微微笑了，他端起茶杯，對著顧宗霖夫妻道：「為兄的這是以茶代酒請罪，可不許推辭。」

兩人便都喝了。

之後幾人便開始挾菜吃，一開始還順利，之後顧宗齊卻覺得身上微微發熱，頭也開始昏沈，但他也沒在意，他的身子就是這樣，幾天不發一次燒才是稀奇，這不過是在提醒他該休息了。但他此時還有想看的事沒看成，便想再多堅持幾刻。

卻沒想到不一會兒他便覺得越發難受起來，不得已只得起身道：「我這身子實在堅持不住了，這便不能相陪了，二弟、弟妹莫怪。」說著伸手示意王韻蘭扶他。「妳扶我進去，然後再回來陪兩位進膳。」

眼看著主人走了，容辭怕再生事端，便向顧宗霖道：「二爺，既然大哥病了，咱們就先回去吧，何苦讓大嫂再出來呢。」

顧宗霖也覺得這樣就很好，便起身準備出去。

這屋裡只剩秋實，她還有任務沒做完，眼看二人要走馬上急了，想開口攔人，卻被李嬤嬤惡狠狠地瞪了一眼，那眼神陰鷙無比，嚇得她倒抽一口涼氣，沒來得及說話，三人便已經出了門。

秋實也有自己的私心，猶豫再三，到底是沒有強留人。

顧宗霖和容辭兩人在半路上就分開了，容辭帶著李嬤嬤回去，一邊走一邊納悶。「我以為他們會在茶裡動什麼手腳，沒想到不是……那他們今晚唱的是哪一齣啊？白讓我提心吊膽了。」

李嬤嬤先前一直沈默，到了院門口，確認四處絕對沒有人了之後，才拉著容辭停下，用手護住嘴，在她耳邊輕聲道：「姑娘別聲張……不是沒動手腳，是我把茶杯調換了位置……」

「什麼?!」

三省院，臥室。

容辭穿著裡衣裹在被子裡。「嬤嬤，妳確定嗎？」

李嬤嬤一邊替她掖著被角一邊道：「倒也不能說完全確定，畢竟時間太短了，只來得及瞥一眼……不過任何藥物都不會毫無痕跡，今晚的茶是上品的武夷大紅袍，顏色應該是橙黃明亮，可秋實端上來的四杯茶只有兩杯的顏色是正常的，其餘兩杯都略微帶著雜色。」

「這麼說來，是兩杯有問題的茶和兩杯沒有問題的了？」

「我只能肯定裡面有兩杯茶是沒有問題的，妳端起茶杯的時候，我裝作佈菜還湊近細聞了一下，確定我換過位置之後，到了妳手裡的那一杯絕對沒有問題……若非如此，我是絕不可能讓它入妳的口的。」

容辭略有些不安。「不知道另外兩杯茶中到底有什麼貓膩……大房夫妻兩個該不會想一了百了，直接毒死我們兩個吧……不對！」

她立即想到了這裡面的違和之處。

「王韻蘭絕不可能對付顧宗霖，顧宗齊要想和她聯手，兩人的目標只能是我一個人，不然她不可能同意的，可……為什麼沒有問題的茶只有兩杯呢？」

李嬤嬤猜道：「莫不是大奶奶因愛生恨，被大爺說服了？」

容辭搖了搖頭。「不可能。」

王韻蘭雖然狠毒瘋狂，但她對顧宗霖的確是真心的，別說只受了這麼點刺激，就算顧宗霖親手殺了她，怕也不會消減半分愛意。

因愛生恨？這倒沒錯，但她是因為對顧宗霖的愛而生了對他身邊所有女人的恨，卻絕不會恨顧宗霖，這一點，容辭早有領教了。

李嬤嬤道：「那看來這兩人也不是一條藤兒上的了……」見容辭看過來，她繼續道：「今晚的關鍵在那個叫秋實的丫頭身上，她看似是大奶奶的人，但下意識總是看著大爺的臉色行事，這就有些耐人尋味了，那茶是她端過來的，也是她一個一個遞給你們的，她聽命於誰，誰就是想要算計顧二爺的人。」

容辭冷笑道：「那便不用再想了，秋實絕對是顧宗齊的人，王韻蘭想害的只有我，顧宗齊卻暗地裡改了計劃，想害顧宗霖……或者乾脆一箭雙鵰。」

這個人的手段總是這一套，光明正大的與人衝突從來不幹，暗地裡下陰招卻比誰都熟練。這點和顧宗霖截然不同，也不知一個娘肚子裡怎麼生出這樣天差地別的兩個人。

李嬤嬤看了看容辭的神色，倒是笑了。「我就說近來姑娘長大了，不像之前那麼稚氣了。」

「嬤嬤這話怎麼說？我都是要當娘的人了，怎麼還能說稚氣呢？」

「我指的不是外表。」李嬤嬤搖著頭。「原來妳什麼地方都好，又天真又單純，這在我和太太眼皮子底下的時候當然是優點，但外面世道險惡，不說別的，恭毅侯府已經算是人口簡單的人家了，卻也能生出這許多的事故來，不比別人多長兩個心眼，是過不下去的。」

容辭故作不滿道：「嬤嬤這是嫌我之前太笨嘍？」

李嬤嬤愛憐的擰了擰她的小臉兒。「我的好姑娘，妳那可不是笨，妳是總為旁人想得太多，總想顧慮到所有人的想法，可人生在世上，能顧好自己就不錯了，就像這次的事，要是換作之前，妳第一時間想的肯定是那茶裡究竟有什麼，擔憂會不會害了那兩位的性命，我說得可對？」

容辭沈默了，不得不承認李嬤嬤確實瞭解她，在她真正十四、五歲的時候，確實是有著滿腔的天真柔軟，又因為自認為犯了天底下最大的錯，對每個人都抱有一種反常的容忍，不愛與人計較，直到歲月和痛苦慢慢磨平了這種天真，她才開始學著不再背負罪惡感，只為自己活著。

「妳現在這樣就很好。」李嬤嬤的聲音帶著看破世事的冷酷。「那些無關緊要的都不值得妳去操心，更何況那兩個人蛇鼠一窩，害人的藥噹到自己嘴裡，死了也是活該！」

看到容辭乖乖的裹在被子裡，不由心軟了幾分。「再說了，他們十有八九只是用什麼齷齪手段，不可能敢直接下毒害人性命，畢竟是他們自己設的宴，還不至於明目張膽的毒死人。」

這一晚容辭與李嬤嬤聊得比較久，睡得便稍晚了一點，又掛心著文欣閣那邊可能生出的風波，一整晚都醒醒睡睡，躺得很不安穩。

第二天一早，容辭好不容易睡過去了一會兒，就被屋外傳來的一陣嘈雜聲驚醒了。

她迷迷糊糊的揉了揉眼睛，聽到外面有人在喊。「妳先讓開，我有急事通報二奶奶！」

接著是斂青阻攔的聲音。「二奶奶還沒醒，妳且等等，我這就進去通報……」

容辭聽出傳話的人聲音中的急切，知道肯定是急事，她看了眼遮得嚴嚴實實的床帳，揚聲道：「讓她進來吧。」

接著便聽到有人快速跑進的聲音，剛要疑惑究竟是什麼事情如此十萬火急，便聽到帳外的丫頭「砰」的一聲直接跪倒在地上，用帶著哭腔的聲音道：「二奶奶，大爺沒了！」

「什麼！」

容辭猛地坐起身來，肚子裡的孩子了彷彿被母親突如其來的動作驚到了，抗議般的不停在腹中踢動。

她強令自己平靜下來，一邊用手撫摸著肚子安撫胎兒，一邊不可置信地重新問道：「妳說什麼？」

外面那個丫鬟也不知是傷心的還是嚇的，當真哭了起來。「今、今晨寅正大爺就不大好了，太醫救了好久也不頂用，已於方才……去了……」

容辭此時心臟飛快的跳動，但奇怪的是頭腦好像已經恢復了冷靜，她聽到自己用鎮定的聲音打發了跪在床邊哭得抽抽噎噎的丫鬟。「我知道了，妳先回去吧，我馬上就到……」

剛把人打發走，她便把斂青、鎖朱叫進來，飛快的更衣梳頭。

她心裡不停的思考著這究竟是怎麼一回事，就像李嬤嬤說的，顧宗齊在茶裡下的絕不可能是置人於死地的藥，若他真這麼幹，那就是同歸於盡的招數，恭毅侯就是拚著名聲不要，立庶出的顧宗亮為世子，也不可能把偌大的家業交付於一個既體弱多病，還能狠心毒殺胞弟的兒子手上。

那究竟是出了什麼意外，難不成是王韻蘭和顧宗齊用的不是一種藥，對她用的才是致命毒藥？

……不、不對……這也說不通……

容辭腦子裡一團亂麻，怎麼也理不清楚，便乾脆不想，等到了那邊親眼看看究竟是什麼情況，到時候再見機行事，總比現在胡思亂想強。

她整理妥當，剛走出院門，便見顧宗霖也正往外走，兩人對視一眼，從彼此眼中看到了相同的憂慮。

一路無話，等到了文欣閣便聽見裡面震天的哭聲，與老太太去世時的早有預料不同，顧宗齊是府裡已成年的嫡長子，縱然三天兩頭的生病，但其實眾人早就習慣了，從一開始還擔憂他活不長，到隨著他漸漸長大而習慣了這種狀態，也慢慢覺得他會這麼病歪歪的 直活下去，沒想到今天卻死得這樣突然。

兩人穿過院子剛進門，就聽到了一聲清脆的巴掌聲，抬頭一看卻見淚流滿面的工氏剛剛放下手，她身前是捂著臉兩眼怔怔無神的王韻蘭，屋子裡丫鬟婆子跪了一地，人人都在抽噎哭泣。

王氏打了一巴掌還嫌不夠，一邊痛哭一邊朝著王韻蘭身上胡亂打去，聲音帶著猙獰的憤怒。「我讓妳照顧齊兒，妳就是這樣照顧他的?!妳明知他身體不好，還行那些狐魅媚術，挑唆得他成了這樣！妳還我兒命來！」

王韻蘭原本是神情恍惚，挨了一巴掌也沒回過神來，這時被王氏打得站立不穩，抬頭就看見了站在門口並肩而立的顧宗霖和容辭二人。

她的視線定在容辭身上，眼神從茫然到驚疑再到濃烈的恨意，不過用了一息的工夫。

容辭眼見王韻蘭神情狠厲，之後馬上深吸了一口氣像是下定了某種決心，嘴唇微動像是要說什麼。

這一刻容辭腦中如電光石火般閃過一連串的事，有王韻蘭的眼神、顧宗齊的行事、甚至侯夫人王氏所說的話，她也不能說清自己到底想到了什麼，但她此時就像是有如神助一般，思緒前所未有的快，眨眼間就做出了打算。

她當機立斷上前幾步，撲通一聲跪在地上，剛好截住了王韻蘭的話。「母親，您不要怨大嫂，都是我的錯！」

王氏停下動作，看著跪著的容辭，心中也想起了那個流言，在經歷這喪子之痛的時刻，她看著容辭的眼神中也帶了厭惡遷怒。

容辭從不知道原來自己的淚如此收放自如，此時明明什麼傷心事也沒想，居然也可以淚如泉湧，她流著淚跪在地上，哭得雙眼通紅，任誰看了都會以為她此刻絕對是傷心透頂。

「……都是兒媳的錯，流言之事兒媳其實早有耳聞，想起年幼喪父之事便覺得沒有什麼可以辯解的餘地，前天您提的那件事我本可以順勢從命……可是一時私心不想離開，便抱有僥倖之心……誰知不過兩天工夫，大哥便……」說著居然能哭得哽咽難言，她一邊抽泣一邊用餘光看見了王韻蘭此時驚疑不定的臉色，繼續哭道：「大嫂細心照料大哥無任何錯處，都是我的錯……都是我的錯……」

顧宗齊其實是因為服用了助興的虎狼之藥，又身體病弱受不住藥性而死在床上，王氏聽過太醫診斷，自然對此心知肚明，這是兒子和兒媳貪歡過度而釀成的大禍，跟容辭的命格硬不硬沒有任何關係。

但她剛剛打消送容辭出府的念頭，馬上就死了兒子，這讓她看見容辭的臉就忍不住心生膈應，實在沒辦法不遷怒，此時容辭主動提起這事，把罪過攬到自己身上，她即使知道這理由過於牽強，並不能掩蓋那不堪的事實，還是忍不住想順水推舟。

王氏神情陰晴難辨，之後定了定神，把滿心的悲痛與憤怒壓了下去。「這怎麼能怨妳，我向來是不信這些事的……不過最近出了太多事了，實在騰不出手來照顧妳，妳出去住兩天也好。」說著示意容辭站起來，又壓著怒火看了王韻蘭一眼。「你們都先出去吧，讓我來……為齊兒換衣……」

王韻蘭眼看著事情變化，掙扎了片刻，最終也沒有把要說的話說出口。

顧宗齊居然死了。

當然不是說他不能死，實際上上一世他就是死在容辭手上的，但這一世沒想到他居然死得這樣可笑——死於本是他自己用來陷害親弟的春藥。

這也就解釋了為什麼茶裡並非毒藥，王韻蘭喝了之後也沒有生命危險，卻最終能致顧宗齊於死。

當時在場的四人，有三人的身體都是好好的，即使服了那藥，也只會難以自控做出醜事來，並不致命。但顧宗齊天生體弱，連平日飲食都要多加注意，那藥效用在他身上的後果與服用砒霜無異。

也不知道老天是不是故意在襯托恭毅侯府這一場接一場的喪事，今年冬天京城的第一場雪就在這一天飄然而至。

容辭抱著手爐，正站在花園八角亭底下，王韻蘭與她相對而立。

「妳到底打的什麼主意？」

王韻蘭側臉上還帶著紅腫，那是王氏悲憤之下含怒打出來的，並沒有因為王韻蘭是她的親姪女而有絲毫留手。

容辭並沒有看她，而是側過身子去看亭外漫天的大雪，將手伸出去接住了幾片雪花，聲音也如雪一般冰涼。「我的主意？妳應該問問你們自己是在打什麼主意吧……」

王韻蘭昨天折騰了大半夜，早上又因為發現了身邊瀕死的顧宗齊而受到驚嚇，一直到眼看著他嚥氣都沒從打擊中回過神來。現在她帶著極度的恐慌與不安，說話還是那麼語無倫次。

「是妳……別以為妳能瞞得過去，秋實是不可能失手的，昨晚一定是妳身邊的人把茶杯換了……是妳害死了宗齊！」

容辭漫不經心道：「是我，那又如何呢？」

王韻蘭被她的態度刺激到了。「妳以為妳能逃得了嗎？等我稟明了母親……」

「那妳剛才為什麼不說呢？」容辭打斷她。

王韻蘭愣了愣，終於恢復了一點理智，抿了抿嘴唇不說話了。

她剛才在屋子裡被王氏責打，又看到顧宗霖和許容辭站在一起，滿腦子嫉妒和怨恨操縱之下，確實差點把事情全都抖摟乾淨，想的是大家一起同歸於盡。

可是話還沒說出口就被容辭一番聲淚俱下的請罪給堵了回去，她最大的心結就是看不得別的女人和顧宗霖在一起，可許容辭自己主動提出要走，她……還需要把一切都說出來嗎？

容辭觀察著王韻蘭的神色，見她也並非底氣十足，不禁笑了。「大嫂，妳真的這麼在乎大哥是被誰害死的嗎？情願與我玉石俱焚，也要給他討回公道？」

她當然不是，顧宗齊死不死，她一點也不在乎，但她不想替許容辭背這個黑鍋。

容辭也明白這個深愛顧宗霖的瘋女人絕不可能為了顧宗齊而孤注一擲，她若說出事情的真相，不說有沒有證據，就算王氏真的信了，那她雖沒有好下場，王韻蘭卻也一樣逃不了。

一個為求自保陰差陽錯害死了大伯兒；一個身為長嫂覬覦小叔，想要陷害弟妹不成反毒死親夫。

這兩個誰也不比誰好到哪兒去。

「還有大嫂，妳昨晚就沒感覺出身體有哪裡不對嗎？」

王韻蘭猛地轉頭看向容辭——她當然感覺到了，昨晚難敵慾火的不止顧宗齊一人，她自己也失去了控制。「妳這話什麼意思？」

容辭看著她的表情，便明白了。「看來我的人並沒有看錯，昨晚添了藥的茶有兩杯，可是大嫂，我本以為妳只會害我一個人，怎麼，妳連二爺也不想放過嗎？」

王韻蘭並不笨，剛剛只是被一連串的事故弄懵了，沒來得及細想，此時馬上反應過來。「我沒有……妳、妳是說……」

容辭走近她，用儘量柔和的語氣跟她交談。「既然大嫂沒有做過，那必定是大哥擅作主張，大嫂不要怨恨我害死了妳的夫君，若昨晚我沒有察覺出不對，真的如了大哥的意，會有什麼後果大嫂想過沒有？別忘了現在可還在孝期，在大哥的計劃裡，二爺中了藥之後，與他共度一夜的會是誰？是妳？我？還是那個叫秋實的丫頭？妳能接受哪一種？」

事實上王韻蘭哪一種都接受不了，容辭自不必說，若是她能容忍二人圓房，也不會出了這個主意；至於她自己，她想跟顧宗霖在一起沒錯，但讓顧宗霖在兄長房裡與長嫂苟且？她還不想讓他陪自己一起身敗名裂；秋實就更不用說了，簡直是集前兩者的壞處於一身，王韻蘭怕是死也絕不會讓她碰顧宗霖一個手指頭，光是想一想她就要吐了。

顧宗齊究竟是怎樣計劃的，隨著他的死再沒人能知道，或許受他差遣的秋實能猜到一二，但現在再去逼問她也沒有任何意義了。

王韻蘭本來恨容辭入骨，卻也不得不同意她說的話——相比於顧宗霖身敗名裂、前途盡毀，或者在她的屋子裡和別的女人共度春宵，那她還是選擇讓顧宗齊去死好了。

容辭就是知道王韻蘭的性格才針對性的說了這番話，雖然早有預料，但看著王韻蘭徹底恢復了平靜，已經完全不再為丈夫的死糾結，還是忍不住為她對顧宗霖極端的愛意而感到膽寒。

這就是愛嗎？如此強烈又如此盲目，彷彿世上除了這份愛以外，其他所有都如同草芥，甚至包括她自己的性命。

王韻蘭和顧宗齊可不像容辭和顧宗霖一樣只是名義上的夫妻，他們有名有實，同床共枕多年，彼此之間除了利用，竟尋不到半分真心，也是令人唏噓。

王韻蘭很快把顧宗齊的事拋諸腦後，想起了自己的目的，她看著容辭。「只要妳老老實實的出府別居，這件事自然爛在我嘴裡。妳說對了，能達到目的，我自然犯不著跟妳兩敗俱傷。」

容辭不動聲色的鬆了口氣。「這是自然，我說出口的話自然沒有往回嚥的道理，況且就算我想反悔，侯夫人也不可能答應。」

王韻蘭狐疑的看著她。「妳這麼容易就答應了？當真心甘情願嗎？」

顧宗霖從文欣閣的臥房出來，去正廳看望一夜之間老了許多的恭毅侯，安慰了一番同樣經歷了喪子之痛的父親，出來後才想起來要去詢問妻子為什麼要在母親面前說那番話。

他聽下人說二奶奶正同大奶奶在八角亭說話，想著外面正下大雪，容辭風寒未癒，便又拿了一件大衣出門尋她。

到了園子裡，遠遠看見妻了和大嫂背對著他正在說些什麼，便上前幾步，地上已經有了積雪，正好掩蓋了腳步聲，等他走近了都沒人發現，他正想要喚人，便聽到容辭在沈默了一陣之後開口。

「為什麼妳會覺得我會喜歡一個心有所屬的男人，喜歡到不想離開他？我又不是傻子……難道一個女人嫁了人，就一定得深愛她的丈夫，即使人家已另有所愛……大嫂，這點想必妳比誰都清楚——根本不是，並不是妳嫁了誰，就會喜歡誰。」

顧宗霖聽了這話，頓時心裡猛地一跳，整個腦子都在嗡嗡鳴叫，思緒煩亂到什麼也想不起來。他也不知道自己此刻是什麼心情，但他清楚，那絕不是知道這個名義上的妻子大概絕不會糾纏於他的如釋重負。

他不由自主的往後退了一步，發出的聲音終於驚動了亭子裡的兩人。

王韻蘭被他的突然出現驚了一下，古怪的看了容辭一眼，轉身就走了。

容辭也嚇了一跳，但她見顧宗霖並沒有理會王韻蘭，而是神色複雜的盯著自己，便知他可能沒有聽見前半段談話，只是聽到了自己最後的話，而那些話，她並不覺得有什麼是他聽不得的。

想到這裡，她便沒有任何心虛，毫不畏懼的與他視線相交。

顧宗霖率先移開視線，深吸了一口氣。「我並不知道妳是這麼想的。」

「那您現在知道了。」

他被她的輕描淡寫噎了一下。「我留妳只是想護著妳，不想妳被那些流言困擾。」

「我明白。」容辭沒有絲毫不自在，反而覺得他能明白她心裡想的是什麼，對兩個人都有好處。「所以我感激您，並沒有絲毫怨言。」

他看著她已經漸漸長開，開始褪去稚嫩的面孔，沈默了許久，終於道：「妳要是真的想搬出去住一陣子，我不會攔著的……但我的承諾還是有效，妳既然是我的妻子，我就會一直護著妳。」

容辭看著他說完話，轉身走遠了，慢慢眨了眨眼，抬起頭看著天上越下越大的雪，喃喃道：「不，你不會，你做不到的……」

當你認為是我害你違背了對鄭嬪的承諾，那往日的情分就會瞬間煙消雲散，甚至連……失去親生骨肉也可以毫不在意……

容辭其實不止懷過一次孕，上一世在二十歲那年，她和顧宗霖之間也有過一個屬於他們的孩子。

那是她婚後的第五年，夫妻兩人的感情在這五年的細水長流中變得越來越好，若能這樣平平淡淡的相處下去，未必不能成為一對相敬相愛的夫妻，無論最終有沒有所謂的夫妻之實。

容辭自己覺得這樣的生活就已經足夠美好，也並不覺得圓不圓房有什麼要緊。只要兩人互相敬重，彼此珍惜，就這樣安安穩穩的過一生也沒什麼不好。

可惜她是這麼想的，旁人卻不一定。顧宗霖堅決不近女色，容辭這位正房夫人沒什麼意見，他身邊的侍女卻先等不及了。

顧宗霖身邊有四個丫鬟，知棋是最識時務的一個，本就沒有非分之想，一到年紀就被贖了出去與家人團聚了。而留畫長得最漂亮，雖然自認最有希望做姨娘，但眼看著比自己小好幾歲的知棋都有了著落，到底是怕耽誤青春，也已於兩年前嫁了人。留書性格溫順卻倔強，本打算終身不嫁也要待在主子身邊伺候，但再怎麼倔強，她的父母也不可能真的放她做一輩子的老姑娘，便稟明了王氏，就在府中給她配了人。

最後只剩下一個知琴，這個丫頭長得不出挑，性格也不算多討人喜歡，卻是幾個丫頭裡最有心眼的一個，她眼見最早跟在顧宗霖身邊的留書也嫁了人，十分害怕下一個就是自己。要說她對顧宗霖倒也沒有多麼情根深種，但長久以來一直服侍這麼一位俊朗的侯府貴公子，又怎麼甘心隨便嫁一個小廝了事？

人一旦貪婪過度就容易生事，知琴便在情急之下想了個餿主意。

那天容辭正因為母親溫氏的離世而感到心裡難受，一整天都打不起精神，到了傍晚又聽說顧宗霖公務繁忙沒來得及用晚膳，擔心他的身體，便打發廚房做了一碗人參雞湯送去書房。

那段時間顧宗霖已經開始學著體貼她了，知道夫妻長久分居會讓下人們說閒話，妻子難免受委屈丟面子，便隔一段時間就會回後院住幾天，以全容辭的臉面。一開始兩人分榻而眠，後來時間長了，顧宗霖便覺得搬來搬去太麻煩，他覺得反正蓋著兩張棉被誰也碰不著誰，就乾脆睡在了一張床上，兩人睡相都老實，彼此倒也相安無事。

這幾日顧宗霖憐惜容辭經受了喪母之痛，便連著幾天晚上都回後院休息，就為了陪她說說話以緩解她的悲痛，可這一晚遲遲不見他回來，容辭擔心他過度操勞累壞了身子，便親自到前邊書房去看看。

哪知她正走到書房門口，卻突然聽到裡面傳來砰的一聲，彷彿什麼瓷器打碎了一般，之後隨著顧宗霖一聲含著震怒的「滾！」她看見常年在書房伺候的丫鬟知琴衣衫凌亂的跑了出來，她頭髮散亂，面色蒼白，還沒等容辭問她是怎麼回事，便面帶難堪的捂著臉跑了。

容辭愣了愣，伸手推開門走了進去，只見顧宗霖半伏在一張小榻上，彷彿怒極一般發出劇烈的喘息，頭上戴著的玉冠摔落在腳邊，身上的衣服倒還整齊。

她有點害怕，不知道他是為了什麼發這麼大的火，連知琴都牽連了，但到底是對丈夫的擔憂占了上風，便小心翼翼的走上前去，輕拍了拍他的脊背。「二爺，你這是怎麼了？」

卻不想顧宗霖聽到她的聲音後呼吸都停止了一瞬，突然抬起身子用力攥住了她的手腕，使勁將她往榻上一拽。

容辭嚇得懵了一懵，之後便反射性的想反抗，可掙扎了沒兩下就被壓制了下來，同時也弄清了他想幹什麼。

她是他的妻子，這本就是她該盡的義務，再說兩人現在的關係也並非不和睦，此時圓房也算得合適，雖不知道他是為什麼突然改變了主意，但夫妻敦倫本就天經地義，她也沒有任何理由可以拒絕……

這樣想著，她猶豫著放棄了推拒……

第六章

李嬤嬤找到容辭的時候，她已經在雪地裡站了好長時間，肩上落了一層薄薄的雪，手中的暖爐也失去了溫度，整個人怔怔地盯著地上的積雪一動不動。

李嬤嬤忙上前來往她手裡重新塞了個暖爐，將她身後的兜帽戴上。「我的好姑娘，這麼大的雪，妳怎麼能這麼站在這兒呢？就算不掛念著自己，也得想一想肚子裡的孩子受不受得了啊。」

容辭回過神來，笑著握著李嬤嬤的手。「嬤嬤別擔心，我是想到馬上就能離開這鬼地方了，心裡頭熱得很，才在這裡醒醒神，妳瞧，我的手還是熱的呢。」

李嬤嬤嗔怪的看了她一眼，馬上拉著她回了屋。

「姑娘，咱們什麼時候走？」

容辭倚在迎枕上喝了一口熱茶。「顧宗齊下葬後馬上就出發，一天也不能多留，我總擔心夜長夢多。」

「又來一場喪事。」李嬤嬤小心地摸了摸容辭隆起的肚子，略帶不滿道：「真不會挑時候……可別衝撞了咱們小少爺。」

容辭笑得險些把茶水噴出來——要是顧宗齊在天有靈，聽了這話說不定會氣得活過來。

這時李嬤嬤開口。「姑娘，咱們的住處已經安排妥當了，就在西郊落月山腳下的溫泉山莊，小是小了點，但乾淨暖和，這冬日去正合適。」

其實容辭嫁妝裡能住的莊子是有，可都在萬安山附近，李嬤嬤怕觸及她的心結，平添不快，就乾脆使人在西郊新置辦了一處山莊，與萬安山恰好方向相反，免得到時候觸景傷情。

「小也不打緊，咱們人少，地方大了也顧不來。」容辭道：「不過，附近既然出溫泉，最近天氣又冷，會不會有很多人住在那裡？」

「那地方太偏了，再走幾步都到平城縣了，愛用溫泉的世家權貴會在仰溪山建園子，離京城近，風景還更好，偶爾去落月山住的不是還沒起來的新貴，就是商人，他們幾乎不可能認識咱們，妳放心。」

至於日常服侍的下人，一個不漏都是當初萬安山那事兒的知情者，他們忠心耿耿，不會出什麼紕漏。

容辭點點頭。「那這安排就很好。」

時間確實很急迫，容辭這次當真一天也沒耽擱，前腳喪禮辦完，後腳就已經收拾好行李準備走了。

這次出去，原本打算一同隨行的就只有李嬤嬤、鎖朱和斂青三人，葉蘭和舉荷二人留下。

葉蘭自然是樂意留在府中，可舉荷聽到消息之後卻馬上表示要跟著一起出府，容辭知道她聽命於祖母，是來看著她的，如今她要走，舉荷自然想跟著去，但容辭現在今非昔比，她執意不帶，就算是郭氏本人來也沒用。

顧宗齊下葬後的第二天，容辭已經把一切收拾好要走了，這幾天接連下雪，路上並不好走，但由於前幾次波折，深恐又出點什麼事絆住腳，她便也顧不得這壞天氣，只想著路上走得慢一點，先出了府再說。

她沒有再見顧宗霖，只到王氏院中辭別，這次王氏暫時沒有了裝慈悲的力氣，沒再假惺惺的挽留，只是面無表情的說了兩句場面話，再沒多說什麼就乾脆的放她走了。

容辭看著她臉上深刻了好些的皺紋，不禁覺得她這樣比每天帶著一看就虛假的笑臉還順眼一點。

剛出了敬德堂，便見王韻蘭站在院門口，見到容辭出來，便走到她面前站定，左右看了一下，伸手將下人們揮退，容辭見狀，也向跟來的斂青點了點頭，斂青便也向後退了幾步，卻只是轉過身去望風，並不敢走遠，她如今也知道這位大奶奶是個危險人物了，瘋起來親夫都能殺的主兒，實在不敢放她們姑娘與其單獨相處。

王韻蘭壓低聲音道：「我已經將那個賤人處理了。」

容辭便明白秋實已經沒了，她的手腳確實是十分俐落，這麼乾淨俐落的就處死了一個人。

王韻蘭又道：「妳可以放心，如今再沒旁人知道那晚的事了……那賤人的命就是我的誠意，可妳也要牢牢記得妳答應的事——遠遠地到別處去，府中沒有大事不准回來——妳記住，妳要是敢反悔……」

容辭淡淡道：「便叫我死無葬身之地。」

王韻蘭陰沈的目光盯了她一會兒，終是側開身子讓出了路。

那邊的宅子已經安排好了，一應東西都是全的，容辭幾人輕裝上路，只用了兩輛馬車，可以坐六、七個人，加上車夫、兩個趕車的下人也坐得開，還能再添上些日常慣用的東西。

馬車已經在側門停好了，容辭看著斂青把最後一包行李放上去，正準備扶著鎖朱的手上車，便見顧宗霖正站在門口向這邊看來，天上還下著鵝毛一般的大雪，他就這樣站在雪地裡，臉上看不出是什麼情緒。

容辭的手微微握緊，便轉過頭準備當作沒看到，不想卻聽到身後傳來顧宗霖的聲音。

「妳且停一停……」

容辭頓了頓，沒有辦法，只得回過頭來看著他行了禮。「二爺，我這就要走了。」

顧宗霖走到她面前，語氣還算平和。「雖在外邊住，也不該動妳的體己，我讓朝英取了幾百兩銀子交給李嬤嬤了，若是不夠用，妳再差人回來取，或者……我每個月讓人送去給妳。」

容辭低著頭。「多謝您體恤，不過不必了，我們總共就幾個人，不比在府裡開銷大，也使不了多少錢。」

顧宗霖就跟沒聽見她的拒絕似的，語氣都沒變一下，依舊用平靜的聲音問：「你們住在哪處宅子，萬安山？還是仰溪山？」

容辭這次定了外居落月山，王氏是知情的，若顧宗霖想知道自可以去詢問他母親，但此時偏偏要直接來問容辭。

容辭抿著嘴，根本不想回答，顧宗霖卻固執的注視著她，彷彿她不說就不會放她離開。

兩人僵持了一會兒，直到李嬤嬤來催，容辭才抬起頭與顧宗霖對視。「二爺，其實有件事一直要跟您說，只是最近事情太多，就沒來得及開口，這才耽擱了。」

顧宗霖只得問：「何事？」

容辭慢慢道：「我前陣子跟母親進宮給承慶宮娘娘祝壽，您猜我遇見了誰？」

顧宗霖從她提起「進宮」二字起，身子就有些發僵，此時更是說不出話來。

容辭看著他有些僵硬的表情，繼續不緊不慢道：「想來您也猜得到——我遇到的正是鄭嬪娘娘，娘娘說與您情同姐弟，提起您的事竟還當場落了淚，當真是姐弟情深，令人感動……對了，她還託我給您帶了話……」

顧宗霖頓了頓，看上去卻平靜了許多。「她……說了什麼？」

到底涉及宮闈之事，容辭便放低了聲音，言簡意賅的將鄭映梅話裡真正想傳達的事說了出來。「她說……陛下自登基以來再沒召幸過宮妃，她從沒有承寵過。」

顧宗霖頓時如遭雷擊，整個人都愣住了，站在那裡一動不動。

容辭輕輕撇了撇嘴，趁他還沒回過神來，頭也不回的上了馬車。

顧宗霖本以為自己聽到這樣的消息會欣喜若狂，再不然也會失神許久，可實際上他只是愣了很短的時間，馬上便恢復了理智。

他看見容辭的背影，本來下意識的要開口去攔，眼前卻彷彿突然出現了幻覺，一瞬間恍惚的看到了另一個背影與她重疊在一起。

那是一個女人的背影，比容辭略高些也略瘦些，穿著素白的長裙，長髮綰起，幾乎不飾朱釵簪環，他只是模糊的看到她轉身離去的那一瞬間，卻冥冥中明白這個人走得決絕堅定，誓死不回，任何挽留都沒有用。

顧宗霖下意識的閉了閉眼，再睜開時卻只見妻子扶著侍女的手進了馬車，哪裡有什麼白衣女人的背影。

他心裡疑惑，用手壓了壓眼角，再去看前方時，剛才的景象還是沒有重現。他便覺得是最近事情確實太多，他可能也著實累了，怕是出了什麼幻覺，便不再想了。

可這麼一耽擱，兩輛馬車已經以最快的速度離開很遠了。

容辭輕輕撩開簾子向窗外看去，覺得已經走了不短的距離，便對著外頭的車夫道：「慎哥，可以了，慢一點吧。」

在外面駕車的是李嬤嬤的養子李慎，比容辭稍大幾歲，今年也才十七。李嬤嬤的丈夫早亡，所留的遺腹子又夭折，給容辭當了奶娘之後，溫氏怕她無兒無女，老來寂寞，便從外面買了個孤兒讓她當義子，也好緩解膝下荒涼。

李慎聽了她的話，便高聲回道：「好嘞！」說著便駕著馬車減慢了速度。

李嬤嬤怕容辭著涼，伸手將車窗的簾子蓋嚴，又試了試她捧著的手爐。「剛才顧二爺跟妳說什麼了嗎？」

這時馬車裡都是自己人，容辭沒有忌諱，把之前兩人的話敘述了一番。

一旁鎖朱聽了便道：「還怕姑娘受委屈，知道送錢來，看來他也不是良心全無。」

李嬤嬤瞪了她一眼。「幾百兩銀子就能把妳收買了，妳的出息呢？」

鎖朱委屈地辯解。「哎呀，我不是那個意思，只是……」

容辭笑道：「好了好了，我們都知道妳的意思，李嬤嬤是在逗妳呢。」說著又收了笑，嘆道：「他不算是個壞人，只是……和我不是一路人罷了……」

她神色略微黯淡，想起了本該在五年後發生的事，一時間心情分外複雜。

當日二人在書房圓房之後，容辭心中羞澀不多，忐忑倒是不少，因為結束之後顧宗霖便昏睡了過去，並沒有解釋他突然改變心意是因為什麼。

而容辭一直因為成親前發生的那場意外而心虛，若兩人一直是面子夫妻還好，她還可以勉強安心，覺得反正不是真正的夫妻，只要自己一心一意服侍他照顧他，早晚有把欠他的還完的一天。可他一旦改了想法，兩人有了夫妻之實，那件事便會成為一根刺，單是愧疚就能把她折磨得寢食難安。

她在要不要說出真相之間糾結著，慢慢也睡去了。

誰承想，醒來之後便沒有必要糾結了，因為事情馬上發生了翻天覆地的變化。

第二天一睜眼，看到的不是夫君的噓寒問暖，而是他眼中那濃重的憤怒與鄙夷。

容辭還記得當時自己看到他的神情，心臟不自覺地猛然縮緊，內心湧上的不是圓房之後面對丈夫冷眼的傷心，而是恐懼和害怕，害怕顧宗霖是不是經過一夜的相處，發現了她隱藏的秘密……

不過很快她就明白了究竟是怎麼一回事，顧宗霖將一碗喝剩的湯水端到她的面前，厲聲質問她是不是在裡面下了什麼不該下的東西，以至於他昨晚行為失控。

容辭很難分析自己當時的感覺是如釋重負，抑或是受了冤枉之後的委屈傷心。

或者兩者都有，難分先後。

沒做過的事她當然不認，但之後找來大夫檢查，發現那湯裡確實被下了大量的催情藥，更加重了她的嫌疑。

說實話，容辭不相信以顧宗霖的腦子，會沒有發現其中的破綻——那湯是她吩咐做的沒錯，但她只是讓廚房做完了送去書房，其間不止她本人沒碰過，連她身邊的丫鬟也沒經手，這中間可以下手的機會太多了——廚房裡的下人、把湯端到書房外的小廝、親自遞給顧宗霖的知琴，每一個經手的人都有機會下手，偏偏只因為最後得利的是她，顧宗霖便認定了是她所為。

容辭簡直不能相信，昨天還對她軟語安慰、相伴讀書的男人，今天就能翻臉不認人，無視一切漏洞，只因為這一晚陪他過夜的是她，就能這樣輕易地給她定罪，可這偏偏就是真的，她從顧宗霖臉上看不出絲毫往日情誼的殘痕，有的只是怨悔和痛恨。

悔的是一時情迷，毀了對愛人的承諾；恨的自然就是她這個害他毀諾的人。

顧宗霖當時說了很多難聽的話，難聽到讓兩人之間的情意揮散得一絲不剩，容辭完完整整的聽完了這些話，越聽越心寒，也越聽越冷靜。

她甚至在難過之後馬上想開了，心想以這樣的方式決裂，兩人是無論如何再不可能和好如初了，顧宗霖既然這樣對待自己，那當初她發生了那場意外也沒什麼大不了的，兩人終於真真正正的兩不相欠了，她不必再自我折磨，每天想著怎麼彌補他，事事關心，時時照料，委屈不敢委屈，生氣也不敢生氣，讓自己卑微得像他身後沒有自我的影子。

她終於解脫了。

想通了之後，她不再試圖為自己辯解，顧宗霖當時情緒有些失控，根本無法客觀分析情況，她再辯解也是白費口舌，於是乾脆的把眼淚擦乾，站直了身子，說要搬去靜本院，以免玷污了顧二爺尊貴的門楣，如此一來也免得他費心思想怎麼處置她——她自己走。

顧宗霖當時是什麼表情，她已經記不清了，只知道他應該是震怒異常的，聽了她的話之後還要處置鎖朱、斂青二人，咬定她們是容辭的同謀。

容辭對他已經夠失望了，不想當著那麼多人的面同他在這種一看便知是遷怒的問題上再費口舌，直接說兩個丫頭的奴籍已消，早已是良民。既然是良民，顧府無權私自處置，最多只能趕兩人出府。

雖然鎖朱、斂青都爭著想留在容辭身邊，但容辭自己知道讓她們離開會比和她一起在這裡消耗大好時光來得好，自己已經是落得如此田地，又何苦讓關心她的人一起受罪？

待她們一走，容辭便再沒什麼可顧忌的了。她當場吩咐下人把自己的東西收拾好，沒有半點耽擱就搬出了三省院，用實際行動表明，顧宗霖還沒有重要到讓她放下尊嚴的程度。

至此夫妻二人徹底決裂，容辭打定主意就在靜本院中安安靜靜的過完下半輩子，身邊雖沒有了那個看似冰冷、卻偶爾也會有貼心之舉的男人，但好歹不用再顧忌之前自己犯的大錯，不必一輩子揹著包袱過日子，算得上是無債一身輕，也不用把自己裝成一副柔順至極、深情不悔的賢妻模樣，忍氣吞聲也騙人騙己。

容辭確實真的想開了，但她沒有料到的是自己會再次懷孕。

她第一次懷孕決定打掉胎兒的時候，是懷胎四個月的事，這個月分孩子已經成形了，此時才打胎非常傷身，但她當時無論如何也不想將這個沒爹的孩子生下來，便讓鎖朱悄悄從外邊的藥鋪買了一服藥。

當時藥鋪的大夫便說，沒有把過脈，也不知道病人到底是什麼樣的體質，沒法辨證處方，懷胎四月，就這樣一帖烈性藥下去，十之八九會損及女子子藏，引起流血不止，就算僥倖性命無礙，之後要想再生育，怕也是十分困難。

鎖朱當時聽了都嚇到了，死命勸她打消主意，但就像溫氏說的，容辭表面看起來溫順，實際決定了的事，撞死在南牆上也不會回頭，只想著若是運氣不好丟了性命，也是老天在懲罰她行事不端，沒什麼可抱怨的。至於日後生育就更是不必掛心，她的夫君怕是一輩子也不會碰她，她去跟誰生？

待那藥熬出來，容辭毫不猶豫地喝了下去，之後便對外稱月事來了身體不適，關在屋子裡掙扎了一天一夜才算完事，因為怕旁人起疑，也沒來得及坐月子休養身體。

大夫說得沒錯，胎兒拿掉之後，過了許久，容辭雖勉強恢復了精神，但身子到底不如之前健壯，每每旁人覺得炎熱的天氣她還覺得冷，到了冬天更是恨不得長在暖閣裡一步也不想離開，月事也十分不準時，有時幾個月不來，又有時一個月來多次，每每都能痛得死去活來。

容辭實在沒想到，就是這樣的身體，就只一次同房，居然也能懷孕。

但是她沒想到的事，有人卻想到了，並且未雨綢繆、事先提防。

某日，容辭感覺身體不適，於是找來大夫看診，不想這人卻是顧宗齊的心腹，他把過脈之後說她這是心情不暢、肝鬱血瘀所致的月事不至，然後就開了一服理氣破瘀的方子。

容辭沒想到自己已經落到這般境地，居然還會有人這樣處心積慮的來算計她，因此沒有任何防備的服了藥，當天晚上便見了紅，小產是必然之事，更凶險的是她本來身體就不好，氣虛不能固血攝胎，本來就算順其自然，孩子也不一定能存活，何況還用藥強行破血化胎，以至於這一次兩個多月小產，竟比之前那次還要麻煩，血出了兩、三天還止不住。

最後好不容易勉強止住血，她整個人彷彿被抽乾了精血，已經奄奄一息，過了好半天才掙扎著醒過來。

可笑的是剛剛模模糊糊恢復了神志，先聽到的便是知琴在她病床邊安慰顧宗霖，說是孩子還會有，勸他不要太過傷心，這倒算了，之後顧宗霖的回答才真正讓她終生難忘。

他用他一貫冰冷的聲音說：「這孩子本也不該有，如今既然沒了，也算不得什麼憾事。」

容辭坐在馬車上，回想起顧宗霖說過的話，竟有一種古怪的感觸——他們兩個不愧是有緣做夫妻的人，在某些方面倒真有相似之處，前世顧宗霖這個當父親的，心狠起來和她這個當親娘的果真如出一轍。

這種想法讓她覺得可悲又可笑。

這時候，馬車突然停住了，容辭往前一傾，多虧鎖朱及時拉住，才沒讓她撞到車壁。

李嬤嬤問道：「阿慎，走到哪兒了，怎麼突然停下了？」

李慎回道：「娘，我們已經出了城門好一段了，是前面路中間有棵樹倒了下來正堵著路呢，不知是被積雪壓塌了，還是被昨晚的大風颳倒了。」

這幾日連天下雪，地上的積雪有兩、三寸高，不到萬不得已沒人願意出城，走這條路的人更少，以至於道路被阻竟沒有人發現。

容辭向外看了看，發現四處除了白茫茫的雪之外什麼都沒有，前面歪七豎八的倒了不少樹木，看上去頗為凌亂。

「還能走嗎？」

李慎下了車，和後面兩個趕車的下人一起去前面探了探路，回來報了信。「要過去的話怕是要清理好一陣子，姑娘，咱們是費些時間把這些樹搬開，還是退回去改日再來？」

容辭也覺得頭疼，但要她回頭是不可能的，揉了揉額角道：「近來果然諸事不順，但好不容易走到這裡了，絕沒有返回的道理，不能繞路走嗎？」

李慎為難道：「這條就是唯一的近路了，要繞路的話，起碼得半夜才能到呢，這麼厚的雪，就咱們這幾個人，走夜路怕是會有危險。」

李嬤嬤知道容辭不想再回顧府，便對李慎囑咐：「你們男人有力氣，先去把擋路的東西搬一搬，等一下有同路的人經過再請來一起幫忙，肯定比繞路快。」

李慎俐落的答應了，帶著其他兩人上前幹活。

「眼看著雪就要停了，姑娘在車上待了大半天了，不如趁這時候下去透透氣？」李嬤嬤建議道。

悶在車裡確實容易胡思亂想，容辭也想到外頭走一走，聞言便點頭同意了。

鎖朱先下來，然後伸手扶著容辭也下了馬車，她一落地，地上的積雪便把腳背給沒過去了，幸好今日穿的是防水的高底桐油布面短靴，倒也不打緊。

容辭深吸了一口氣，至今不僅沒感覺到冷，反而覺得這裡的空氣涼沁沁的，透人心脾，十分舒服。

她將頭上的兜帽撩了下來，試探的朝前走了兩步，鞋子在雪地裡踩出了「簌簌」的聲音，也讓她聽了覺得分外有趣。

李嬤嬤見她好似孩童一般踩雪玩，面上的鬱鬱之色也消退了大半，不由打趣道：「才說姑娘長大了，現在又像是小孩兒一樣，一在外邊撒歡就高興，見著什麼都新鮮。」

容辭臉上有了淡淡的笑意。「嬤嬤妳不知道，我已經好久沒有在外邊逛了，自從……好不容易出去了兩趟，不過是坐著轎子從一個籠子到另一個籠子裡去，看天空都是四四方方的，能有什麼趣兒？」

確實如此，加上上一輩子，她差不多十年沒有外出過了，甚至是之前沒跟顧宗霖鬧翻的時候，她因為怕再生事端，也輕易不敢出府，就算朋友前來邀請，也是能推就推，走得最遠的路差不多就是三省院到敬德堂之間的距離。

那樣的日子，跟死了有什麼兩樣？

李嬤嬤怕路滑摔著容辭，小心翼翼的扶著她繞著馬車走了幾圈。「我看也該多走動走動了，這樣將來生的時候容易些。」

容辭有些好奇。「真的？我聽說好多婦人懷了身子都是臥床休養的。」

「都是些愚昧之言，姑娘快別聽不懂的人胡亂說了。」

兩人正說著話，突然聽見遠處傳來一陣動靜。

李嬤嬤側耳一聽。「這是……馬蹄聲？」

話音還沒落下，就聽到馬蹄聲越來越近，不一會兒就到了眼前。

李慎聽到了動靜，連忙帶著人趕回來，李嬤嬤也上前將容辭擋在身後。

六、七個人騎著馬飛馳而來，騎至路障前便紛紛勒馬停住，左邊一人身著褐色騎裝，環視四周，看到李慎一行便問道：「這是怎麼了？」

容辭見這幾人衣衫整齊肅正，說話這人看上去年歲不大，但態度不卑不亢，頗有氣宇軒昂之態，不像是什麼無禮之人，便朝李慎點了點頭，讓他回話。

李慎便如實道：「正如公子所見，我家主人途經此地，不想卻見道路被阻，便吩咐我等清理路障。」說著看到這一行人都是青壯年男子，便試探著問道：「現在要騎馬過去也不方便，若各位得空，可否搭把手一同清理？」

前面兩人聞言控著馬往邊上走了兩步，中間的馬匹踢躂著走上前，上面坐著的應該就是為首之人。

此人比剛剛說話的青年要年長一些，約莫二十五、六歲，即使坐在馬上也能看出身材高躿挺拔，頭戴著紫玉冠，半束著如墨的黑髮，身上披著藏青色的狐皮大氅，鼻梁挺直，薄唇微抿，表情漠然，一雙眼睛漆黑如玉，嶽峙淵渟，使人生畏。

這人雖不如顧宗霖那般明顯的俊美，氣勢倒是一等一的顯眼。

這男人抬眼看了一下面前的幾人，微微抬了抬手。

他左邊一個面白無鬚的中年男人見狀，一邊恭敬應是，一邊向後招手道：「你們都前去幫忙。」

他們身後幾人便下馬隨著李慎去了前面，只留下最前面的三人。清理也不是一時半刻就能做完的，這三人便下了馬在路邊稍事休息。

人家既然幫了忙，容辭作為主人就不能一味地躲在後面了，她被李嬤嬤扶著上前走了幾步，到了那幾人面前行了一禮，低頭道謝。「妾身多謝諸位幫忙。」

為首的男子本來垂著眼，聽到她的聲音卻輕輕動了動眉毛，抬眸看了她一眼。

只見面前的少女裹著白鼠皮披風，雖看著年歲不大，卻梳著婦人的髮髻，除卻斜插在頭側的幾根朱釵，並未佩戴旁的首飾，纖眉細而長，眼如琉璃珠，口似含朱丹，膚膩如脂玉，雙頰在如此寒冷的冬日裡微微泛著粉紅，配著如秋水一般的眸子，顯得分外健康靈動，只是……美則美矣，卻還算不得成熟的女性。

他微微一怔——竟然……這麼年輕嗎？

他若不開口，另外兩人便也不敢多言，便淡淡道：「夫人不必言謝，不過舉手之勞罷了。」不想剛說完便掩住嘴忍不住咳嗽了兩聲，隨後不動聲色退了幾步。「近來喉嚨有些不適，失禮了。」

容辭更覺此人舉止守禮，不像是壞人，另一半心終於也放下了，便向他點了點頭，轉身要回馬車上去。

走了幾步，便聽到另一個中年男人焦急的聲音。「主子，您的身子還沒好全嗎？這可怎麼好，不如召幾個御……大夫來給您瞧瞧吧！」

興許是覺得他的聲音太吵了，男子道：「行了！不過咳了兩聲罷了，做什麼興師動眾。」

容辭忍不住回頭望了一眼，卻見那人也正無意中往這邊看，兩人目光相觸，皆是愣了片刻，這才同時移開了視線。

她忙不迭轉過頭來，加快了腳步，身邊的李嬤嬤差點沒扶住她，詢問道：「姑娘，這是怎麼了？」

容辭也覺得自己有些莫名其妙，不過看了一眼而已，不自在個什麼勁兒？於是便又重新放慢了腳步。「沒什麼，只是見那邊都是男子，覺得不方便罷了。」

李嬤嬤一邊扶著她上了車，一邊道：「這有什麼？光天化日的，這麼多人在這裡，誰還敢說什麼不成？」

自家姑娘是不是被當初那事給嚇著了？一朝被蛇咬，十年怕草繩，如今只是和幾個男子說句話罷了，就這樣不自在……也不對啊，平常她面對顧二爺的時候也不是這樣，那時她十分從容啊……

鎖朱本也在外面活動筋骨，現在跟著兩人身後上來了，一坐下便小聲道：「剛才那個人看著好生嚇人。」

容辭想了想，覺得那三人中為首之人端肅有禮，年少的那個蓬勃英姿，就連好似是僕人的中年男人都品貌端正，不覺得有誰能稱得上「嚇人」二字，便不解的問鎖朱。「妳說的是哪個？」

「就是不老不小的那一個。」

……不老不小？

容辭怔了一下，反應過來她說的就是方才與自己說話的那人，忍不住噗哧一聲笑了，然後輕輕敲了鎖朱的手臂。「人家正給咱們幫忙呢，萬不可如此無禮。」

鎖朱不好意思的吐了吐舌頭。「是我錯了……不過，我真的有點怕他呢。」

「這是為何？我看人家雖然話不多，卻這麼乾脆就答應幫忙，這不是很好嗎？」

「我也不知道為什麼……」鎖朱撓撓頭。「明明挺平易近人的，但我就是覺得他不好相處，剛剛他長得什麼樣子我都沒敢細看呢。」

正說著，便聽馬車外有人在說：「夫人，打擾了。」

是那個中年人，見容辭打開馬車門，便繼續道：「我們疏忽沒帶水囊，偏我家主人卻咳嗽不止，這……」

「不知如何稱呼？」

「不敢當，鄙人趙繼達，主人姓謝名睦……懇請幾位行個方便。」

容辭點了點頭，鎖朱便取了茶壺、茶杯遞了過去。「可能不是很熱了，請見諒。」

趙繼達慌忙道了謝，拿了就快步跑了回去。

李嬤嬤掀開了一點車窗簾，悄悄向外看了一眼，見趙繼達跑回謝睦身邊，卻沒急著給主子倒水，而是先自己嚐了一口，端著杯子立在一旁等了片刻，才服侍謝睦喝了水。

她放下簾子，一臉的若有所思。

過了一會兒，趙繼達將茶具送了回來。「這位夫人……」

容辭猶豫了一下，回道：「妾身姓溫。」

「溫夫人，多謝您的茶水，在下感激不盡。」

「這沒什麼……倒是你們謝……」

趙繼達忙回道：「我家主人在家排行第二。」

……這不是和顧宗霖的排行一樣嗎？

容辭心裡對一切和顧宗霖有關的事，都會起一種十分微妙的又膈應又彆扭的感覺，若是稱呼謝睦為「謝二爺」，便會讓她想起顧宗霖，於是她便沒有順著趙繼達的提示稱呼。「謝公子好些了嗎？」

趙繼達也沒有在意，反而語帶感激。「勞您掛念，沒有什麼大礙了。」

這邊趙繼達將東西歸還，便回去覆命，觀察著謝睦的臉色，猜測他心情必定不佳，使了個眼色給一旁的謝宏，卻不想謝宏擠眉弄眼的眼珠子亂轉，就是不接茬，無奈之下，趙繼達只得硬著頭皮沒話找話。

「主子，剛才那位夫人真是年輕，要不是髮式不同，我必定會以為是哪家的小姐出門遊玩呢。」

自從六年前……那件事事發，自家主子真正高興的時候就不多，雖然他不是那等心情不好就隨意發脾氣的人，但周身的氣場卻總讓身邊的人戰戰兢兢，輕易不敢放鬆。

況且他本來就不愛說話，現在就更加沈默了，除了和朝上諸公討論政事，有時甚至能一整天都不開口說一個字，有什麼事都悶在心裡，這做主子的可以沈默是金，可下人們卻絕不能當真不揣摩上面人的心思，兼之怕他總這樣早晚悶壞了身子，眾人便都想方設法跟他交流，期望能得到什麼提示，也好叫主子高興。

也多虧謝睦不是個苛刻的人，知道身邊的下人們都是好意，雖不怎麼理他們，但被說煩了也不過呵斥兩句，到底不曾重罰過。

趙繼達本以為這次沒話找話，肯定沒人搭理，不想謝睦卻動了動眼皮，難得接了一句。

「是年輕了些，也是不容易。」

謝宏在一邊瞪大了眼珠子，他是謝懷章的遠房姪子，雖然血緣關係極遠，但卻算得上他目前子姪一輩中最親近的一個，平時就是個機靈鬼，謝睦不說話的時候從不敢多嘴討嫌，現在對方好不容易開了金口，他就忙不迭的趕在趙繼達之前接話拉近乎。

「但依我看這位溫夫人也夠怪的，嫁了人的女子在外走動，都是報的夫家姓，她卻不同，難不成是個寡婦？這個年紀就守寡，確實不容易。」

謝睦卻不肯再多說什麼了，他瞥了謝宏一眼。「旁人的家事，議論那麼多做甚？」

謝宏沒有防備就被訓了一句，登時像是霜打的茄子，垂頭喪氣，不敢開口了。

趙繼達在一旁暗笑他活該，面上卻順著謝睦的話說：「主子說得正是，這大冷的天出門，就帶了這麼幾個人，不論是喪夫還是另有緣由，想必都不足為外人道，何必多加揣測，戳人痛處呢？」

見謝睦不再說話，卻也沒有開口訓斥，便知自己猜中了他的意思，一邊識趣的不再多言，一邊暗地裡對著謝宏挑了挑眉毛，看他更加鬱悶的表情，不禁有些得意，嘿，這小子還嫩著呢。

現在加上謝睦那邊的人，總共有七個人去清理路障，都是青壯年的男子，比單單李慎三人快多了，總共不到一個時辰便解決了。

容辭在車上已經睡了一小會兒，此時正是精神的時候，聽到消息便讓鎖朱打開車門，小心翼翼的下了車，看見謝睦一行人正在牽馬，便上前客氣的說道：「多謝幾位相助，如今路障已除，請諸位公子先行。」

他們於是紛紛翻身上馬，謝睦在馬鞍上坐正，他本來就高，此時坐在馬上看著容辭，稱得上居高臨下，他也沒多說什麼，只是朝她微微點頭示意，便帶著眾人御馬向前去，那些馬兒想來不凡，跑得飛快，不一會兒就出了容辭的視線。

容辭等人坐的是馬車，又不是什麼名駒拉車，便在後面慢悠悠的趕路。

容辭剛下了一趟車，上來後就覺得馬車裡憋悶，把手裡的暖爐放在一邊，偷偷打開了一點窗戶透氣。

李嬤嬤難得沒管她，反而一直低著頭不知在想些什麼。

容辭覺得透透氣舒服了一點，看見李嬤嬤居然沒動靜，不由問道：「嬤嬤，妳在想什麼呢，怎麼不說話了？」

「我在想，剛剛那位公子姓謝，這是皇姓啊……」

容辭並不覺得有什麼。「可是天底下那麼多姓謝的人，不算上平民百姓，遙安謝氏、高營謝氏都姓謝，皇族謝氏才占了幾個？」

李嬤嬤搖頭道：「姓謝不稀奇，我只是看那個叫趙繼達的人舉止與眾不同，有些似曾相識。」

「怎麼不同？」

「他雖長得健壯微胖，但聲音偏陰柔，缺少陽剛氣，面白卻無鬍鬚，行事不像個正常男人，倒像是……宦官的樣子。」

容辭這才吃了一驚。「宦官？」

鎖朱聽了也來了精神。「那不就是太監？嬤嬤您老人家在宮裡待過，自然認得出，我見識少不認得，原來太監就是這個樣子嗎？我怎麼聽說他們長得不男不女，說話陰陽怪氣，剛才那人看著挺正常啊，並沒有傳說的那樣誇張。」

「妳說的那種肯定不是貼身伺候的太監，若妳是主子，妳願意身邊是這樣的人嗎？」

鎖朱想了想，渾身打了個哆嗦，忙不迭的搖頭。

李嬤嬤接著道：「我方才見他借了水之後，先用銀針探刺，後又自己親口試了，才敢奉予他主子用，光這一點，就不是一般公侯家能有的習慣，這謝公子……十之八九是個宗室子弟。」

「也許吧。」容辭也看開了。「就算真是王孫又如何？他也不像是那等多管閒事的人，更何況不過是偶然見了一面，反正我等閒也不會再回顧府了，時間久了，誰還記得誰呀。」

李嬤嬤本也不是多麼擔心，只是在宮裡待久了，看見皇城中的人就條件反射性的緊張，讓她想起當初那些任人作踐的日子罷了，聞言便也不再多提。

馬車本就不快，李慎又怕出意外特意放慢了速度，以至於眾人到了落月山時天都已經半黑了，李慎下了馬仔細辨了辨路，然後上來彙報。「姑娘，用不了一刻鐘就能到了。」

說著，又想起剛才看到的事。「還有一事，之前咱們碰上的那一夥人怕是與咱們同路的。」

「怎麼說？」容辭問道。

「我剛才下車的時候，看見一眾馬蹄印和咱們的車轍印幾乎是重疊的，一路直到這裡都是，這幾天天氣這樣差，落月山又偏僻，出門的人本就少，騎馬的更是沒有，這馬蹄印肯定是他們的。」

鎖朱聽了道：「這可奇了，剛剛才說之後就沒交集了，想不到又湊到一處來了，這是什麼緣分？」

容辭搖了搖頭，無奈道：「不管他們了，慎哥，咱們先到了住處再說，我的腿都坐麻了。」

李慎忙應了，之後加快速度，很快趕到了那所溫泉山莊。

容辭腰痠背痛的進了主屋，摸了摸羅漢床上的墊子，發現已經打掃得十分乾淨，不需要再多做整理了，便立即脫了外衣歪倒在上面。「我的天，沒想到坐了一天馬車倒比走路還累，我的腰要斷了。」

李嬤嬤動作輕緩的給她按摩腰部，見她以十二分放鬆的姿態側躺在羅漢床上，總算在心裡鬆了一口氣。

其實她在顧府的時候就已經隱隱察覺自家姑娘心裡存著事兒，不知道是不是怕秘密暴露的原因，整個人就像繃緊的弓弦，表面上是正常的，照常玩笑照常作息，或許就連她自己都覺得自己沒有問題，但其實仔細觀察，就知道她正處於一種莫名的緊張當中，從身到心，沒有一寸是放鬆的。

明明一切都已經安排好了，她也不像是為情所困的樣子，但就是整個人不太對勁。

李嬤嬤嘴上不說，心裡卻是有些擔心，容辭雖然身體十分健康，但懷這個孩子到底早了那麼一點點，若是再這樣緊繃著，等到生產的時候會十分凶險。

當初容盼的姨娘就是這樣，年紀小身體虛，心裡又緊張，再加上差了那麼點運氣，生的時候萬般艱難，李嬤嬤精通醫術，當初也奉命守在產床旁，可是那情況便是天王老子也難救，更何況是區區凡人了。

到了容辭這裡，李嬤嬤本來覺得她的年紀雖和那姨娘差不多，身體素質卻不知好了多少，再加上自己用心調養，順利生產想來是十拿九穩的事，瓜熟蒂落至少比孕期中強行拿掉胎兒要安全得多，因此才主張把孩子生下來，卻不想容辭的心裡不知存了什麼事，越待在恭毅侯府就越急躁緊張，眼看就要影響到胎兒了，難道到時候也讓她去賭那一份不知道存不存在的運氣嗎？

李嬤嬤是絕不可能就這樣算了的，因此才不計後果的出了手，難道當初她不知道若是顧宗齊出了事，王韻蘭再發瘋把事情抖摟出來，容辭也會受到責難嗎？她當然知道，可是兩害相權取其輕，反正再怎麼樣也不會危及到性命，不管三七二十一，先離開那地方，讓容辭心情好轉再說，至於其他的，先放到一邊去吧。

現在她眼見容辭從踏進這座宅子開始，整個人就有了微妙的變化，那根弓弦肉眼可見的鬆弛了下來，不由更加慶幸自己當初的當機立斷了。

這人啊，特別是孕婦，有時心情的好與壞，比身體上的健康還要重要。

那顧大爺雖自作自受，可也算得上死得很有價值了。

容辭並不睏，只是坐得腰痠背痛，躺了一會兒就恢復精神了，她站起來在房間裡四處看了看，發現這屋子上房只有三間，雖比三省院少了東西兩間梢間，但地方卻並不小多少，打掃得乾乾淨淨、纖塵不染，佈置擺設也多是淡雅一些的樣式，更合自己的喜好。

更重要的是，這裡不會有那些前世就看厭了的人時不時的出來礙眼。

容辭休息了一天，到了傍晚的時候覺得自己已經是精力充沛了，就跟李嬤嬤商量要去泡溫泉。

她之前只泡過一次溫泉，還是靖遠伯許訓奉郭氏去仰溪山遊玩，順便把全家女眷都帶上了，容辭這才能跟著蹭一蹭這種好事，靖遠伯府的莊子自然比這裡大了好些，可惜人也比現在多了不少，容辭當時只分到了不到幾尺大小的地方，總之泡得意猶未盡，很不盡興。

這次是在自己的地盤上，怎麼遊玩就看自己的主意，容辭便迫不及待的想去嘗試一番。

不想她開了口，李嬤嬤卻好笑道：「想什麼呢姑娘，妳如今懷著身孕，是不能泡湯池的。」

容辭驚訝道：「什麼，懷孕連這都不能幹嗎？」

「孕期不能做的事多了，妳可不能淘氣，要以身體為重。」

「居然是這樣啊……」容辭頗有些掃興。「好不容易到了這裡，居然……」

「當初買下這處宅子，只是因為此地溫暖濕潤，適宜過冬，讓人免得經受嚴寒之苦罷了，本也不是為了讓妳去泡溫泉的，等妳生產完坐了月子，想怎麼泡都成。」說著看容辭有些懨懨的，便又安撫道：「選個不那麼熱的池子泡泡腳還是可以的，不如我陪著妳去挑？」

容辭想了想。「罷了，泡腳有什麼意思，還不如到院子裡逛逛來得痛快。」

第七章

容辭便帶著斂青一點一點的把這地方走了個遍，這園子確實很小，兩人慢悠悠的逛，滿打滿算一刻鐘就能走得差不多了。

容辭如今有大把的時間可以揮霍，便也不急著回去，走走停停，仔細觀察著此地與恭毅侯府的不同。

兩人眼看要轉完了，斂青剛想提議回去，容辭便動了動鼻子。「妳聞到什麼香味了嗎？」

斂青仔細聞了聞。「好……好像是有一點，這是什麼味道？」

容辭笑了。「是梅花的香味，這裡竟然種了梅花樹嗎？」

「這個倒不清楚，想是原來的主人種的吧。」

容辭越聞越覺得這香味濃厚，不像是只有幾株梅樹就能散發出來的，可是這山莊一共就這麼點兒大，自己剛才差不多都走遍了，哪裡來的那麼大地方能種下梅林呢？

她起了一點好奇心，便順著梅香往自己唯一沒過去的角落走去。

她轉過一座小小的假山，果然見這裡種了兩、三株梅花樹，是開得正盛的紅梅，深紅色的花瓣綻放得極多，錯落有致地點綴在紫褐色的枝幹上，襯著這還沒融化的皚皚白雪，也是別有一番趣味。

在京城裡其實還不太到紅梅的花期，看來這裡確實溫暖。不過，這花雖美，可到底只有幾株，居然能有這樣馥郁的香氣嗎？

容辭上前了幾步，湊到一枝花上細聞，發現也只是尋常香氣，並沒有多麼出奇。

她好奇心越發強了，便一株一株的查看，剛走到最裡面靠著圍牆的一株前，卻愕然發現從牆外竟長進來好大一枝白梅的枝幹，這淡綠的枝幹粗獷遒勁，上面潔白如雪的梅花雖多，卻不如這邊的紅梅來得旺盛，大多都是半開的花苞，完全綻放的花朵卻還只有幾朵，正隨著樹枝探出牆來，又向外伸展了一部分，末端的細枝還垂下來一截。

白梅乍一看雖不如紅梅顯眼，但細細品來，卻別有一番趣味，風情更是不輸紅梅分毫。

容辭越看越愛，本想著這不是自家種的，只遠遠地看幾眼，現在卻忍不住湊近了，踮著腳想伸手去摸一摸那潔白的花苞。

她費力的踮著腳，手指尖眼看就要碰到花瓣了，卻冷不防看到那樹枝劇烈的一抖，然後居然馬上向牆那邊縮了回去。

容辭沒有防備，手指被枝幹蹭了一下，反應過來自己看到了什麼之後，立即被嚇得驚叫了一聲，不自覺的向後退去，險些把自己絆倒。

牆那邊瞬間沒了動靜，容辭怔怔盯著牆壁，一動也不敢動。

反倒是不遠處守著的斂青聽到了容辭的叫聲，急忙跑過來關切道：「姑娘，您怎麼了，是摔著了嗎？」

她情急之下開口的聲音很大，牆那邊的人聽得清清楚楚，便貼著牆問道：「那邊是有人在嗎？」

容辭這才反應過來剛才不是梅花成了精怪，而是隔壁住了鄰居，她長吁了一口氣，按了按胸口，覺得自己的心還在「怦怦怦」的胡亂跳動，她嚥了嚥口水，用還沒緩過來，略帶一點顫抖的聲音回道：「是，您是在折梅嗎？」

那邊的人聽上去是個少年人的聲音，聽著倒有幾分耳熟，他不好意思地道：「這位小姐，剛剛是我莽撞了，沒有嚇著您吧？」

實際上就是被嚇壞了。

李嬤嬤之前說過，她們買的這個園子旁邊是個大得多的山莊，很久之前倒是有人住，後來舉家搬走了，已經好多年沒人住過，怕是已經荒廢了，因此容辭半點也沒想到隔壁此時會有人，那枝白梅毫無預兆的抖動，此時又正是太陽落山的時間，映著不怎麼明亮的光線，可不是反射性的就先想到了什麼奇誌怪談、鄉間鬼影之類的靈異事件嘛，自己倒把自己嚇了個七葷八素。

可這說到底是自己不爭氣，人家折他自己家裡的梅花，又有什麼錯呢？

那邊不知發生了什麼，一時沒人說話，這牆面不是很高，但也比成年男子略高了一截，這邊什麼也看不見，只聽見很輕的細碎動靜，然後像是有人在輕聲說話，但說了什麼也聽不清。

容辭便也微微貼著牆回答道：「不過吃了一驚，沒什麼大事。」

過了片刻，那邊換了個更加低沈的男聲，帶著淡淡的沙啞，用不高不低的聲音道：「溫夫人？」

容辭一怔——這樣稱呼自己？這個年紀，這個聲音……

「可是謝公子？」

那邊的語氣很平靜。「是我。」

「……」

……居然真讓李慎給說中了，那幾人居然真的跟她同路，不僅如此，他們竟還成了只有一牆之隔的鄰居。

這未免也太巧了……

牆那邊一直在沈默，但容辭猜測以那位謝氏公子的行事，應該不會一聲不吭就走，於是試探著開口。「還要感謝諸位幫忙清路……對了，您的咳疾可好些了？」

對面沒有回答，正在容辭以為他們已經走了時，卻看到從牆頂慢悠悠的伸出一段梅花枝來，幾朵盛開的白梅瓣兒重重疊疊，餘下的花苞也含羞可愛，正是剛剛在牆頭被折走的那一截。

容辭看了好一會兒，才猶豫著踮腳把花接了過來。「……您這是？」

那邊又換成了那個年輕的少年聲音。「我們二爺說剛剛嚇到了夫人，這是給您的賠禮。」

這段梅花不單單只是一根細枝，而是一截次主幹上帶了數根分枝，足有兩尺多長、一尺多寬，少說有七、八斤，容辭抱在懷裡頗有些費力，又聽到這話，便有些不知所措。「這怎麼好意思……」

「夫人您就收下吧，別辜負了我們二爺的一番好意，況且我們這邊種了一片白梅林，梅花多著呢！」

容辭便知道剛剛的梅花香氣原來是從隔壁傳過來的，一片梅林，怨不得香氣會這般濃郁。

她不好意思平白接受人家這樣一份禮，可是隔著一堵牆，她個子又不夠，要是對面不接，她總不能強把它頂出去吧？情急之下左右看了看，便有了主意。

「你們先等一等。」

說完她便將手裡的白梅遞給斂青，讓她先抱著，然後走到身邊的紅梅樹旁，也想截下同樣的一段來，可是她是個手無縛雞之力的女子，手邊又沒刀沒鋸的，試了好半天也沒能撼動分毫，無奈之下，她只能用心挑選了這棵上花開得最多、蜿蜒的姿態也最美的一根枝條，伸手折了下來。

容辭仔細看了看這枝紅梅，覺得它雖然比那截白梅要細短許多，但花開得正當時候，也自有其可愛之處。

她回到牆邊，將這枝紅梅花舉起來，頂端剛好探出牆頭。「我這邊剛好種著紅梅，要是不嫌棄，就當作回禮吧。」

容辭舉了一會兒，那邊才伸出一隻手來握住枝條，那手指修長而有力、骨節分明，關節處卻覆著一層薄薄的繭子，實在不像一位養尊處優的王公貴族的手。

那隻手將花枝收了回去，對面便又傳出聲音。「很美，多謝。」

這又是那謝睦的聲音。

容辭漸漸聽出他聲音帶著一絲沙啞，怕是喉嚨還沒好全，或許也正是這個原因，剛才較長的句子才讓旁人代為傳達。

想通了這一點，容辭便不敢再讓他高聲說話了。「您的聲音還是有點啞，千萬不要再開口了，我現下也要回去了，外面涼，您還帶著病，也請快些回去休息吧……還有，謝謝您的白梅……」

容辭說完卻沒立刻就走，而是停了片刻，果然那邊最後又留了一聲。「……好。」

等到徹底沒了動靜，容辭以為人已經回去休息了，這才放了心，回頭將斂青手裡的白梅接了過來。「咱們也走吧，這樣漂亮，快回去看看能把它擺在哪裡。」

斂青道：「還是讓奴婢來吧，您身子重不方便。」

「不用了。」容辭喜歡這花兒，有些愛不釋手。「我拿得動。」

第二天一早，李嬤嬤進屋來伺候容辭起床，一眼就看見了被斜放在窗臺上的那枝梅花。她一邊給容辭披上夾襖，一邊奇道：「這是哪裡來的白梅？品相瞧著真不賴。」

斂青正在整理床鋪，聞言插了一句嘴。「哎呀，是隔壁送的，您是不知道，昨兒我們去逛園子，居然發現那邊住了人，就是咱們在路上遇見的謝二爺，可把咱們姑娘給嚇了一跳，人家就送了一枝花來賠禮。」

「這一整枝花可真夠大的，得砍了小半棵樹吧？真是好大手筆。」

容辭現在睡覺是怎麼舒服怎麼來，每天晚上都會把頭髮散開，在枕頭上碾壓了一整夜，已經有些亂了，她略微整理了一番。「嬤嬤也覺得不錯吧？我想著找個花瓶養起來，過幾日沒準兒就全開了，偏又沒有這麼大的瓶子，只好先這麼擺著。」

李嬤嬤想了想，道：「大件嫁妝都沒帶過來，倒是這邊抱廈裡邊好像有個青釉的石榴瓶，比尋常的大些，蓄些水，放這花正好。」

容辭點點頭，然後有些彆扭的扯了扯衣服。

李嬤嬤見了問：「這是怎麼了，衣服又小了嗎？」

現在容辭穿的衣服都是早就改好的，特意放寬了腰身，就是預備她往後幾個月將會越長越大的肚子。

「不是窄了，倒像是有點短。」

李嬤嬤用手比量了一番。「真的短了，姑娘，妳這是長高了呀。」

「是嗎？」容辭有些欣喜，上一世她後來也比之前高了一點，但到底長得不多，等到十八歲徹底不長了，才勉強搆到顧宗霖的下巴，以至於他跟她說話時總是居高臨下的，讓人不痛快。

「老爺就長得挺高，太太也算是中等身材，姑娘肯定也不會矮……就是這衣服得重新做了，總不能讓妳這麼緊著穿。」

容辭在穿衣鏡前轉了一圈。「哪裡需要新做，把舊的改改就成，新的還不如舊的穿著舒服呢。」

梳好妝了，又吃過了早飯，容辭便在屋裡待不住了，想出門去走走，李嬤嬤也覺得她現在最好勤活動著點兒，對大人孩子都有好處，也就不拘著她了。

「那就去吧，多帶幾個人，她們這些毛丫頭的針線我不放心，我就留下改衣服，不陪著妳了。」

容辭便把斂青和鎖朱都帶上，再多加了一個李慎，四個人一起出門逛逛。

他們現在的住處正位於落月山的山腳，這處山脈本就不高，越過去便是平城縣，幾人也不敢讓容辭走遠了，便沿著山腳的一片草地走了走，走沒兩步就路過了隔壁的謝園。

鎖朱好奇的瞅了瞅那朱紅色的院門。「這就是昨晚贈花的人家嗎？瞧著比咱們那邊氣派好多啊！」

「咱們園子雖和人家相鄰，但也就是占了一個角落罷了，當然沒得比。」斂青道。

李慎跟在幾個年輕姑娘身後，一直不好意思說話，此時忍不住接道：「他們是下人多，園子宅子都好打理，咱們統共不到二十個人，要是住這麼大的地方，怕是一多半都要荒廢了。」

兩個姑娘便妳一言我一語的逗李慎，打趣他不是個能幹的，害得她們住不上大園子。

容辭一邊聽她們鬥嘴，一邊撐著腰慢慢散步，倒也不無聊。

走了有小半個時辰，容辭覺得腿腳有點痠，又見太陽越來越耀眼，照在身上雖然暖和，到底有些曬人，決定今天就走到這裡，這就回去歇歇。

幾人剛轉過頭，便見回去的路上正疾速飛馳而來一匹駿馬，那騎士可能沒想到這麼偏僻的地方會有人才敢這樣縱馬，所幸他騎技精湛，看到人就立即控著馬停了下來。

容辭見馬上的人樣貌俊朗，年紀介於少年與青年之間，非常年輕，也就十六、七歲，不知為何面露焦急之色，這寒冬臘月，又騎馬吹風，額頭上竟還急出了好些汗。

她仔細回想，終於認出這正是當初跟在謝睦身邊的那個少年。

「你……你是謝公子身邊的人……何故如此慌張？」

謝宏此時又急又怕，來不及多解釋了，只飛快的抱拳道：「對不住了夫人，在下有急事，回頭再來向您賠罪！」說著喊了一聲「駕！」便重新騎著馬跑遠了。

容辭有些莫名其妙，但是既然事不關己，也就在心裡奇怪了一下便不再多想了。

誰知剛往回走了幾步，就又聽到身後傳來馬蹄聲，她回頭一看，見還是剛才那個人，他停下後飛快的下馬跑到容辭身邊，氣喘吁吁道：「夫、夫人，方才忘了問了，您家中可有大夫？」

容辭愣了一下，猶豫著說道：「……有是有，只是……」

謝宏簡直像是見到了救星，眼裡發出了強烈的光。「能否借您的大夫一用？改日必有重謝！」

容辭道：「你先別急，聽我說……我身邊的嬤嬤是通曉醫理沒錯，但主要以治婦人病為主，算不得醫館裡正經的大夫。」

謝宏聽了也有些猶豫，但現在情況緊急，這地界他又不熟悉，誰知道哪裡能找到大夫？要是快馬趕回京城又太遠了，還不如越過山頭去平城縣近些，可是去平城縣不便騎快馬，來回最快也要一個多時辰……

他定了定心，向容辭深深鞠了一躬。「請夫人讓您家嬤嬤先去看看，然後我再出去找旁的大夫，這樣兩不耽誤。」

容辭也覺得這樣穩妥些，便點頭同意了，謝宏立即伸手要扶她上馬，驚得容辭往後退了一步，護著腹部苦笑道：「我如今可騎不得馬。」

謝宏剛剛只顧著著急了，沒注意到這一點，這時不由狠敲了自己的額頭。「是我考慮不周，夫人請派人跟我一起回府先請大夫吧。」

容辭一開始叫了李慎，但斂青心細，怕小姐這裡沒留個男人跟著容易出事，便自告奮勇同謝宏一起先行回去。

容辭看著兩人騎馬離去的背影，思索了一下，便覺得可能是謝睦本人生了病，要不然這人也不至於這麼驚慌。

她身子沈重，著急也走不快，只能扶著鎖朱的手慢慢的往回走。

等到了家，進屋就看見廚房裡的管事宋三娘這時在廳裡腳踏上坐著，正在做針線，見了容辭回來，忙伸手扶她回到房裡坐在床上。

「嬤嬤已經出去了嗎？」

宋三娘先將針線收好，又麻利的給她倒了杯熱茶。「可不是嘛，剛才斂青和一個男的火燒火燎的跑回來，叫上李嬤嬤就走了，這是出了什麼事嗎？」

「一言兩語的說不清楚，」容辭喝著茶緩過勁兒來。「先等等看吧。」

沒想到這一等等到了下午，李嬤嬤和斂青還是沒回來。

容辭看了眼已經被宋三娘插在花瓶裡的那枝梅花，也開始有點不安了。

那個謝公子昨天還好好的，今天不至於就病重了吧？

她既掛念著李嬤嬤和斂青，又有些擔心謝睦，躊躇了一會兒，就讓鎖朱和宋三娘看家，自己叫上了李慎，一起去敲了隔壁的門。

卻說李嬤嬤被謝宏著急慌忙的帶到了謝園，斂青也一起跟去幫忙。

謝宏到底年紀小，慌得像個毛腳蟹，看李嬤嬤不緊不慢的邁步子，上前扶著她恨不得挾著她走。

園子大了也有不好的地方，不像容辭那邊進了門就是主屋，他們三人進了謝園又走了好一段才到了謝睦所居之地。

趙繼達正著急地在門口走來走去，抬頭看見謝宏回來，驚喜的迎上去。「小爺，這麼快就找到大夫了？」

謝宏一邊扶著李嬤嬤進屋一邊快速解釋道：「這是隔壁溫夫人家的嬤嬤，是通醫術的，你先讓她看看情況，我馬上再去鎮上請個大夫來！」

趙繼達覺得這麼短的時間能找到懂醫的人已經是萬幸了，並沒有什麼異議，反倒是李嬤嬤聽了他的話暗暗的撇了撇嘴。

謝宏把人送到了就趕緊又出門了，趙繼達一邊將人帶到謝睦的病床前，一邊爭分奪秒的說明了情況。「我們主子前一段時間著涼染了風寒，喝了幾服藥有好些了，只是留了點病根，一直咳嗽沒能痊癒，家裡的……大夫說是寒轉成了熱，又是針灸又是用藥的，沒幾日像是好全了，這才敢出來散心，誰知碰上你們的那日，咳疾竟又犯了，因為不過只咳了幾聲，他便不許人聲張，也沒叫大夫……」

李嬤嬤仔細打量著床上躺著的謝睦，見他雙眼緊閉、面色暗紫，便問道：「他這臉色可不像是單純的熱證……」

趙繼達一拍手。「您真是行家，主子近來心情鬱鬱，不願意待在屋子裡，昨晚在園子裡站著，硬生生的吹了半夜的冷風，咱們好不容易把人勸回來，到了早上人就有些不好了，過沒多久就昏睡不醒……我們這裡本有個名醫長住的，可他老人家常常出外雲遊，那性子……唉！真是不提也罷，要找大夫偏又找不著大夫，可不得把人生生的急死嗎？」

李嬤嬤坐在床邊，仔細給兩隻手都把了脈，又摸了摸謝睦的手腳，發現它們都是冰涼的，心裡便有了數，為了確診又扯開裡衣碰了碰胸口，這時卻突然注意到這人左胸上方、鎖骨下方有一條隱隱的紫黑色線條，她一愣，接著狠狠地皺起了眉——

這不是……傳說裡中了「似仙遙」的體徵嗎？

趙繼達見李嬤嬤皺眉，心都要從嗓子眼裡跳出來了。「您看是有什麼不好嗎？」

李嬤嬤回過神來，控制住了臉上的表情，輕描淡寫道：「他手腳冰涼，胸口卻溫熱，這是情志不暢，鬱而化熱，加上又復感風寒，所以引起了外寒裡熱，雖看著凶險，但還不到最嚴重的時候，開對了藥，吃幾服就會好的。」

趙繼達見她說得有理有據，不由信了大半，忙叫人拿來紙筆，請她開方子。

眼看著藥已經煎上了，李嬤嬤一邊從斂青手裡接過濕帕子來擦手，一邊好似漫不經心的對趙繼達說道：「我看你家主子似是心結不小，得想法子化解才是啊。」

這話真真說到了趙繼達心坎上，他忍不住吐了一句苦水。「誰說不是啊，可這也是最難辦的……」

李嬤嬤知道他們這種人口風緊得很，後面肯定不會再細說了，就做出一副出主意的樣子。「他這個年紀肯定有不少孩子了，怎麼不接過來共享天倫之樂？說不定心情就能好些了。」

這話不說還好，一說出來趙繼達就像嘴裡含了一斤黃連似的，是有苦說不出——要是有孩子，就沒這心結了呀！

一邊苦笑還得一邊慶幸自家主子還在昏睡，要不然聽了這話，心裡得多不是滋味啊……

趙繼達憋了好半天，這才半遮半掩道：「呵呵，我們主子常年在外奔波，膝下尚且沒有子嗣呢……」

李嬤嬤看出他的臉色一副一言難盡的模樣，決定見好就收，不再繼續這個話題了，於是便不動聲色道：「原來如此，男兒志在四方，也是應有之義，正該如此……對了，謝二爺是不是受過外傷？有了外傷又染上風寒才會久治不癒的，不然區區風寒怎麼會變得如此嚴重？」

「好像是有這麼一遭，今年夏天的時候，右肋受過一次傷，大夫說傷到了肺部，沒來得及好好休養，是不是這個緣故啊？」

「必定是了。」李嬤嬤道：「我看你們也不像是小門小戶的人家，這麼多下人圍著他一個，他都有傷在身了，怎麼還能讓他受寒呢？」

趙繼達也鬧不明白那一回究竟是發生了什麼事，只知道某天晚上謝睦堅持獨自到寢殿外散心，哪知回來就渾身濕透了，好像掉進湖裡游了一圈似的，他們馬上就上前邊打理邊開口問是怎麼了，可謝睦的性子是輕易不開口，開了口就斷斷容不得旁人違背，說不許人問，他們就沒一個敢再深究的，只能就這樣算了。

可恨還有一幫子小人，在外編排說他們幾個近侍都是吃乾飯的，乾拿俸祿不幹人事，連主子怎麼生病的都不知道。

主子心思深沈難測又不愛說話，那些人站著說話不腰疼，怎麼能知道他們的難處？

過了一會兒，藥煎好端了進來，這時謝宏還沒回來，趙繼達自知耽誤不得，只能信任李嬤嬤的醫術，但照例仍是自己先嚐過了藥，才小心翼翼的給謝睦灌進嘴裡，他的牙關咬得死緊，趙繼達費了好大力氣也才餵進去一半，另一半還都灑了。

沒奈何，只得重新讓送了一碗過來，幾個人合力幫忙才成功餵完一碗藥。

這一折騰一個多時辰就過去了，藥也沒那麼快見效，李嬤嬤就一邊守在那裡等著病人的反應，一邊回憶著自己當初在宮中聽到的有關秘藥「似仙遙」的傳聞。

傳說這種藥是百年前一位姓谷的雲遊大夫所創，他與其妻感情甚篤，一起遊歷天下，過得好不快活，誰知中途他的妻子有孕，為了孩子著想，只有無奈歸家待產，想等到孩子長大一點，她才能放心再次伴夫出行，而大夫跟著回家，窮其無聊之際，想到將來出遊之時妻子可能再次懷孕而不能伴其左右，便想做出一種能使人避孕的藥物。

是藥三分毒，他愛妻甚深，自是不想讓妻子服用，便專心鑽研能讓男子不損行房能力，卻不易使女子有孕的藥物。

這人也當真是天縱奇才，居然真的研製成功了，還給這奇藥取名為「似仙遙」，因為在他眼中，能沒有小孩子打擾，和摯愛的妻子一起遊遍千山萬水，可不正是像神仙一般逍遙自在嗎？

事實上也只有他是這麼想的，當時天下的男子但凡得知此藥的，無不聞之色變、避如蛇蠍。

傳說中前朝皇室絕嗣，就是因為最後的皇室血脈被他最寵愛的妃子下了這種藥，到死都沒能生下一男半女，也讓本朝大梁的開國太祖沒有了後顧之憂。

這是宮闈秘事，連太醫都不一定聽過這藥，只有宮內的一些老人才會多少知道一點，這才傳了一點到李嬤嬤的耳朵裡。可今上都已經是開國以來的第四位君主了，當年那些老人應該都不在了，怎麼又會有這藥現世呢？

那藥師雖是憑著一片真摯的愛妻之心研製此藥，可流傳出去就是無比陰險毒辣的禁藥，讓人毛骨悚然、避之唯恐不及。

當然這藥也有限制，那便是不能一蹴而就，若是短期服用，只能暫時避孕，需要連續服用整整三年，中途斷藥不超過三次，方能永久見效。而這時服藥的人左鎖骨下方就會浮現一條紫黑色的細紋，至此，才是藥效完全發揮的時候，便是有人發現了也為時已晚，無轉圜的餘地。

李嬤嬤觀察剛剛趙繼達聽到子嗣之事時的臉色，便猜測他們可能已經知道中毒之事，不需要旁人去提醒了……況且即使人家不知情，她也不會去蹚那渾水，反正既定之事無法更改，何苦多嘴去揭開真相，說不定還會平白被遷怒。

不過，看謝睦身邊的下人日常對入口之物的謹慎，能連續三年不斷的對他下毒還沒被發覺，指不定就是深得他信任的妻子啊、愛妾啊、兄弟姐妹之類的人幹的，這麼一想，倒也確實令人憐憫。

接下來謝睦一直沒有明顯的反應，李嬤嬤被趙繼達求著守在床邊，不停地把脈、灌藥，又過了好一段時間，床上的人臉色終於恢復了一些，手腳也漸漸回溫，摸摸心口處，熱度也算降下來了，除了人還未清醒，大致已經脫離了危險。

趙繼達激動地險些給李嬤嬤跪下磕頭——要知道，一旦謝睦有個三長兩短，他、謝宏還有這山莊裡的每個人都逃不了，或許還得加上他們的家人，有一個算一個，通通都要掉腦袋，而就算他們死一萬次，也不夠賠這一條命的。

李嬤嬤年紀也不小了，折騰了這幾個時辰到底有些累了，眼見謝睦已經好轉，就準備功成身退，不想趙繼達卻不肯放她走。

「好嬤嬤，我叫您親娘了成不成，您且略等一等，我們小爺還沒把大夫帶回來，您就這麼走了，主子萬一再有什麼不好，我真的會急得去上吊啊！」

這話說得很是招憐了，可惜李嬤嬤鐵石心腸，才不管他上不上吊呢。她不為所動。「不成，這麼久還沒回去，我們姑……我們夫人該等急了。」

「這麼著，叫這位斂青姑娘回去報個平安，您就再等一小會兒怎麼樣……」

兩人正拉扯間，卻見下人來通報。「趙爺，門外有位姓溫的女子，說是您的朋友，您看該怎麼辦？」

真是來得正是時候，趙繼達喜不自勝。「快！快請進來！」

李嬤嬤聽了這些話，抬起的腳總算落了地，立馬安安穩穩的坐了下來。

容辭在管家的帶領下進了廳堂，趙繼達立即滿臉堆笑的迎接，將她引到座位上，又馬上端茶倒水好不殷勤，熱情得她都有些不好意思了。

「趙先生，我聽說謝公子病了，嬤嬤過來這麼久還沒回來，我在家擔心出了什麼事，便假託是你的朋友，不請自來，你可別見怪。」

趙繼達忙道：「沒事沒事，您和這位李嬤嬤是我們全府上下的救星啊，什麼見怪不見怪的，您別說是我的朋友了，就算說是我的祖宗都成！」

容辭聽他說話帶了一股透著機靈勁兒的喜氣，還能隨口開玩笑，便猜測謝睦可能已經沒有大礙了。

「不知謝公子如何了？」

「多謝夫人關心，不如夫人親自來看看吧。」一邊領著容辭去瞧謝睦，一邊高興道：「看著好多了，李嬤嬤真是妙手神醫，在世華佗啊！」

容辭忍不住被他誇張的言辭給逗笑了，同時既高興於謝睦的好轉，又為李嬤嬤感到驕傲。

她隨著他進入房間，走到床邊，低頭看了看謝睦的情況，見他呼吸還算平穩，臉色也不算難看，就放下了心。

她也不想看到這個昨天還以白梅相贈的人出什麼事，那就太可悲了。

沒事就好，容辭看望過了謝睦，正想告辭時，突然聽到門外一陣喧譁，接著就見謝宏提著一個人快步跑進來，緊接著身後跟著另一個男子，手裡竟也提了一個人。

謝宏手裡的人一落地就趴在地上，喘得好像拉風箱，一副爬不起來的模樣，他的鬚髮雪白，年紀得有六、七十的樣子，衣著光鮮，可惜頭髮散亂，髮冠都不穩了，一看就是一路快馬奔馳趕過來的。

謝宏一邊扶他起來一邊說：「我這一路都沒看見有醫館，只好一路騎回了京城，想著肯定來不及回……回家了，便去了李大夫家裡，萬幸他今日不當值……」

李嬤嬤仔細看了那位李大夫一眼，下意識覺得那位李大夫可能是個太醫，穿著可跟民間大夫不同，這一路想來也遭了不少罪，卻不敢有絲毫怨言，這麼看來，謝睦可能真的是個皇室子弟，再不濟也是家世顯赫、非同一般。

另一人說：「我是從平城那兒找來了一位大夫，剛回來就撞上小爺了。」

李太醫剛剛緩過氣來，抬眼就先看到了容辭，一下子瞪大了眼，瞬間盯著她的肚子拔不開眼了，嘴巴也不由自主的越張越大，活似能塞個蝦蟆進去。

趙繼達因為主子已經沒事，便也不那麼著急了，看到李太醫的表情奇怪，就順著他的視線望過去，一下子就猜出了他在想什麼，不由沒好氣道：「你在想什麼？這是住在隔壁的溫夫人，多虧她借了一位精通醫術的嬤嬤，這才讓咱們二爺轉危為安的，有工夫胡思亂想，還不如快去瞧瞧二爺如何了。」

李太醫聽了有些失望，戀戀不捨地把目光從容辭肚子上移開，隨眾人一同進了內室。

兩個大夫輪流把脈，都覺得確實是沒有大礙了，幾人又一同去了大廳查看李嬤嬤的方子，一看之下也覺得沒問題。

李太醫本來覺得李嬤嬤是個女流之輩，醫術肯定不怎麼樣，現在卻改了想法，加上他們又是本家，更添了一層親近，便就地商量起接下來的治療，擠得那位民間大夫都插不上話。

容辭並不懂醫，便沒有跟去旁聽，就留在謝睦的房裡照應著，暫時沒動。

這時，她敏銳的聽到床那邊傳來細微的動靜，急忙走到床邊查看，正看到謝睦仰面躺在床上，眉頭緊皺，原本緊閉的雙唇輕輕張開，微動著彷彿在呢喃著什麼。

容辭下意識微微俯低身子，想去聽他說了什麼，左手無意識的搭在了錦被邊上。

她還沒聽出什麼來，手腕便被牢牢地抓住了，抓住她的那隻手勁瘦有力，完全不像是剛剛還病重在床的人。

容辭吃了一驚，抬頭看見謝睦那雙漆黑似墨、看不出情緒的眼眸驟然張開，緊緊地盯著她。

她一愣，立即反應了過來，驚喜的揚聲喊道：「謝公子醒了，你們快過來瞧瞧！」

幾人聽見忙往這邊趕，容辭方意識到自己的手腕還被人抓在手裡，慌忙想抽開，卻不想謝睦此時剛剛轉醒，還在茫然中分不清此為何時何地，下意識握緊了手中之物，以容辭的力氣，掙扎著卻紋絲不動。

直到趙繼達馬上就要走到床前了，謝睦才真正清醒過來，恢復了神智，不動聲色地鬆了手。容辭立刻直起身子收回手臂，向後退了幾步，把地方讓給了其他人。

床邊瞬間變得非常嘈雜，有的手忙腳亂的把脈檢查，有的你一言我一語的表達關切，容辭猜測他們現在應該騰不出空來送她們三人了，她也不想擾了他們的喜悅之情，便悄悄帶著李嬤嬤和斂青回了家。

容辭自己還罷了，李嬤嬤和斂青忙活了半天連午飯都還沒吃，想必早已是饑腸轆轆了，就吩咐廚房重新把菜熱好了，順便也留她們兩個在正房一併用飯。

看著她們吃得香甜，容辭不由得也嘴饞了，便加了副筷子也跟著吃了幾口。

李嬤嬤就樂意看她胃口好，加上今天算得上救人一命，積了幾分陰德，也就不好開口責備容辭今天不顧身體，親自去有病氣的房中尋人的事了。

但雖然不好說她，李嬤嬤心中還是覺得有些不妥，吃了飯便翻箱倒櫃的收拾東西。

容辭見了頗為不解。「嬤嬤，妳這是做什麼？」

「還不是為了妳！今天冒冒失失的去找我們，一點兒也不顧及自己有孕在身，得避諱髒東西，也不怕撞上病祟，我總覺得心裡不踏實，明兒就去廟裡拜一拜，也捐幾兩香油錢，好買個安心。」說著又道：「也怨我，當初定下住在這裡，也就是想到這兒住著舒服還不招人眼。想不到這窮鄉僻壤的，連個和尚道士的影兒都沒有。」

容辭聽了直想笑。「您之前不是還說最不相信這些東西，說是自己行事用不著神仙來管嗎？」

「這不是此一時彼一時嘛，現在妳懷著身子，眼看沒幾個月就要生了，什麼這個那個的可不都要去試一試，這叫寧可信其有不可信其無。」

這時鎖朱聽了打趣道：「什麼寧可信其有不可信其無，嬤嬤您這是臨時抱佛腳。」

「呸呸呸，童言無忌，大風吹去！」李嬤嬤拿著包袱作勢要抽她。「要妳這小丫頭多嘴！我現在改了還不成？」

容辭知道她是為了自己好，什麼有用的都想嘗試，但還是勸道：「現在路上的冰雪指不定還沒化呢，妳一個人出去我可不放心。」

李嬤嬤道：「沒事，我叫李慎駕馬車載我，走得慢一點就是了……到時候順便給妳求個平安符，讓神佛保佑妳平安生產。」

容辭本來只是覺得不必這麼麻煩，才隨口一勸，此時聽到李嬤嬤口中說出「護身符」三個字，就渾身一個冷戰，腦海中馬上想起來前世母親帶著哭腔的話：

——妳嬤嬤本來說是要給妳帶個護身符回來，誰能想到竟出了意外……

容辭猛地打了個哆嗦，以控制不住的高聲道：「不行！不能去！」

李嬤嬤被她的音量嚇了一跳，詫異的回過頭來。「怎麼了？」

容辭嚥了嚥口水，心中飛快的閃過各種理由。「……妳今天才給人家瞧過病，明天就要去燒香去病祟，人家心裡肯定會不舒服的。」

「他們如何知道這些？」李嬤嬤不以為意。「何況就算知道了又能如何，我救人還救出錯來了嗎？」

「不成，妳就是不能去！」容辭見勸不了她，乾脆拉著她的袖子撒起了嬌。「我一刻見不著嬤嬤就心慌，萬萬離不了妳……」

這話比剛才的理由強了不止百倍，李嬤嬤聽了立馬忍不住笑了，嗔怪道：「這麼大的人了還撒嬌，也不怕人笑話。」

話雖這麼說，但到底不再提出門的事了。

李嬤嬤不能出去，便想以別的彌補，她打開梳妝檯上的首飾盒看了看，卻沒有見到自己想找的東西。

「姑娘，老爺太太給妳的那塊玉呢？」

容辭一愣。「什麼玉？」

「自然是妳小時候，老爺用太太嫁妝裡成色最好的白玉給妳雕成的那塊……做成後老爺還去法華寺找了修為最深的住持大師，苦求了他許久，才讓人家親自給這塊玉開光，說是能保佑妳遇難呈祥、逢凶化吉，這妳都不記得了？」

容辭回憶了一番，發現當年確實有這麼一件玉墜，還是自己自小就戴著的，當初雕刻的時候還出了一場笑話，因為刻錯了字，但是溫氏覺得這也是緣分一場，便乾脆將錯就錯，沒有叫人重新做。

那塊玉在她年少時幾乎是從不離身的，但不知什麼時候就沒看見過了，這已經過了一、二十年，她再去想，發現那玉的樣子都已經模糊了，自然不記得現在放在了哪裡。

她看向鎖朱、斂青，指望她們兩個能記得，畢竟這對她而言可是一件隔了一世的首飾了，但她們兩個可能最近才見過。

鎖朱瞪大了眼，忍不住與斂青對視，兩人都張口結舌說不出話來。

「怎麼了？」

兩人見容辭面露茫然，可見是真的不記得那玉墜落在哪裡了，哪裡再敢多言，鎖朱便支支吾吾道：「……我們也記不清了，想來……想來是成婚那日急急忙忙的給弄丟了，後來住進了恭毅侯府……也沒記起來去找找……」

容辭聽了有些可惜，畢竟也是從小戴到大的貼身物件，就這麼丟了也怪心疼的。

那玉本身的價值倒還罷了，但上面附加的祝福和祥瑞才真正難得，李嬷嬷一聽居然就這麼稀裡糊塗的丟了，氣得把鎖朱和斂青罵了一通，又回過頭來戳了戳容辭的腦門。「這麼大了還丟三落四、毛毛躁躁，我說最近怎麼諸事不順，原來是這個緣故……」

容辭知道李嬷嬷之前是一點也不信這些神神鬼鬼的，現在能說出這些話，也是擔心自己，病急亂投醫罷了。

兩人這邊在說著話，只鎖朱和斂青在一旁低眉順眼的站著，再不敢開口了。

容辭在這之後又悠悠閒閒過了幾天，李嬷嬷倒是忙裡忙外——容辭不放她出門，她就想在東廂房裡擺佛堂，安個桌子供一尊佛像，當真要臨時抱佛腳了。

這日容辭正在散步，正巧走到那幾株梅花旁，就看見斂青帶了兩個人來正往這邊走。

容辭一看，前頭一人頭戴紫金冠，身著深紫暗雲紋長袍，面色尚有些蒼白，正是前幾日臥病在床的謝睦，趙繼達不在，他身邊只跟了那個叫謝宏的少年。

謝睦也看見了容辭，對著她微微頷首。

容辭走過去福了福身子問好，語氣帶了一點關切。「您的病已經好了嗎？怎麼不在家多休息……」

謝睦雖還能在臉上瞧出一點病容，但舉止已經完全不像個病人了，走路步伐堅定，沒有絲毫飄虛之態，說話也氣沈於胸、淡定自若。「已經好多了，今日前來便是來道謝的……我方才已見過了那位姓李的嬤嬤，現在是特地向妳致謝的。」

「這沒什麼，」容辭道：「咱們比鄰而居，換作誰也不可能袖手旁觀的。」

謝睦卻低垂著眉眼搖了搖頭。

謝宏眼見氣氛有些沈默，恨不得自己上去替他說，明明是身子還沒好全就急著過來道謝，一刻也不想耽誤，可您這不言不語話這麼少，萬一讓人覺得是在敷衍可如何是好。

容辭卻並沒有責怪的意思，她能看出他大概天生就話不多，或許還有些對救命之恩耿耿於懷卻不知如何開口表達感激的意思。

站久了腿腳有些僵，她便一邊走動一邊指著身旁的梅樹道：「上一次我用一小枝紅梅換了您小半棵樹，現在也算是報答了。」

謝睦就陪著她一同散步，聞言抬眼看了看綻放得正絢爛的梅花，開口道：「這紅梅就很好，比白梅喧鬧些，我那邊雖有一片梅林，到底太寡淡了。」

「是嗎？我倒是兩種都喜歡，風情萬種，各有千秋……對了，你方才見李嬤嬤時有沒有看到我擺在大廳案桌上的白梅？它太大也太重了，就沒用平常的窄瓶，而是換了青釉石榴瓶，竟意外的相配，格外別致。」

「見到了，確實相得益彰。」謝睦說著，想到前天睜開眼時在床前看到她，想她進過正房，莫名的擔心她誤會自己不珍惜旁人贈送之物，便補充道：「妳送的那枝我也放在書桌上養起來了。」

容辭卻沒想那麼多。「紅梅本就開得過了，想來也養不了幾天，若是敗了，你就換上白梅，也別有野趣。」

謝睦卻道：「我明天便要返回家中了。」

容辭驚訝道：「這麼急？身體經得住嗎？」

「無礙，原定只是出來散心，最多留兩天，若不是病了這幾日，早該回去了，如今家中的事務怕是已經堆積如山了。」

容辭點頭表示理解。

兩人之後本沒什麼話了，謝睦想了想。「這邊還留了不少人看門，妳若想賞梅，自可隨意出入。」

這倒是意外之喜，容辭將被風吹亂的一縷髮絲別到耳後，有些欣喜道：「這可又是我占便宜了……你在家中種了這麼一整片梅林，可是十分喜愛梅花？」

其實那院子只是多年前買的，梅花也是之前不知哪任主人種的，謝睦對所有的花草都是一視同仁，並沒有特別偏愛的，但他想起容辭提起自己送的白梅就讚不絕口的樣子，竟鬼使神差的承認了。「梅花高潔，自然格外惹人喜愛，與眾不同。」

他身後跟著的謝宏不自覺的停了停，抬頭瞄了謝睦一眼，又有些納悶的低下了頭。

謝睦面不改色道：「妳也是嗎？」

容辭道：「那倒沒有，漂亮的花我都欣賞得來，什麼時節就賞什麼花，倒沒有更偏愛哪一種。」

謝睦愣了愣，抿了抿唇，便不再開口了。

容辭已經知道他頗為寡言，剛剛說了那麼多已經是難得了，見他恢復了沈默也沒當回事，一路和他一起走回正房門口。

謝宏便上前提醒道：「二爺，家裡還有事等著處理呢。」

謝睦淡淡的點點頭，表示知道了，再向容辭提出告辭。

容辭也不多留他，只是最後勸了他一句。「若是再有哪裡不適，需早些吃藥，萬不可像前日那般一聲不吭，徒添凶險……我看當時公子身邊的人都急壞了，看在他們這樣擔憂的分上，您也要多保重身體。」

謝睦沈默了片刻，終是應了，之後便帶著謝宏回去了。

臨走時謝宏還偷偷朝容辭做了一個「感激不盡」的口形，逗得她險些笑出來。

謝睦走得很快，謝宏一邊緊跟還一邊疑惑的問道：「二爺，您不是不喜歡這些花花草草的嗎？還說它們無甚用處，空耗人力，什麼時候開始最喜歡梅花了？」

謝睦腳下不停，臉上沒有任何表情。「閉嘴！」

第二日，謝睦幾人果然早早就離開了，走之前也沒忘讓趙繼達過來知會一聲，還特意提了一下讓容辭得空了可以去謝園賞梅的事。

容辭自然是笑著答應了。

第八章

李嬤嬤每日又是忙著燒香念佛，又是張羅著給容辭改製衣物，入口的飯菜也是她精心擬制了菜譜讓宋三娘照著做的，飲食起居事事都要過問，忙得腳不沾地，也沒空陪容辭說話了，只能再督促她常出去活動。

容辭見她雖忙碌但又樂此不疲，忙的那些事自己實在插不上手，只能乖乖聽話，減輕她的負擔，別的也幫不上什麼忙了。

她的日子倒是和李嬤嬤完全不同，每日過得十分悠閒自在，不是散步賞梅，要不就是和幾個丫頭一起打葉子牌解悶。

李慎又從外面捎了幾本雜書回來，有正經書也有遊記話本，她午覺後看幾頁書，竟覺得比前世和顧宗霖一起讀書的時候自在多了，也更能讀得進去，實在不想看了就在書房練幾個字。

她認字是跟父親許謙學的，也是他手把手的教著寫的，可惜六歲那年父親去世後就沒人教她了，母親和李嬤嬤都是識字的，可是字寫得都不好，容辭這毛筆字還是自己照著字帖上自學出來的，當初就被顧宗霖點評過「端莊而已，並無風骨」。

現在重新練，也沒指望能寫出什麼好的來，只是打發時間而已。

時間就在容辭無所事事、李嬷嬷卻事事操心中流逝了，轉眼就過了臘月二十五，馬上就要過年了。

整個山莊除了容辭被按住不許動之外，其他人整日貼窗花的貼窗花，貼對聯的貼對聯，又是大掃除又是割年肉，一派熱火朝天，滿園中都是嘰嘰喳喳的喧鬧聲，正是容辭最愛看的熱鬧景象。

這新年可以說是容辭十幾年來過得最開心的一次了。

第二天上午，容辭迷迷糊糊的睜開眼，正見斂青守在床邊打絡子，她費力的撐著肚子坐起來。「李嬷嬷呢？」

斂青伸手給她借力。「她在佛堂呢。」

容辭穿好專門為過年準備的大紅色衣服，頭上隨意綰了個髮髻，來到佛堂，看到臺子上供著藥師三尊，李嬷嬷正一臉虔誠的往上擺各種貢品，見到容辭進來，又讓容辭也來拜首叩頭。

容辭頗為無奈，但也不能拂了她的一片好心，只能依言照做。

兩人出來，容辭問起了正事。「母親那邊有信嗎？」

容辭這次出來，顧府對外都是說她自己主動要去外邊給老太太、大爺祈福，想來也是不願意擔苛責媳婦的罪名。

而容辭也是用這理由來糊弄母親的，為了讓她放心，還隔三差五的送信回去，告訴她自己現在過得不錯，請她不要憂心。

「前天不是才送來嗎？昨兒除夕，府裡肯定忙成一團，怎麼抽得出空來。」

容辭有些失望。「若是能把母親接過來一起團圓，那該有多好啊。」

「這事不可操之過急，起碼得等這孩子落了地，再也不會露出破綻再說……還有，姑娘妳得做好準備，即使生下孩子，咱們也只能說是妳抱養來的，可能一輩子也不能讓人知道他的身世。」

容辭默默的點了點頭。「我不是三歲小孩子，自然知道分寸……」

兩人都因為提起這個有些沈默，容辭便想說點高興的。「正月十五放花燈，我可以上街去看看嗎？」

「這裡哪來的街？妳不會想回京城吧？」

當然不是，京城裡遍地都是熟人，元宵節當天好多公子小姐都會出門看燈，萬一哪個認出了她，那不就前功盡棄了嗎？

「這裡離平城縣更近，我想去那邊看看。」

李嬤嬤想了想。「這也不行，妳這都七個月了，燈會那麼擠，傷到了可怎麼辦？」

看容辭被駁得滿臉失望，又猶豫的說：「十五人多，到十六燈會可能還沒全散，逛的人也少些了……」

「那我十六去也行！」她立刻接道。

李嬤嬤見她這麼期待，也不好再說什麼打擊她了。

過了年容辭就算是滿十六歲了，她過去一年過得實在是一言難盡，各種倒楣事都碰上了，今年也不知是不是李嬤嬤病急亂投醫燒的香燒對了，容辭莫名的感覺這一年應該格外順遂。

這十五天什麼壞事也沒發生，顧府的人沒來打擾，胃口越來越好，腿腳抽筋也不算嚴重，肚子一天比一天大，李嬤嬤摸著卻說胎位正得很，孩子長得不大不小剛剛好，應該能足月平安生產。

苦難的日子格外難熬，開心的日子卻像流水一樣過得飛快，容辭還什麼都沒覺出來呢，就已經吃了元宵過完了正月十五。

一到十六下午，容辭便開始準備路上要用的東西，帶上茶水、點心、披風，想了想又加上帷帽。

雖然時下女子上街並不需要特意遮面，但她就怕萬一運氣不好，在平城都能撞上熟人，那戴上這個也能以備不時之需。

李嬤嬤見她還沒忘了逛燈會這回事，也只能無奈答應了，想著自己老胳膊老腿，就算出了事也幫不上忙，反而還要別人伺候，就決定自己不跟著拖後腿了，只讓她帶了相較穩重一些的斂青，又吩咐了信任的家僕溫平和李慎寸步不離的跟著她。

容辭知道這兩人一個年紀大一些心眼也多，樣子雖粗獷但心思細膩；另一個年少力壯、忠厚老實，兩人一起跟著去她也很放心。

東西都收拾好了，容辭與斂青便坐上馬車，準備出發。

李慎和溫平正準備趕車，就見謝園大門敞開，幾人正騎著馬往這邊來。

謝宏眼尖，先看到了他們的馬車。「哎？那不是溫夫人家的馬車嗎，她也要出門嗎？」

又對著謝睦道：「先不管了，咱們快些出發吧，晚了可能就趕不上了。」

謝睦卻沒動，只是看了一眼容辭他們的方向。

趙繼達注意到這細節，試探地問道：「要不咱們去問問他們要去哪裡吧？一個月沒見了，好歹要打個招呼。」

這次謝睦倒是同意了，幾人駕著馬跟上了馬車，趙繼達看了謝睦一眼，滿臉堆笑的上前問道：「夫人，您這是要往何處去啊？」

容辭聽到聲音，撩開簾子，奇道：「竟真的是你們，我們要去逛燈會，你們呢？」

趙繼達立馬喜笑顏開。「這不是巧了嗎？我們也是啊！」

容辭有些意動，但隨即又覺得不妥。「咱們肯定不同路，我是要去逛平城的燈會，你們是要回京城吧？」

謝宏也覺得實在巧合，扭頭插嘴道：「夫人，我們剛剛才從京城回來，這回就是想去平城的，只是先在園子裡歇歇腳罷了。」

容辭暗想自己不回京是因為有難言之隱，這幾人正月裡剛在京裡過完元宵節，大老遠又跑去平城做甚？

雖覺得有些蹊蹺，但她因為自己本身有諸多不可對人言之事，遇上旁人的隱私也就不想多問，聞言只是點頭。「那各位就快先行吧。」

謝宏早就坐不住了，聽這話剛想縱馬而去，卻見謝睦罕見的開了尊口。「既然是順路，何不同行？」

溫平一向是守在內院裡，並不知先前這幾人的淵源，本在一旁看著沒出聲，此時卻突然有了警覺，搶先道：「這位公子，您騎著馬，我們駕馬車，你們肯定比我們快，還是不拖累你們了。」

「這可不一定。」謝宏剛才只顧著琢磨謝睦的心思，這時倒不服氣的出來反駁了。「再往前就要走山路了，是騎馬還是駕車不都一樣的速度嗎？」

謝睦當作沒聽見兩人的對話。「如何？」

容辭略有猶豫，趙繼達察言觀色，立即也跟著勸。「夫人，你們人少，現在還看不出什麼來，這幾天暫停夜禁，等回來的時候都是深夜了，與我們結伴更安全些。」

容辭終於被這句話說服了，隨即點頭同意。

路上，謝睦三人駕馬走在前頭，馬車跟在後邊，溫平暗地裡觀察了他們好久，悄悄在李慎耳邊問：「慎哥兒，那幾人是什麼來歷？竟像是和咱們姑娘相熟的樣子。」

李慎自然知道得多些，便把之前和謝睦的交集都跟他說了。「他們一開始幫了咱們，後來姑娘和我娘又有恩於他，有了幾次交集，也勉強算得上熟了。」

溫平還是不放心。「聽你這麼說，他們倒像是沒有什麼壞心眼的樣子，只是那個領頭的也太殷勤了，好端端的說什麼同行……莫不是有什麼別的心思吧？」

李慎一開始還沒反應過來這「別的心思」是什麼心思，等看到溫平那一臉別有意味的神情，方猛地反應過來，登時哭笑不得，一個勁兒的搖頭。

「溫叔，你這是想到哪兒去了，人家年長起碼十歲，咱們姑娘才多大啊，而且那謝公子頗為寡言，剛剛統共才說了一句話，怎麼也稱不上殷勤二字啊！」

溫平見跟他說不清，偏過頭「呸」了一聲，心想果然是毛頭小子，一點眼力見兒都沒有！都知道那姓謝的不愛說話了，又怎麼會沒事過來湊熱鬧？男女之間主動搭話，不就是為了那檔子事兒嘛……

還說什麼姑娘年紀小，她都是十六歲的大姑娘了，馬上要當娘了，哪裡還能算小？再說男人就是男人……這小到未及弱冠的少年，大到六、七十要入棺材的老頭子，各個都能對女子產生愛慕之情，更何況那人正值青壯年，還遠遠稱不上老。

姑娘如今諸多麻煩纏身，萬不能再多生事端了……

這邊溫平下定決心一定要讓那姓謝的離姑娘遠遠地，那邊騎在馬上的謝宏也在說：「二爺，咱們這次去平城看燈會只是順便，去接谷先生才是正事，您為何執意要跟溫夫人一起走呢，豈不礙手礙腳諸多不便？」

謝睦目視前方並沒有轉頭，只是道：「要接他不需我親自去，這是你們的正事，不是我的。」

「您還真是想去看燈會才出宮過來的？那直接在京城看不是更方便……我知道了，您是怕旁人認出您來是不是？」

趙繼達悄悄扯了扯謝宏的袖子。「小爺，公主殿下正巧遊歷到了平城，據說暫時還不會回京，主子是想去探訪探訪。」

「公主？哪個公……哦我想起來了，是福安大長公主啊……」

這位公主是謝睦的姑姑，生性灑脫不愛受拘束，熱衷習武藝著男裝，由於是太上皇嫡母之女，身分特殊，眾人都管不了她，現已經在外遊玩許久了，據說她因為對謝睦有大恩，故而在本朝也格外受禮遇。

謝宏這下知道謝睦要親自前往平城的原因了，拜訪這種長輩，也不是隨意派個子姪近侍就可以敷衍過去的。

平城縣就在落月山之後不遠，近來也沒下雪，他們半個多時辰後就到了城門口，此時天色不過剛剛變黑。

溫平還在絞盡腦汁的想藉口要與他們分開，謝睦已經低頭對容辭道：「我們要先去拜訪長輩，之後才會去街上看看，若是亥初還沒碰上你們，便到城門口會合，一同回去。」

她自然沒什麼意見，兩撥人便暫時分道揚鑣。

四人進了城門，入目便是滿眼的斑斕色彩，各式各樣的攤鋪，每個都掛了許多耀眼的燈籠，千奇百怪，各不相同。

雖說今天已經是燈會的最後一天了，人還是不少，目之所及，算不上人山人海，也能說滿滿當當了，這讓容辭不禁慶幸聽了李嬤嬤的話——十六的人都這樣多，若是正逢元宵節當天，怕是人擠人，連腳都插不下吧……

這地方雖與落月山南麓只有一山之隔，氣候卻大不相同，那邊溫泉泉眼不少，自然暖和，這邊不但不產溫泉，還無山遮擋酷烈的北風，確實要冷許多。

幸好容辭未雨綢繆，帶了一件狐裘出來，此時披在身上，戴著帷帽，又有滿目的花燈，竟不覺得冷到哪裡去。

她也謹慎，手拉著斂青慢慢的逛，絕不疾行，一定要確保李慎與溫平跟得上才行。

他們玩得也算是盡興，先是轉了一圈，在街上嚐了幾種小吃，還一人吃了一碗湯圓，然後容辭還給沒能來的眾人各自都買了禮物，比如李嬤嬤的髮梳、宋三娘的簪子，還有斂青、鎖朱的胭脂等等。

接著又去試著猜了幾道燈謎，有的猜中了，有的沒猜中，因為越是繁瑣精緻的花燈總是要猜中更難的謎語才能得到，偏幾個人包括容辭都不擅長此道，因此轉了許久，手中也只是提了兩盞再普通不過的紅燈籠。

容辭得失心不算重，只覺得能出來玩一趟已是難得了，普通就普通，總比沒有強，沒見好多不識字的小孩子連這沒有半點花紋的燈籠也得不到嗎？

這時正巧有一個三、四歲的小男孩兒甩開母親的手，跌跌撞撞的跑到容辭身邊，撲通一聲坐在地上，還愣愣的試探著要抱她的腿。

孩子的娘見容辭頭戴帷帽，穿著打扮都不像是平頭百姓，微敞開的狐裘下肚子明顯隆起，生怕孩子衝撞了貴人，忙把他拉過來狠打了兩下，還不忘誠惶誠恐的跟容辭道歉。「夫人莫怪，都是這孩子不懂事。」

這對母子穿著褐色的麻布衣，母親雙手十分粗糙，臉上也有風吹日曬的痕跡，一看便是農戶人家，容辭並沒有受驚，又見那孩子也乖巧，被打了幾下也不敢哭，只是含著手指抽了抽鼻子，她難免心生憐意，自然不會怪罪。「沒什麼，他人小，並沒有撞到我。」

那母親聽容辭這樣說，語氣也十分溫和，總算鬆了口氣，又拽著兒子道：「阿壯，你瞧姨姨人多好，她肚子裡還有小弟弟小妹妹，你不能去抱她，聽見了沒有？」

小阿壯咬著手指想了想，指著容辭的肚子道：「弟弟，弟弟！」

容辭忍不住被他的憨態可掬逗笑了，彎下腰撩開帷紗，笑著問道：「你是沒有弟弟，所以想要個小弟弟陪你玩嗎？」

阿壯看著容辭的臉呆住了，好半天才點點頭。「有妹妹了，再要個弟弟！」

容辭接過斂青手中的兩只燈籠，一起遞到了他手裡。「那現在小弟弟還沒出生，沒法兒陪你玩，我代他把燈籠送給你，你和妹妹一人一個好不好？」

阿壯高興極了，小心翼翼的摸摸燈籠，然後重重的點了點頭。「謝謝姨姨！」

他母親很是惶恐。「這、這怎麼好意思？」

容辭搖頭。「不是什麼好東西，讓他拿著玩吧。」

告別了母子倆，他們又向前走了一段，容辭瞅見一個攤子上的燈籠做得格外好看，她自知自己是什麼能耐，本也不奢想能贏一個回家，只是停步欣賞罷了。

只是其中一個青色的四邊兔燈籠非常別致精細，姿態可愛，連絨毛都能用紙做得栩栩如生，十分難得。

容辭屬兔，今年的生肖卻是馬，滿大街的馬形花燈，兔子的卻沒幾個能做得這麼好看，她見了難免眼饞，便想去碰碰運氣——萬一僥倖猜中了呢？

攤主早就注意到容辭了，見她走了過來，便道：「這位客官，我這兒的燈謎有個限制，須得在這漏壺落完之前猜完三個字謎，才算成功。」

說著，擺了個小漏壺上來，容辭見它十分小巧，便知它落完的時間肯定極短，但來都來了，也沒有退縮的道理，就乾脆道：「開始吧！」

攤主一邊轉動燈籠，將有謎面的那面翻過來，一邊用漏壺開始計時。

這一面只有一個謎題：兩點一直、一直兩點。打一字。

這個很容易，容辭看了眼身旁的李慎笑道：「是謹慎的『慎』字！」

老闆也不耍賴，立即又轉了個面。

這一面寫的是：元宵前後共相聚。打一字。

這個稍微複雜一點，但也說不上特別難，容辭費了點時間想了一會兒就想到了。「佳期的『期』字。」

最後一面翻過來，謎題略長：好鳥無心戀故林，吃罷昆蟲乘風鳴，八千里路隨口到，鷗鴣飛去十里亭。打四字。

容辭一見最後三個字就愣住了，四個字？

怪不得這些燈籠看起來沒少幾個，前面的謎語都不算難，原來最難的一題在這裡等著呢。

眼看時間馬上就到了，容辭卻被這神來一筆弄得集中不了精神，正焦急間，身後突然傳來一道沈穩的聲線：

「——是鸞鳳和鳴。」

容辭甚至沒來得及思考就鸚鵡學舌似的重複道：「是、是鸞鳳和鳴！」

話音剛落，那老闆就敲了一下桌子。「時間到了！」

容辭側過頭看去，見謝睦不知何時已經站在了自己身旁，也正低著頭往這邊看。

謝睦看了容辭一眼，轉頭與那老闆說道：「可是都對了？」

老板眼珠子一轉。「這是有人提醒，可作不得數。」

容辭不懂老闆是想耍賴，還真有些不好意思，本想這樣算了，自己問問能不能出錢買下就是了，卻聽謝睦冷靜的反駁。「什麼時候新添了這種規矩？這街上人人都是結伴而行的，猜燈謎本就要集思廣益，還是老闆你想不認帳？」

老闆被他一語道破小心思，又看他倆個雖並肩而立，卻還刻意隔了半臂的距離，想來關係不算親近，還想掙扎一下。「這相公幫娘子才是天經地義，你們若是夫妻倆，自然算數，可你們是嗎？」

「自然是。」

「不是！」

兩人同時開口，答案卻完全不同。

容辭愣了愣，馬上撩起面紗看向旁邊的人，他正皺著眉與自己對視，神情還帶著淡淡的疑惑。

她簡直要羞愧得捂臉了——這有什麼好疑惑的，難道她說得不對嗎？

容辭盡力維持著表情，搶在謝睦之前開口。「我們不是夫妻，卻是朋友，這也不行嗎？」

那老闆看著謝睦沈默的樣子，不知想到了什麼，到底沒敢賴帳，老老實實地伸手將兔子燈籠遞給了容辭。

還沒到該走的時間，容辭和謝睦並肩走在街上，其餘人都落後了幾步，沒敢打擾他們談話。

謝睦道：「若妳真想要，不妨隨口糊弄他一句，也算不得什麼大事。」

容辭提著燈籠哭笑不得，見他居然還在為剛才的事耿耿於懷，有些無奈。

「我只是覺得付點錢那攤主八成也就撒手了，不需為了這點子事說謊而已。」這時她突然想起了一件一直沒想到的事。「對了，你現在已有妻室了吧？尊夫人若是知道必定十分難過，便是不知道，我也不能冒犯她啊。」

說完卻不見有人回應，一偏頭卻見他肅著眉眼，像是心有不悅的樣子，忙解釋道：「我沒有責怪的意思……」

「我沒有妻子。」謝睦語氣平淡的打斷她。

「什麼？」

「我們分開了。」

容辭微張著嘴說不出話來。

分……開了，這是什麼意思？

她立即反應過來自己怕是戳中了旁人的痛處，若是馬上道歉的話只會更加傷人，容辭只能小心翼翼的轉換話題。「嗯……不過你倒是反應挺快的，我沒想到你竟是個很知變通的人……只是外表看上去一點也不像……」

過了這麼久，謝睦其實也感覺不到什麼傷心了，但也受用於容辭的體諒，對自己在她眼裡的印象有點好奇。「我看上去應該是什麼樣子？」

容辭想了想。「應該是溫文守禮、言語不多卻胸有丘壑，還有……我說了，你可別怪罪——還有一點刻板。」

謝睦眼中少見的帶了一絲笑意。「原來如此，但若一個人的性格、想法都擺在明面上，那世間的事也不會如此複雜難懂了。有人看似單純，其實心機深沈；有人話不留情卻是嘴硬心軟；還有人與你推心置腹，其實另有所圖……若不長久相處，怎麼能知道這人到底是怎麼樣的呢？」

「這樣說也對……」容辭被遮住的神色漸漸帶了一絲冷意。「只是這相處的時間到底要多長呢？是不是真的要寸步不離的在一起十年八年，才能知道他究竟是人是鬼？」

謝睦道：「不必。」

容辭抬起頭看著他。

「人心難測也易測，妳只需不要把自己的想像和期待加於這人身上，只需一年半載，自可分辨得清清楚楚——這是我的經驗之談。」

聽了這話，容辭若有所思，不自覺的帶入自己的經歷，發現好像確實是這麼回事，若是當初自己不被顧宗霖那一點點溫情所迷惑，產生了錯誤至極的期待，就算還是被陷害冤枉，也不至於失望心寒成那般模樣，白白懷疑自己是不是眼盲心瞎。

可人真能像謝睦說的那樣冷靜，與人相處時不帶私人感情嗎？

她一邊想著一邊把玩手裡的兔子燈籠，沒有發現人群漸漸擁擠了起來。

謝睦因為身分特殊，自然要比容辭警覺得多，他不動聲色地觀察著周圍的人，看出人群中有幾人是故意把其他人往這邊引，人群慢慢越來越集中，也越來越擁擠。

其他明面上跟著他們的護衛都落後了一些距離，剛好就被有心人隔開，顯然是刻意為之，他們看上去沒有傷害百姓引起恐慌的意思，大約只是想趁著他身邊保護的人少，暗中下手罷了。

謝睦卻也並不心慌，與在居住人口不多的落月山不同，他巡駕於此，自然暗中調了不少人保護，這些顯然成不了什麼氣候。

容辭不是蠢人，也漸漸發覺周圍的氣氛有些不對，她回頭一看，斂青等人已經落到數尺之後，她身邊只有謝睦一人。

容辭皺著眉，貼近他小聲道：「謝公子，是不是出了事？」

謝睦低頭看了看身旁有些不安的女子，他們雖不一定有性命之憂，但留在這裡不僅容易傷及無辜，驚嚇更是免不了，她又有身孕，經不起波折，不若兩人先想辦法離開此地，找地方安頓，剩下的自有人來料理，也省下那些護衛顧忌他的安全而畏首畏尾，不敢動作，反而放虎歸山。

他面上沒有變化，寬袖下卻悄悄握住了容辭的手臂，拉著她繼續往前走，越走越快，越走越快，在那些人察覺之前拐向了另一條巷子。

容辭猝不及防的被他拉著走了一段，她個子矮一些，謝睦快步走她就要費力的小跑，一邊跑一邊回頭望。「斂青他們還在後面！」

謝睦沒有停下。「放心，只要我們不在那邊，他們都不會有危險。」

容辭也知道聽謝睦的比自己不知所措要好得多，也不想拖他的後腿，便咬牙一聲不吭的緊緊跟上他的腳步。

別有用心的人比預想的多一點，謝睦轉了兩個彎還是能感覺身後有人尾隨，他卻顧忌容辭的身體，不敢再讓她多動了，於是四處環望一番，心中有了數，拉著容辭拐進一個小巷。

容辭不知他是怎麼想的，但這巷子很窄，她很害怕兩人會被堵在其中，卻不想下一刻謝睦便攬住她的肩膀，雙腿騰空，在圍牆上稍一借力，便跳到了一處客棧的二樓房間窗臺上，他伸手推開窗子，先將容辭放進去，自己隨後也穩穩的落了地。

容辭還沒來得及為剛才突如其來的騰空而害怕，立即動作是先伸手將窗戶關上，貼著窗縫看到前後兩撥人從巷子中穿過，沒人抬頭看頭頂的窗戶。

容辭鬆了口氣，見手中還緊握著那盞兔子花燈，便連帷帽一起放下，回過頭來，竟又一次跟謝睦同時開口——

「謝公子……」

「溫夫人……」

容辭停下，見經過剛才的風波，謝睦那總是一絲不亂、束進髮冠中的頭髮微微有些散，還有一縷額髮從髮冠中鬆脫出來貼在臉側。

而自己，此時也感覺髮髻微搖，想來簪環也已經歪了，比他好不到哪兒去。

她忍不住噗哧一聲笑了，謝睦的臉上也帶了比平常濃得多的笑意。

他雖不常笑，此時露出笑容卻並不顯得彆扭，反而如雲破月開，波光流瀉，一下子將姿容映襯得十二分出色，彷彿他天生便是個愛笑的人，只是之前從未遇到過能讓他真正開顏的事，所以才致使明珠暗藏，不露光華。

兩人相對著莫名其妙的樂了好一會兒，方才停下。

容辭止住笑意，勉強正色道：「其實……我姓溫名顏。」

謝睦注視著她，神情溫和，喚道：「阿顏。」

「顏」字是爹爹在她出生時給她取的小名兒，爹爹去世後，也只有母親還喊她「顏顏」，上一世母親死後，就連她自己都忘了自己這個名兒了。剛剛她被緊張之後驟然輕鬆的氣氛感染，一時衝動便想報出全名，但實在不好說出大名時卻下意識的用了這個名字。

「謝公子，剛才多謝你，若不是我，你也不必弄得這般狼狽……」

謝睦看著她，眼中殘留著笑意，卻沒回答。

容辭愣了愣。「謝公子……？」

謝睦搖了搖頭。

容辭便明白了他的意思，但是謝睦年長她許多，直呼她的名字也不算錯，可自己又不能同樣如此，加上他身邊眾人對他的稱呼又與顧宗霖如出一轍，她實在不想那樣喚他……

她低頭想了想，試探道：「謝……二哥？」

謝睦這時才點點頭，接上了她方才的話。「不是妳拖累了我，怕是我牽連了妳……我這次前來是為了探望長輩，她的行蹤可能被別有用心的人探查到了，恐怕是有人專程守在她的居所旁守株待兔，若妳沒有跟我走在一起，這時早已經安然出城了，他們的目的是我，因為妳與我並肩，才多加了個妳，我們走了，留下的人是不會有危險的。」

「是什麼人如此處心積慮？」

謝睦搖頭道：「高門大族，不外乎是為爭權奪利、爵位家產，人選一個巴掌都數不過來。」

容辭聽他親口承認自己的門第，便略帶猶豫的開口。「謝二哥，我一直想求你一件事，但又覺得你不是隨意說人是非的人，要是特意與你說了，好像是信不過你一樣，所以不知如何開口——我其實……有很多不能對人言的秘密，有了肚子裡的孩子更是一言難盡，你能不能……」

謝睦不需她說完便道：「我回京不會跟任何人提起妳。」

容辭已經打定主意，不到萬不得已不會回京，就算回去了也不想以恭毅侯世子夫人，或是侯夫人的名義外出交際，她會跟謝睦這種宗室子弟碰上的機率很小，加之打從一開始便對他有種莫名的信任，因此平日也並沒有刻意隱藏身孕——這個月分也藏不起來了。

但他現在親口承諾，她仍像是吃了一顆定心丸，徹底放了心。

「多謝……你是如何知道我想說這事的？」

謝睦笑而不語。

容辭無奈，便多少透露了一點自身的情況。「我聽你府裡的人都在猜測我是個寡婦……其實不是，我夫君活得好好的，只是……只是現在與我算不得什麼真正的夫妻罷了。」

「是為了這孩子？妳負他，還是他負了妳？」

容辭搖搖頭，走到窗前，看著窗框上雕刻的紋路。「說實話，我自認為能做的都做了，也因為一些事……心裡多少有些埋怨他，但若說出前因後果，世人又大半會說是我錯得多些，你也說過，每個人都是複雜的，我們的事更非三言兩語能說得清，這其中的恩恩怨怨是是非非，連我這當事者也不見得能說清楚。」

謝睦走到她身邊，將她眼前的窗戶驟然打開，萬家燈火喧囂又重入眼簾，他低下頭看著她被映照得更加璀璨的眼眸。

「既然分不清便不要分了，妳想得到什麼就去拿，想做的就去做，管旁人做什麼呢？」

容辭笑了。「我正是這麼做了呀，我離開他獨自居住，也是想我們能離得遠遠的，一別兩寬，各自歡喜，這就是我發自內心想做的。」

她又想起謝睦生的那場大病。「你勸起我來倒是頭頭是道，自己怎麼反倒看不開呢？換梅那日我是真以為你已經回去休息了才放心走的，可聽我那嬤嬤說，你那時是又回去吹了幾個時辰的冷風才病的。」

謝睦沒想到她突然翻起了舊帳，搖頭苦笑道：「我與妳不同，我的事不只有損於個人，還……況且妳想要的，努力做就能做到，我卻……覆水難收，再沒有轉圜的餘地了。」

「誰人不是如此無奈？哪個女子一開始就想與大君永不相見？」她說到這裡，想到了兒時曾有的舊夢，眼中竟不覺帶了熱意。「我原先想要的也是幸福沒有坎坷的人生，能高高興興的過完一輩子，可這已經是永遠不可能做到的事了，所以才只能退而求其次，期望至少能讓我不再見到不想見的人……」

謝睦有些無措，猶豫著抬起手將她眼角的淚拭去。「是我的話惹妳傷心了嗎？」

容辭這才察覺自己情緒轉變得這樣快，居然還會為此事落淚，忙抽出帕子來胡亂擦了擦眼睛。「只是有感而發罷了，不與你相干。」

謝睦安撫道：「方才還很好，說幾句又傷心起來，還是不提這個了。」

容辭覺得有點丟臉，連忙點了點頭。

這時，窗外傳來了腳步聲，容辭立即想將窗戶關起來，謝睦卻按住了她的手，將她拉到身後，自己向窗外看了一眼。

幾息之後，他道：「沒事，是謝宏他們過來接我們了。」

兩人沒再跳窗戶，而是從客棧正門大大方方的走出去，今晚這裡人來人往、賓客如雲，他們不動聲色的將一錠銀子放在櫃檯上都沒人察覺。

容辭走出客棧外，見謝宏、趙繼達帶了三、四人在門口等著，疑惑道：「這些是……」
趙繼達想說什麼，謝睦卻先開口解釋。「是跟在我那位長輩身邊的人，現在事情已了，為了不再生波瀾，就讓他們暫時跟著吧。」
容辭點了點頭，又問：「斂青他們呢？可還好嗎？」
趙繼達道：「那三位好著呢，現正在城門口等著您。」
她這才徹底放了心。
今晚城內不得騎馬，此處離城門口也不遠，幾人便步行走了過去。
到了地方，就見斂青、溫平和李慎都沒在馬車上，而是站在馬車前走來走去，活像是熱鍋上的螞蟻，直到見到容辭才鬆了口氣。
斂青拉著容辭的手上看下看、不住地打量。「姑娘，您沒事吧，剛才一轉眼的工夫人就不見了，可把我們急死了！」
容辭握了握她的手。「待會兒再跟你們細說。」
謝睦走過來道：「我們這便回去吧。」
容辭見這裡除了他們來時坐的馬車外，還有一輛沒見過的，便好奇問道：「你也改乘馬車回去嗎？」
謝睦搖頭。「那裡面坐的是之前住在謝園的一位大夫和他的夫人，他脾氣古怪，向來不願意跟別人打交道，妳便當作沒看到好了。」

說著主動伸著手臂扶她上了馬車，把斂青和溫平等人看愣了，謝宏、趙繼達更是目瞪口呆。

等到眾人騎馬上了路，趙繼達忍不住湊到謝睦身邊試探的問道：「主子，之前是發生了什麼事嗎？您與溫夫人怎麼好像親近了不少？」

謝睦聽了微皺眉頭。「問這個做什麼？那些逆賊是如何處置的？」

趙繼達回道：「已經全部抓獲，一個不留，現下已經被咱們的人從官道押回京城了，只待提審。」

「確定沒有漏網之魚？」

「絕對沒有。」

謝睦「嗯」了一聲，沒再說話了，趙繼達與謝宏兩人憋了一肚子的問題也不敢問。

容辭在馬車裡把剛才發生的事有選擇性的說了一遍，又不放心的叮囑三人。「這次只是有驚無險罷了，回頭可不許說與李嬤嬤聽，要不然都得跟著我吃瓜落兒（注）。」

李嬤嬤積威已久，連資歷更老一點的溫平也有些怕她，想到若李嬤嬤知道他們居然讓姑娘在眼皮子底下被人拉走了，怕是能把他們的皮給扒下一層來……

這麼一想，三人便只能默許了。

等到了家門口，容辭下了馬車便與謝睦道別。

注：吃瓜落兒：北京方言，意思是吃虧、受牽連。

「二哥，我這便先回去了，今天出了這麼多事，你也早些休息。」

謝睦語氣很溫和。「今天的事是我疏忽了，妳莫要害怕，不會發生第二次了。」

「我自是知道。」容辭點頭。「那……再會？」

「再會。」

容辭回去後並無大事，也就是沐浴休息罷了，但謝睦這邊卻又有一堆事務等著他處理。

他先更衣整理了一番，才去了會客的大廳。

一進去，便見謝宏並趙繼達正守著谷餘坐在椅子上，而谷餘則是黑著臉，一頭花白的頭髮亂七八糟的紮在一起，年紀不小了，皺紋卻不多，頗有些鶴髮童顏的感覺，只是此時表情很不好，生生的破壞了這一副仙風道骨的好相貌，見到謝睦回來，馬上站起來不滿抱怨。

「你剛剛又在磨蹭什麼，快讓我看看，看完了我娘子還等著我回去給她端洗腳水呢。」

「你怎麼跟二爺說話的？」謝宏比他還不滿。「況且我為谷夫人安排了不少侍女伺候，端洗腳水也用不著你。」

「毛兒還沒長齊，你懂個什麼？旁人能與我一樣嗎？我娘子用我端的水洗得就是舒服！」

謝宏簡直要被這為老不尊的老頭子噁心壞了，剛要再臭他兩句便被謝睦制止，揮手讓他先退下，只留下趙繼達在身邊伺候。

謝睦倒不在意谷餘的無禮，所謂七十而從心所欲不踰矩，谷餘已經八十多了，行事雖放蕩不羈，但到底心中是有數的。

況且這事是自己有求於人，人家卻對他能回報的東西不感興趣，態度自然應該包容一些。

謝睦也不多與谷餘糾纏，直接坐到他對面伸出手腕。

這態度倒更能讓谷餘滿意，他不拿喬了，仔仔細細的給他診了脈。

診完了示意謝睦收回手腕，捋著壓根兒沒有幾根的鬍子道：「你近來肯定遇上了什麼好事，這鬱鬱之氣竟似消減了，脈象也不像之前那樣緊。」

謝睦沒管趙繼達驚訝的目光，請谷餘繼續往下說。

「聽你姪子說你前兩個月還生了好幾場病，按理說身體應該虛弱不少才對，現在脈象卻已經看不出來了，可見心病還需心藥醫，這人一旦心情舒暢，自然百病避之。」

謝睦聽了他的話若有所思。

「至於你們一直所求之事……」谷餘道：「身上的紋路可曾消退？」

謝睦搖頭。「未曾有絲毫消退。」

谷餘嘆道：「我就說你們隔三差五的來找我沒有半分用處，那似仙遙的功效無法可解……或許之後三、五百年間出個醫聖、醫神之類的人物，能有辦法打那死老頭的臉吧！但現在我是真沒辦法，你們讓我來看一萬遍也是一樣的結果。」

趙繼達無聲的嘆息了一下，擔憂的向謝睦看去。

謝睦已經記不清聽過幾次類似的話了，之前即使有心理準備，但每次聽這話都能讓他的心更加灰上一層，每次的失望都不比之前少。

但奇怪的是，這次卻完全不一樣。

他的心竟意外的冷靜，之前對這早有意料的事像是涼水入熱油，但這次剛好相反，像是滴了一滴油進入涼水中，不能說絲毫不為所動，但心裡確實不像之前那樣煎熬了。

謝睦自己都為這次的鎮定而意外。

從何時起，他竟已經看開了嗎？明明就在不久前他還因為這事而心結難消，甚至憂慮成疾……

谷餘剛剛說完話，面上好像很灑脫，其實也在小心翼翼的觀察謝睦的反應，別看他好像天不怕地不怕，嘴上沒個把門的，其實對趨利避害很有心得，他知道自己於謝睦算是有恩，謝睦這個人又善於隱忍，不愛為沒有惡意的些許小事發作，所以在他面前不曾刻意掩飾本性。

但謝睦一旦被觸及真正的要事，也絕對毫不留情，不發則已，一擊必中。那種可怕，谷餘雖沒見過，但在燕北的時候也略有耳聞，當時整個北地都籠罩在那雷霆之怒下，上自王府長史，下至遠離中心的縣令、縣丞，無一不瑟瑟發抖，為之膽寒。

這樣的人物，谷餘膽子再大，也不免暗自小心，而按照以往的經驗，他每次看完診，都應該是謝睦心情最不好的時候。

這次有了變化，谷餘悄悄抬著眼皮觀察謝睦，明顯的察覺他這次心境平和到令人難以置信。

不過幾個月沒見，他究竟遇上了什麼好事，能造成這樣的轉變？

眼見謝睦心情不算壞，谷餘就又按捺不住嘴賤，說了一句：「我還以為這次回京就能聽到你從民間廣納後妃的事呢，畢竟若能找到那種體質特殊的女子，算是解決這事的唯一方法了。」

謝睦瞥了他一眼沒有說話，谷餘膽子更大了，開著玩笑胡亂出主意。「你也不要怕網撒得太大，乾脆就像前朝檢查妃嬪是否是處子一樣，立個規矩讓採選來的女子也先接受檢查，不合格的送回去，說不定選個幾萬人，碰巧就找到了一個能解你燃眉之急的女子呢？雖說咱們現在早廢除那規矩了，但非常之時行非常之法嘛，你的大臣現在都聽話得很，要重新立規矩也不算難。」

「那我還算個人嗎？」謝睦冷笑一聲。「太祖剛登基就廢除了此等糟踐女子的規矩，我雖渴望子嗣，但為了要個孩子就一定要做那樣的禽獸嗎？若你和尊夫人生有一女，你願意讓她經歷這些嗎？」

「肯定不行！」谷餘脫口而出後有些訕訕的。「……我這不是開玩笑嘛，若你真的那麼幹了，我怎麼著也要想盡辦法逃跑，若是讓我娘子知道我為那種人瞧病，肯定再也不理我了。」

這也是谷餘最佩服謝睦的一點，他如今已經身登九五，是整個天下的至尊之主，發號施令已無人敢輕易違背，按理說為了滿足自己的私慾，下點什麼荒唐的旨意也不是不行，可他在那樣的憤怒渴望之下也能很好的遏制自己的慾望，這並不是件容易的事。

謝睦閉了閉眼。「那以後這種話就不要再提了。」

這次檢查似仙遙的解方雖然無解，但謝睦的身體和精神都有所好轉，算是意外之喜，他又問了兩句便放谷餘回去了。

趙繼達眼見谷餘出了門，猶豫了一會兒，還是在謝睦耳邊悄聲道：「主子，要是最後真的無法可醫，谷先生剛才的主意也未嘗……」

謝睦眼皮都沒動，只是搖了搖頭。「不必了，我還沒下作到那般地步……」

其實趙繼達何嘗不知呢，他也覺得這方法荒唐殘忍，不給人留半點尊嚴，但看主子為此事始終無法得償所願，畢竟心疼啊。

谷餘回房間之前先去端了一盆子熱水，他畢竟年紀大了，再怎麼健康也和年輕的時候不能比了，走得晃晃悠悠，好半天才端進了臥室裡。

谷夫人比谷餘年輕十幾歲，但如今也是六十多歲快七十的老太太了，此時正在妝鏡前梳理自己的白髮。見谷餘顫顫巍巍的端著水進來，便放下梳子，嗔怪道：「怎麼又做這些？我說你年紀大了就好好休養，若是扭著腰可怎麼辦？」

谷夫人一邊泡腳一邊與他閒聊。「那個謝二爺到底得的是什麼病啊，以你的手段還不能一次治好？非要這樣一次次的來找咱們？」

說著又像是想起了什麼，立刻去擰谷餘的耳朵，嚴肅道：「你說實話，是不是老毛病又犯了？拖著人家的病，一次只治一點點，然後騙人家多給診金？」

「疼疼疼！」谷餘鬱悶的叫道：「我遇見娘子妳之後不是早洗手不幹了嘛，我都從良了這麼多年妳怎麼還記著？」

「那是什麼緣故？」

謝睦身分特殊，他的事谷餘連自己的夫人也不能透露半個字，況且他自認為自己一個人摻和進去也就算是夠倒楣了，必不能再牽連谷夫人，那樣若有一天自己被人滅了口，好歹也能期待人家看在自己娘子毫不知情的分上饒了她。

他輕描淡寫道：「不過是有錢人家的富貴病罷了，他們怕死得很，這才隔三差五的把我叫過來，其實屁事也沒有。」

跟娘子說謊的滋味實在太難受了，谷餘想，不過看這樣子那人應該認命了……或者說是看開了，說不準再過一段時間自己就能從自己親爹挖的坑裡爬出來，到時候就能徹底擺脫這段無妄之災了。

第九章

容辭在臨產前最後放縱了那麼一次，之後就老老實實的等待生產的時機。

李嬤嬤預測這一胎會是在三月初瓜熟蒂落，也不排除意外早產的情況，所以一進二月，整個山莊的人精神都緊繃了起來。

產房早就佈置好了，各類藥材、參片、止血石是李慎帶人親自去京城口碑最好的藥材鋪買的，裝了一車回來。

值得一提的是，那次斂青也跟著回去了一趟，目的地並非是恭毅侯府，而是靖遠伯府。斂青主要是替容辭探望母親溫氏的，無非都是把話往好裡說，讓她放心。

老夫人郭氏卻不好糊弄，所以斂青帶回去的消息半真半假，就說四姑娘在顧府被有心人陷害，流言纏身，侯夫人王氏雖嘴上說不信這些話，但其實還是心有芥蒂，為此還與維護妻子的顧二爺起了衝突，而四姑娘為了不讓婆婆和相公為難，自願出府為死者祈福，現如今正虔誠的抄經念佛，安分守己。

總而言之，就是既讓人覺得她出去仕是守孝道，是善解人意，又不至於讓人覺得她毫無地位，從而輕視溫氏，而且務必使人覺得真實可信。

事情很順利，這跟郭氏從顧府中打聽到的差不了多少，也便就這樣信了。

到了二月底，一切準備都已完善，這時候已經不再怕早產了，容辭每日就只能在園子裡被攙扶著走一圈，全當活動筋骨增長力氣。

這一日正值三月初一，傍晚吃過飯後，容辭就在斂青和鎖朱的攙扶下散步。她近來肚子已經非常大了，像是個沈重的水盆扣在身上，沒走兩步就要歇一歇，走到後院一處被假山環繞的天然溫泉旁已經走不動了，她正覺得腳底出了汗十分難受，就讓兩個丫頭扶著她坐到溫泉邊的軟墊上，脫了鞋襪想要泡泡腳。

斂青和鎖朱兩人分別在假山兩旁守著，防止有人誤闖，容辭將雙足慢慢的伸進水中，吁了口氣。

這時，似乎隱約傳來什麼東西掉進水裡的聲音。

容辭嚇了一跳，環視四周，發現這處泉眼很小，一目了然，並沒有什麼東西掉進去……等等，她看了一眼緊鄰溫泉的院牆——這個情景是不是似曾相識啊？

「謝宏……還是二哥？是你們嗎？」

果不其然，牆那邊再次傳來了動靜，這次是容辭非常熟悉的聲音。「阿顏，是我。」有圍牆隔著，容辭便也不著急，而是有條不紊的套上了鞋襪，隨即有些驚喜道：「你是什麼時候回來的？」

「剛到不久……那個梳妝盒還合心意嗎？」

謝睦正月十六之後第二天就回京處理正事了，只在二月初又回來了一次，順便陪在家憋得難受的容辭說了會兒話，就是在那時知道了她的生辰是在二月二十九，他自知自己每逢月底都會忙碌非常，怕是抽不出空來看她，就提前吩咐謝宏送了個紫檀木的梳妝盒來，權當生辰賀禮了。

這時容辭突然覺得腹中有一點抽痛，凝神感覺一下，又像是錯覺一般消失了，她沒當回事，因為從好幾天前開始，她就會時不時的突然腹痛，就像要臨盆了一般，第一次時把山莊上下鬧了個人仰馬翻，之後才發現是「假臨產」，並不是真的要生了，如是再三，她也就視若平常，不再一驚一乍了。

謝睦那邊久不聞她回答，略有些擔憂。「怎麼了，可是哪裡不適？」

容辭抱著肚子感覺已經不疼了。「沒什麼事……那盒子我自然喜歡，那樣好的整塊紫檀木本就難得，上面雕刻的竹報平安也很精緻，我已經把原先用的換下來了。」

說到這裡，她調侃道：「這麼好的賀禮，真是你選的？怕不是趙先生的眼光吧？」

謝睦的語氣帶上了笑意。「這真是好冤枉，我當真挑了好久才挑了個看得過眼的，怎麼反倒成了別人的功勞了？」

容辭也笑了，又問道：「對了，你怎麼這個時候在園子裡？也是出來散步的嗎？」

那邊突然沈默了片刻，謝睦才有些不自在道：「……嗯，是在散步……」

容辭並未察覺他的不自然，因為她發現自己的肚子竟又開始疼了，這一次比之前每一次都明顯，她開始感覺不對了——之前從沒有兩次疼痛相隔的時間這樣短過。

接著，她感覺底下像是流出了什麼東西，不由自主的叫了一聲，反應過來後立即喚斂青、鎖朱，兩人馬上跑了過來。

謝睦警覺道：「出了什麼事？」

容辭鎮定的閉目感覺了一番。「沒什麼，可能是見紅了……」

「什麼?!」

「二哥別急。」容辭準備這一天已經很久了，自然對這方面的常識都十分清楚，她一邊在兩個丫頭的攙扶下嘗試著站起來，一邊解釋。「這還不算正經臨產，離生還早著……」

話還沒說完，就見謝睦從牆的另一邊不費吹灰之力便翻了進來，落地甚至沒有聲音，他足尖一點便到了容辭身邊，伸手將斂青拂開，輕輕一托就使容辭站了起來，彷彿一個足月的孕婦和她腹中的胎兒毫無重量似的。

容辭半靠著他哭笑不得。「二哥你先別著急，離真正開始生產還久著呢，先讓她們扶我回去吧，耽誤不了的。」

謝睦從沒經歷過這個，當然什麼也不懂，只隱約聽誰說過見紅就是要生了，完全不知道其實還有一、兩天生產才會真正開始，於是急得手足無措，即使容辭解釋過了也依舊半懂不懂，一聽她還要慢悠悠的走回去更是不敢置信。

他看了眼瘦得沒兩斤肉的鎖朱與斂青，怎麼也不能放心，於是一把將容辭打橫抱起來，一邊快步走一邊說：「無意冒犯，只是……還是我送妳回去吧。」

容辭非常非常驚訝，她兩輩子從沒被人這樣抱過，但她也知道此時不是掰扯怎麼回去的時候，便也只能聽之任之了。

她感覺謝睦的步伐走得非常穩，她在他懷裡幾乎感覺不到顛簸，只是緊緊抓住他衣服的手慢慢感覺到了有水滲出的濕意，再看他一頭長髮濕漉漉的胡亂束起，現在還在滴滴答答的往下落水，和他平時衣冠整齊的樣子截然不同，就知道謝睦剛才說正在散步九成九是在扯謊——他肯定是在沐浴泡湯，只是當著她不好意思承認，才說是散步的。

可是他現在卻什麼也不管，就這樣隨意穿了一件單衣就翻牆過來急著想幫她。

容辭既無奈，又覺得有些感動。

謝睦懷裡抱了個人，速度卻一點也不慢，斂青、鎖朱都要小跑著才能跟上。

兩個丫頭互相給對方使眼色，都是欲言又止，可最終也跟容辭想到一起去了，覺得現在最重要的不是誰來送容辭回去、是走著回去還是被抱著回去，而是先妥善的將她安排進產房才是。

很快，謝睦在斂青的指引下將容辭放在產床上，他們的動靜不小，李嬤嬤等人已經得到了消息，正圍在床邊。

謝睦到底是外男，見狀想要退出去等，沒想到還沒起身就被容辭一下子握住了手。

她現在還沒開始陣痛，語氣也很平緩。「二哥，你照我說的做，你剛從京城過來，想必也累了，先回去好好休息，這衣服還是濕的呢。」

謝睦這時候怎麼能放心回去，聞言輕聲道：「我就在外面等著好不好？」

一陣不算嚴重的疼痛襲來，容辭的手下意識用力，讓謝睦有些無措，只能也跟著握住她的手安慰她。

疼痛只持續了幾息，很快就過去了，她這才鬆了手搖頭道：「離真正開始生怎麼也要一天的時間，就連接生的人也要趁現在多休息，養精蓄銳。你要是現在一直守著，肯定吃不消。」

見謝睦仍是不放心的樣子，她露出一抹淡淡的笑意。「況且，你要是一直等在外面，我還要分神來擔心你的身體……二哥，你聽我的話，別叫我掛心……」

謝睦沒辦法，只得點了點頭，回了謝園。

容辭這才放了心，對李嬤嬤說：「怕是已經見紅了，但疼得不嚴重。」

李嬤嬤也沒心情問其他了，快速檢查了一番。「確實是見紅了。」她一邊幫著容辭換下衣服，一邊吩咐宋三娘。「廚房再多做一點吃的送過來。」

容辭道：「我剛用了晚膳，現在還撐著呢。」

「只是預備著罷了，從現在開始這屋裡時時都要準備吃食，要不等疼厲害了哪裡騰得出手吃飯呢。」

容辭換好衣服坐在床上，面上終於顯出了隱藏的忐忑。「嬤嬤，是不是真的很疼？我會不會……」

「不會的，不會的……」李嬤嬤摟住她，輕聲安慰道：「妳的身體很好，胎位也正，一定會很順利。」

容辭閉上眼，在她懷裡點了點頭。

謝睦回到謝園換了衣服，將頭髮擦乾。面上雖恢復了一貫的波瀾不驚，心裡還是有些放心不下，本想讓谷餘去看看，但想到容辭說過現在還沒開始，現在派人過去說不定只是添亂，只能按捺下來。

他說是回來休息，可是心中存了事又怎麼能靜下心來，所以雖早早地躺下了，卻一整晚都在輾轉反側，半夢半醒間也不知作了什麼夢，只依稀記得好像是聽見了孩童發出的淒厲哭聲。

一晚沒睡好，到了第二天臉色也很不好看，惹得家裡的下人都繞著他走。

好不容易到了初二的晚上，謝睦心慌得越發厲害，臉上看不出什麼來，但心莫名其妙的越跳越快，他擔心是不是出了事，便帶上谷氏夫婦並趙繼達去了隔壁。

路上谷餘好奇道：「只是鄰居而已，生的又不是你的孩子，怎麼如此上心？」

謝睦皺眉道：「不要胡說，我與她也算是相熟的友人了，她年紀還小，身邊得用的人又少，心裡不定有多害怕，我只是幫朋友的忙罷了……」

谷餘撇了撇嘴，暗地裡對他冠冕堂皇的話嗤之以鼻。

等到了地方，就見產房周邊圍了一圈的人，謝睦的心猛地一跳。

莫不是……

鎖朱也在其中，眼尖的先看到了謝睦幾人，便過來打了招呼。「是謝公子啊，我們姑……夫人已經在生了，不過好像還要很長時間。」

謝睦放下心來，接著道：「這是我身邊的谷大夫，醫術也算精湛……」

鎖朱高興道：「這樣正好，裡面懂接生的只有李嬤嬤一個，其餘人只能打打下手，已經有些忙不過來了，」但她轉念一想又有些為難。「不過，男子的話……」

谷餘擺手道：「順產的話且用不上我，我夫人照料生產的婦人比我還熟練，讓她去幫忙就好，若真的有什麼……到時候再叫我也不遲。」

鎖朱便帶著谷夫人進了產房，向李嬤嬤說明了情況。

李嬤嬤自然也很歡迎，因為怕人多生變，節外生枝，她便沒敢從外面找產婆，自己一個人雖也夠用，但到底忙亂，如今有個能信任的大夫，也能解一時之急了。

容辭剛剛經歷了一波陣痛，此時稍稍緩了過來，見谷夫人滿頭白髮，面目慈祥，是個上了年紀的老婦人，就露出一個略帶疲憊的笑來。「煩勞您了。」

「這可不敢當。」

谷夫人不算大夫，不如李嬤嬤知道的醫理多，但她曾隨著丈夫周遊天下，行醫救人，不方便男人出面的接生等事都是她來做的，在這些事上經驗遠比李嬤嬤要豐富。

先淨了手，然後上前去看宮口的情況，谷夫人檢查了一番，先有些驚訝的頓了一下，又去摸了摸容辭的肚子，見她精神還好，胎位也正，便知她被內行的人悉心照顧得很好，心中安定了九分。

她柔聲對容辭道：「不用緊張，妳的情況很好，不出意外，明天就能瓜熟蒂落了。」容辭笑了笑，馬上被捲進了新一輪的疼痛中。

屋外的人都有自己的差事，過了一會兒便忙碌起來，只剩下謝睦等人還在守著。趙繼達見謝睦不像是看兩眼就要走的樣子，便給他和谷餘一人搬了一把椅子來，先請他們坐下。

谷餘二話不說立刻一屁股坐下了，然後饒有趣味的看著謝睦看似淡定，實則坐立不安的樣子，心中暗笑：普通友人？那你的友人面子可真大……

趙繼達眼見天越來越晚，但是謝睦還是沒有要走的意思，不免有些著急。「主子，咱們明天一早還要回京，您再不回去歇息，身子可受不了啊。」

這時房門打開，斂青端著一盆鮮紅的血水快步走了出來，與眾人擦肩而過。

謝睦臉色難看起來，他抿了抿嘴，話中露出了幾分隱忍的煩躁。「行了！那就多留一天，你不要說話了！」

這話外人聽了說不定覺得謝睦還遠不到發火的程度，但趙繼達十分瞭解他，立即被他的語氣嚇得一聲不敢吭了。

時間慢慢流逝，斂青、鎖朱一趟趟的換來乾淨的熱水，廚房也一刻不停的燒水熬藥以備不時之需，產房裡倒沒怎麼傳出慘叫，偶爾容辭痛得實在忍不住了喊一聲半句的，谷夫人便會耐心的勸她再忍耐一下，多保留力氣用在生產上。

不知不覺一夜便過去了，天已經亮了，可是孩子還是沒有生出來。

谷餘不挑地方，昨晚到了時間便說睡就睡，即使縮在椅子上也能睡得舒舒坦坦，對那時不時的呼痛聲更是聽得多了，半點也沒受影響。

趙繼達可不像他那樣沒心沒肺，在此之前他也不知道女子生育竟是這般痛苦且麻煩，這都痛了多久了，居然還沒完事，他看了一眼同樣一夜沒怎麼合眼的謝睦，覺得有些一言難盡。

自家主子是個什麼性子自己最清楚了，他性情頗為冷淡，也真不是什麼熱心的人，若是在之前，他遇上女人生產，就算是相熟的人，或者是諸公主命婦之類的，頂多也就是送個大夫、賞幾斤名貴藥材罷了，像今天這樣上心，一守就守一夜是絕不可能發生的事。

就像是對這溫夫人，一開始幫人家，也不過是舉手之勞順手為之罷了，並沒有多特別，可隨著兩人一次一次交集，他都還沒反應過來，他們就飛快的熟悉了起來，明明相處的時間也不長，他大多時候也在場，可就是不知道從哪一次起，他們的關係就親近到了這樣的地步。

尤其前些日子謝睦吩咐打開私庫，親自給溫夫人挑禮物的時候，趙繼達真是下巴殼都要驚掉了，別人不知道他還能不知道嗎？就連當初送太上皇的萬壽賀禮都是他挑的，謝睦不過等挑好了看兩眼罷了，半點不費心。

謝睦偶爾提起溫夫人的次數其實也不算多，只說人家是他少數能聊得來的朋友。

可是……男女之間單純的友誼，當真會這樣親密且微妙嗎？

趙繼達是個閹人，他直覺主子的狀態很不對，但也不能真的確定他們之間有曖昧，只是在心裡暗暗著急——主子能找到個知心的人是好事，總比一個人冷冷清清的孤獨終老強，但若是那人是個帶著孩子的有夫之婦……那就未免有些難辦了。

雖不是說完全不行，但到底容易惹人非議，不如與家世清白的小姑娘相處來得順利。

趙繼達想了好久，思維發散得無邊無際，連到時候怎麼逼迫人家丈夫和離都想出了四、五個方法，滿腦子都是怎麼能替自家主子解除後顧之憂。

容辭這時已經有點沒力氣了，從昨晚到現在，一開始疼痛尚可以忍耐，還能抽空休息，到後來越來越痛，間隔的時間也越來越短，疼得狠了叫也叫不出來，只能咬牙忍著，到了現在，她已經是疲憊非常，累得有些張不開嘴了。

眼淚順著臉頰流下來與汗水混在了一起，她輕聲道：「嬤嬤，我好累，也好疼。」

李嬤嬤關心則亂，看她痛苦虛弱的樣子也是心如刀絞，十分著急。反倒是谷夫人經驗豐富，知道危險其實不大，安慰道：「夫人別急，就要生出來了，妳看外面的陽光多好啊，妳的孩子馬上就要生在這豔陽天裡了。」

容辭勉強打起了精神，看向窗外，果然見金色的陽光透過窗縫照射進來，映出了一條條光斑。

她閉了閉眼，想像著將來母子兩人在陽光下嬉鬧的景象，終於鼓足了動力。

「我……休息好了，再來吧……」

山莊裡的下人該做的都做了，此時只能等在門外，最後的事就只有靠容辭自己，沒有任何人能替得了她。

眾人聽著房內傳來的慘叫，都堵在門口揪著心，正著急著呢，突然聽到一聲清脆響亮的啼哭聲——

孩子終於降生了。

所有人都鬆了口氣，心想這可真不容易，抬頭看了看天色，竟已經到了正午了。

過了一會兒，李嬤嬤抱著襁褓出來了，平常總板著的臉上堆滿了笑意。「母子平安，是個小少爺！姑娘說多虧了你們，吩咐我把孩子抱出來給你們瞧瞧。」

眾人臉上都洋溢著喜悅，一擁而上把孩子圍起來，七嘴八舌的討論起來。

鎖朱道：「你們看看，這小嘴兒長得真好。」

溫平就愛跟人對著說：「嘴巴還是有些薄了，眼睛才長得好呢。」

有人疑惑。「眼還沒睜開呢就能看出好來了？」

「你們這就不懂了吧，眼縫這麼長，等睜開了肯定是一雙大眼睛。」

謝睦等了這麼久，也不過就是為了等一句「母子平安」而已，此時已經知道容辭的情況很好，他現在也沒法進去探望，留下也沒什麼用處了，便帶著趙繼達想要回去。

那邊幾個人在逗孩子，沒說兩句就把孩子吵醒了，皺了皺小鼻子就張嘴哭了起來。

謝睦剛走了兩步就聽見了這哭聲，他下意識把它與昨晚夢中孩子的哭聲聯繫了起來，其實二者並不相同，一個只是單純的哭聲，另一個卻飽含了淒厲、惹人痛苦的意味。

他頓了頓，猶豫了一下，還是回頭來到人群中，他們被孩子的哭泣嚇了一跳，都忙不迭的往後退了幾步，生怕被李嬤嬤責罵，正留下了空子讓謝睦走進。

謝睦低頭看著孩子，他還很小，渾身紅彤彤的，哭得五官都皺在了一起，也看不出什麼薄唇大眼來。但他卻莫名的覺得這孩子比之前見過的所有新生兒都可愛。

他本想就這樣看一眼，但此刻看著他哭得撕心裂肺的樣子，一隻小拳頭掙脫了襁褓，一邊哭一邊揮舞，他竟鬼使神差的抬起手，在李嬤嬤詫異的目光裡，輕輕碰了碰那小拳頭。

下一刻，他就感覺到了手指的熱意，那孩子居然立即張開小手將他的食指尖握了起來，哭聲也慢慢停了。

丁點兒大的嬰兒咂吧咂吧嘴，緩緩地睜開了眼，露出了一雙像葡萄一樣的大眼睛，靜靜地瞅著他。

那一瞬間謝睦說不上來自己究竟是什麼感覺，只覺得心都好像軟成了一捧沒有絲毫稜角的流水。

他的眼神一下子柔和了下來，輕輕動了動手指，就像是在和孩子打招呼似的。

其實剛出生的嬰兒看東西應該非常模糊，幾乎看不清什麼，但這孩子的眼珠濕漉漉的，一個勁兒的盯著謝睦，小鼻子小嘴時不時的動動，被這樣的眼神注視著，即使是鐵石心腸的人怕也要化了。

謝睦很想去抱一抱，但李嬷嬷從剛才起一直挑著眉毛盯著他，他最終也沒能得償所願，只得依依不捨地將手抽出來，看那孩子徒勞的攥了攥拳，卻什麼都沒抓到，眉毛一皺一皺的，像是很不滿意。

謝睦艱難的拔開眼，看著李嬷嬷道：「我們先告辭了，谷大夫和谷夫人會留下來幫忙。」

李嬷嬷觀察了他許久，方道：「今天的事您幫了大忙，我們都非常感激，自會好生招待兩位大夫……我們夫人的夫君不在跟前，難免六神無主，多個人照料本是很好。」

謝睦抿緊了唇，垂下雙眼。「替我向阿顏問好，就說我改日再來看她。」

李嬷嬷看著謝睦的背影若有所思，溫平上來在她耳邊輕輕道：「怎麼樣，我沒說錯吧？」

李嬷嬷瞥了他一眼。「你也只有在這種事上有點用處了。」

產房裡收拾得已經差不多了，李嬤嬤便抱著孩子請谷餘一同進去。

容辭雖有些脫力，但到底身體底子好，加上剛才看到孩子的振奮，此時已經緩過氣來了。

她從李嬤嬤進門起就眼巴巴地盯著她懷裡的襁褓，看得李嬤嬤哭笑不得。「別盯了，這就給妳抱過來。」

說著將孩子放在了容辭的枕邊。

容辭費力的撐坐起來一點點，輕輕地撫摸著這還發紅的小臉，見他的眼珠微微轉動，還把小手放在嘴邊啃來啃去，啃得一手口水，那情景實在惹人憐愛。

她有些懊惱道：「剛剛還閉著眼呢，才一會兒的工夫就睜開了，聽說孩子一睜眼瞧見誰就會跟誰親，早知道我就多等等了。」

李嬤嬤頓了頓，而後自然的接道：「人又不是鳥雀，妳想得也太多了。」

谷餘這是第一次見容辭，見她姿容甚美，神情溫柔，即使現在未穿華衣不施脂粉，還因為剛才的生產而頗為狼狽，都不能掩蓋氣質出眾，人雖年輕，但眼神鎮定自若，不露怯懦稚氣，很是與眾不同，心中倒也能理解謝睦的表現了。

他先給容辭把了脈，點著頭道：「一切正常，只要把月子坐好了，必能恢復元氣。」

「孩子怎麼樣？」

「在胎裡養得很好，並沒什麼毛病，也不需額外調理。」

容辭聽了更加放心。

這時李嬤嬤道：「谷大夫，我們這邊不是很方便，就沒找奶娘，親自餵養的話對母親的身體有影響嗎？」

溫氏當初就是怕生下容辭後奶水不夠，這才找的李嬤嬤，時下貴族大戶都盛行請三、四個乳母餵養一個孩子，也都覺得主母親自餵養既失體面又傷身體，李嬤嬤雖也懂產育之道，但許多醫者提起餵養之事也是眾說紛紜，沒個定論，因此便想找這位谷名醫問問看。

「乳汁乃母親精血所化，生母親自來餵養孩子自然對孩子更好，但也有損母親精氣，不過這只是在一般人家，其實只要吃得好，休息的時間夠了，也沒什麼關係，反而能使母子連心，更加親近。」

李嬤嬤點頭。「聽了您的話我就放心了，我餵養我們夫人的時候沒覺得怎麼樣，可輪到她奶孩子了，就還是不放心。」

谷夫人笑道：「妳也是關心則亂，明明自己就是行家，何必來問他。」

李嬤嬤自己也覺得好笑。

容辭一點一點的觀察著孩子的五官，鬱悶道：「父親說過我一生下來就能看出長得和他十分相像，怎麼這孩子小鼻子小嘴的，也看不出長得什麼樣子啊？」

「那是老爺在吹牛。」李嬤嬤道：「妳剛出生的時候還不如小少爺長得好呢，皺皺巴巴的，臉還憋得發紫，像個小老頭一樣。」

「什麼？」容辭不敢相信。「當真如此嗎？」

谷夫人也低頭端詳了一番襁褓中的嬰兒。「這孩子在新出生的孩子裡的確算是長得頂好的了。」說著又對容辭道：「夫人這是第一胎的緣故，所以覺得奇怪，等再生上幾個，就什麼都明白了。」

容辭將臉與兒子的臉貼在一起，感受著他細細的呼吸。「有這一個就不錯了，哪裡還有什麼其他的。」

「那可說不準，我看夫人必定是個多子多福的命格。」谷夫人別有意味的一笑，然後又想起一事，提醒道：「不過女人生太多也不好，到時候還是要想辦法，不要因為生育拖垮了身子。」

容辭與李嬤嬤對視一眼，都不解這話的意思，又轉念一想，老人家年紀大了，想到什麼就說什麼也不奇怪，因此也沒再細究她的話。

容辭想他們夫妻守了這一夜肯定也很累了，使叫人收拾好了房間，請他們先去休息。不想兩人都推辭。「我們就住在隔壁，不過兩步路，回去歇歇就是，若哪裡再有不適，隨時叫我們也不難。」

說著就告辭走了。

鎖朱因為被李嬤嬤嫌棄不夠穩重而在產房幫忙，此時好不容易能進來了，蹲在床頭邊看著容辭專心致志的逗兒子。

斂青見了便提醒道：「小少爺的名字還沒取呢。」

容辭其實很早就在想這事了，但是想了好多名字都覺得不合適。「還是定不下來。」

「那總得先取個小名叫著吧？」

容辭想了想。「我聽說民間取名字都很簡單，說是賤名兒好養活。」

「那也不能太粗俗了。」鎖朱抬頭道：「那些什麼大寶啊、鐵柱啊之類的就算了吧，我叫著總想笑。」

容辭想了想，也覺得可能叫不太出口。「那叫什麼呢？壯兒？不行，跟人家重了……長生？嗯……有點像女孩的名字。」

她看著兒子圓圓的小臉，突然福至心靈道：「他的臉這麼圓，不如乾脆叫圓圓算了。」

李嬤嬤琢磨了一下。「阿圓、圓兒、圓哥兒……都挺順口的，寓意也好，保佑咱們一家子平平安安、團團圓圓，就定下這個吧。」

容辭親了親兒子的小臉，目光極其柔和。「小東西，你以後就叫圓圓了。」

希望我們真能如你的名字一樣，互相陪伴，團團圓圓，再也不要有苦難災禍，你也能在愛與呵護下長大，永遠不會嘗到孤獨寂寞的滋味。

剛出生的孩子長得格外快，幾乎是一天一個樣子，容辭眼睜睜的看他從皺巴巴的樣子長成了一個白白胖胖的糰子，還是覺得不可思議。

其實有時候不是懷了孕就能稱作母親，母子之間的感情也不是從知道有這個孩子開始就能憑空產生，所有的母愛都要經過對這孩子的強烈期待、艱難的生育，點點滴滴的陪伴，這樣一步一步的加強，以至於最終能對子女的感情愛若性命。

容辭這一個月裡，每日抱著圓圓陪著他逗他，看他無意識的露出第一次笑容，哄他入睡，看著他一點點長開，在他餓的時候給予哺乳。

每當自己精血化成的乳汁進入孩子的嘴裡時，那種滿足感動的滋味沒經歷過的人永遠也想像不出來，容辭這時候低頭看著兒子，感覺自己為了他當真能豁出命去。

這樣強烈的情感無時無刻不在沖刷著她的每一道思緒，幾乎將她以前對於母愛、對於子女、對於母子之情的所有認知通通推翻。

她有時甚至覺得，當初自己重生歸來決定留下這孩子時，完全是出於想要個骨肉陪伴的私心，裡面對孩子本身的愛意可能微乎其微。因為那時候她想的都是留下他，自己就能不再孤單了，到了懷孕中期，孩子在腹中會動了，她才開始真正開始以母親的思維思考這孩子將來會是什麼樣子。而現在，看著孩子在懷裡一邊笑一邊揮舞小手，她覺得自己為了保護他甚至可以隨時去死，並且無怨無悔。

她在孩子出生之後，才真正成為了一個母親。

圓圓已經滿月了。

容辭好不容易出了月子，感覺終於完成了任務似的，把頭髮洗得乾乾淨淨，身上也用溫水沖了好一陣。

她感覺自己在屋裡待了好久，打開房門的那一刻都覺得恍如隔世，迫不及待的想出去活動活動，容辭本來以為自己怎麼也能圍著園子走一圈才回去，可是卻沒想到她已經不是一個月之前的自己了。

容辭剛走了幾步，還沒到大門口，就聽見圓圓在屋子裡哭的聲音，當真是心裡一揪，什麼玩樂的心也沒了，勉強在外面逛了一小段，滿腦子都是孩子孩子孩子，最後還是認命的回去了。

走進屋裡，見李嬤嬤正抱著孩子哄呢，容辭擔憂道：「還在哭嗎？我來抱抱。」

說也奇了，圓圓一到親娘的懷裡很快就停止了哭聲，半張著嘴巴一眨不眨的看著她。

容辭哭笑不得。「我這才走了幾步啊？這麼小的孩子能認人嗎？」

李嬤嬤道：「按理說是還分不清人的，誰知道這麼點兒的小人怎麼那麼精。」

「既不認人，也可能是趕巧了，」容辭抱著圓圓邊走邊哄。「他晚上挺乖的，醒了也不怎麼哭。」

「那就不要經常抱在懷裡了。」李嬤嬤勸道：「嬰孩兒也能養成習慣，妳要是一直抱著他，到時候他習慣了能認人了，放下他就哭，換成別人也哭，能把妳折磨得睡也睡不著。」

容辭無奈的笑道：「這不是捨不得他嗎？一時半刻不見就揪心，這可怎麼辦？」

「這是他乖的時候，等他大一點能鬧騰了，看妳還想不想抱。」

「我小的時候也這樣嗎？」

李嬤嬤道：「妳比圓哥兒皮多了，還沒滿月就鬧得人仰馬翻，稍不如意就哭得震天響，抱在懷裡哄著就歇歇，一放下就不依，真真能磨死個人。」

容辭聽著都笑了。

這時，守門的來通報。「姑娘，隔壁來人了，說是來探望您和圓哥兒。」

謝睦在容辭生下圓圓的那天下午已經回京了，現在來人也不知是他本人還是託的旁人過來，容辭也沒在意，她將圓圓抱進臥室，讓斂青先帶一帶，出來就說：「把人請進來吧。」

來人是謝睦。

「二哥是大忙人，怎麼有空過來？」

謝睦今天誰也沒帶，隻身一人前來，正坐在椅子上喝茶，聞言無奈道：「這是怪我沒來看妳嗎？」

容辭眨了眨眼。「我可不敢。」

「這個月家裡諸事繁忙。」謝睦看了一下在一旁守著一步不離的李嬤嬤。「況且妳之前還沒出月子，我來了怕也要吃閉門羹吧？」

其實上一次就是忙得昏了頭卻硬是擠出空閒過來的，本想來放鬆一下緊繃的精神，再和她說說話，誰知偏又撞上她生產，強留了三天之後只能再馬不停蹄的趕回去。

「誰怪你了。」容辭笑道：「不過玩笑罷了，自然是正事要緊，我這裡有了孩子，也不寂寞了。」

謝睦想起上一次來見到的那個握著他手指不放的孩子，心中一動。「那孩子呢？」

「在裡間呢。」容辭喚道：「斂青，把圓圓抱過來。」

斂青把孩子抱了出來，容辭小心的接過來，見孩子正皺著眉毛，一副不高興的樣子。

「哎呀，咱們圓圓怎麼了？怎麼不開心了？」

謝睦也湊近了一點，見他比之前長大了好些，小臉蛋白白嫩嫩的，頭上生了好多胎髮，瞧著健康極了。

圓圓可能感覺到自己上方的光源被遮住了，一雙黑眼珠向上轉動，像是在找人似的。

謝睦道：「可否讓我來抱抱？」

「行啊。」容辭乾脆的答應。「就是動作輕一點，這小東西挑著呢。」

謝睦從未抱過孩子，自然有些緊張，他笨拙的接過圓圓，卻不知怎麼擺弄，只覺得懷裡的孩子軟得彷彿沒有骨頭，抱起來像是稍用力就能捏壞了似的，他急得額上出了細細的汗珠，卻仍是固執的試探著，輕易不想放手。

容辭在旁邊教他怎麼抱孩子，見他好不容易抱得有模有樣了，卻還是一副小心翼翼、如臨大敵的樣子，忍不住笑道：「你這個年紀了，怎麼比我剛開始抱他的時候還不如？」

謝睦專心致志的盯著孩子看，覺得既新奇又滿足，連之前心裡那不可觸碰的隱痛都不在意了。「我子女緣淺薄，這也是我第一次抱這麼小的孩子呢。」

容辭愣了愣，他現在還沒有兒女嗎？怪不得只說和妻室分開了，卻從不提孩子。

她自然知道他這個年紀的男子還沒有子嗣是多大的打擊，聽了這話便吶吶的不知說什麼好了。

謝睦沒聽見容辭說話，抬頭正看見她面帶憂色，反而勸道：「妳不需如此，這本是我沒那個緣分。」

若是谷餘聽見他此刻的話，怕是得把白眼翻到天上去——也不知當初為這事難過得憋出病來的是誰，明明知道沒用，還偏要每半年把他從海北天南拽回來看診，這時候當著人家姑娘的面就故作灑脫，裝什麼大尾巴狼？

不過現在的謝睦也確實看開了不少，之前總覺得沒有親生骨肉是人生一大憾事，可是此刻懷抱著小小嬰孩，看著他亮晶晶的眼睛，竟也開始覺得有沒有血緣相繫也並不是那麼重要了。

人的緣分有時也古怪，像是他和這孩子，本沒有交集，卻一見之下便覺得親近；而他和自己的父親，明明是至親父子卻也可以兩看相厭，可見這世上的緣法並不全然是以骨血維繫的。

謝睦從小就聰慧絕倫，學什麼都快，抱孩子的手法自然也不例外，很快就十分熟練了，他試探的微微搖晃手臂，果然見圓圓咧開嘴很是受用的樣子。

「他是叫圓圓嗎？」謝睦問道：「是哪個字？」

「是方圓的圓，只是當小名兒叫著。」容辭提起這事就頭疼。「大名我擬了不下百十個字，但又覺得哪個都不相稱，現在還沒定下來呢……」

說著她便見謝睦正目光灼灼的看著自己，不由笑著打趣。「怎麼，二哥也想一展才學嗎？先說好，若是取得不合心意，我可不會答應的。」

謝睦思索了一會兒。「既然小名是方圓的圓，大名不若也延了這個音，豈不方便？」

「你是說哪個字？」

「元亨利貞的『元』字如何？」謝睦沈吟道：「大哉乾元，萬物資始。有起始的意思，他生在昭文元年春天，萬物復甦的季節，再合適不過了。」

容辭略有意動。「字是好字，可是也未免太大了，我怕他人小運勢不足，擔不起這個字啊。」

「無妨。」謝睦脫口而出。「我問過了，他生在今年三月初三午正，是再健旺不過的命格，自是壓得住……」

還沒說完便反應過來自己說了什麼，不由羞赧的住了口。

容辭已經聽清了，驚訝道：「你怎麼比我還清楚？我都沒想起來找人算一算呢。」

謝睦儘量輕描淡寫道：「不過碰巧遇上懂這些的人，隨口一問罷了。」

「哦……」容辭拖長了調子。「多謝你『碰巧』費心了。」

兩人對視一眼，不約而同的笑了起來。

好不容易止了笑意，容辭便道：「既然如此，我也不讓你白白費心了，就用這個『元』字吧。」

謝睦如願以償，面上不露聲色，心裡卻非常高興。「我特地找人打造了一塊赤金嵌八寶的長命鎖，不巧臨出門卻忘了捎上，下回過來必定帶來，他現在戴不了，妳先給他收著。」

「何必如此破費。」容辭知道他口中送得出手的物件必定不凡，推卻道：「他還這麼小，再好的東西也用不上，不如你留下，若碰上哪位親戚家年紀大一些的孩子，拿去做個人情，豈不比給他這還分不清好壞的嬰兒好些？你的好意我替他心領了便是。」

提起「親戚」二字，謝睦臉上便帶了冷意。「他們如何能配得上好東西。」

說完又怕嚇著容辭，便放軟了語氣。「那是我特地為圓圓準備的，妳若再推辭，莫非當真不願領情嗎？」

容辭沒辦法，只得應下，一邊捏著兒子的手，一邊在心裡想著如何回一份更貴重的禮，也好還這個人情。

這時謝睦眼睛看著孩子，嘴上卻狀似漫不經心的問道：「既用了這個字，那他的全名便是『溫元』嗎？」

容辭手上的動作一停，好半晌才低著頭答了一個「嗯」字。

她之前便跟李嬤嬤商量過，這孩子若要出現於人前，只能假託是母親溫氏那邊的遠方親戚，溫氏的近親已經都不在了，遠房的親戚也各自山高水遠久不相見，彼此之間也分不清誰是誰，這樣一來，費些許力氣就能圓得天衣無縫，如此自然不能跟著容辭姓許，只能姓溫。

容辭提起這個心裡有些不自在，但謝睦卻不自覺地勾了勾嘴角。

圓圓有些睏了，在謝睦懷裡打了個小呵欠，他不知所措。「這就要睡了嗎？該怎麼辦？」

容辭道：「把孩子給我吧，讓他進去睡去，抱了這麼長時間，胳膊不累嗎？」

謝睦一點感覺都沒有，反而還想繼續抱著，但也明白孩子休息最重要，就把圓圓送還到了容辭懷裡。

容辭親自將孩子哄睡了，送到臥室裡安頓好了才出來。

謝睦待她出來後便提出告辭。「妳就和圓圓好好休息吧，我明天一早走，也不能過來道別了。」

容辭十分納悶，問道：「你家在京城，當初為何在此處置辦園子？公務繁忙，還要來回奔波，不是很辛苦嗎？」

「是當初谷大夫提的，」謝睦怕吵醒圓圓，低聲解釋道：「我當初身體出了些問題，積勞成疾又寒氣侵體，遇冷便周身疼痛，他就提議冬天每個月抽出幾天來泡溫泉，放下公務休養生息，自可緩解病痛，我愛清靜，並未去仰溪山，反選了這裡。」

容辭仍是不解。「現在已經是春天了呀，京城都已經回暖了，你又是忙得腳不沾地的樣子，若想休息暫停公務便是，何苦受這奔波之苦？」

謝睦被她噎了一下，好半天才道：「我不過是躲躲清靜罷了，怎麼？剛剛還怪我不來探望，現在又嫌煩了嗎？」

容辭哭笑不得。「你明知我是好意，怎麼反倒故意曲解了起來，我記得當初咱們剛認識的時候你可是十分君子，沈默寡言話也沒有幾句，怎麼現在也學會開玩笑堵人了？」

謝睦微微有些愣神，片刻後道：「這是熟悉了的緣故，我也沒有妳說得那般沈悶……」

謝睦回去了之後，容辭進臥房去看兒子，見他嘟著粉紅的小嘴巴睡得正香，便低頭輕輕地摸了摸他的臉。

李嬤嬤小聲道：「圓哥兒當真要用那個名字？」

「當然，既定下就不改了，溫元……」容辭念叨了幾遍。「這名字也很合我的心意……怎麼，嬤嬤不喜歡嗎？」

「也不是……算了，姑娘覺得好就行了。」

溫元便溫元吧，只要名字好，誰管是誰取的……

容辭輕輕摸了摸圓圓頭頂的胎髮。「這名字簡單，寓意也好，只是——」

——元亨利貞。首出庶物，萬國咸寧。

這意思中的期冀也太遠太大了……我只求你平安健康，長樂無憂就夠了。

第十章

「二奶奶，孫輩的各位爺並各位奶奶都已除服，可以在外走動了，可侯爺眼看著也就是這兩個月的工夫，請您務必早些回府，也好全孝道。」

恭毅侯府派來的婆子正跪在下邊向容辭稟報，態度很是恭敬。

現在的守孝之禮比古時候略微精簡了一些，孫輩者無論是否嫡長，皆服一年，顧老夫人是前年十一月沒的，現在算一算，顧宗霖等人已經除服兩月有餘了。

容辭儘量顯出一副哀容來。「父親竟已病重到這般地步了嗎？容我收拾幾日便趕回府中侍奉。」

婆子為難道：「二奶奶，您還是明日便動身吧。」

「這又是什麼緣故？」

「侯爺前些日子已經往宮裡遞了摺子，請封二爺為世子，前些天便傳出消息來，說也就是這兩日聖旨便要下來了，到時候所賜誥命禮服大妝等，皆需您親自驗看。」

本朝凡親王、郡王、一品公二品侯之嗣子皆封世子，在未襲爵之前都比其父等級降一品，也就是說，顧宗霖若被封為恭毅侯世子，那容辭則會隨夫受封三品誥命。

容辭閉了閉眼，覺得頭痛至極。「是不是還有旁的事沒說？」

那婆子吶吶的開口。「還有……侯爺病重，之前也就罷了，現在世子之位已定，正月十五宮內上元節大宴，侯爺沒法兒去，須得二爺與您一同赴宴。」

這真是……

前世顧顯因病去世那時，容辭已經搬到了靜本院，對於府中之事也徹底撒手不管了，所以什麼封世子襲爵之類的事也沒人來讓她出面，對外都說許氏病重，無法理事。

這一次顧宗齊早死了五年，沒想到居然將恭毅侯顧顯的身體一起牽連得早早病重了，連顧宗霖的世子之位也提前到手。

容辭想到又要回顧府，就覺得頭疼欲裂，伸手扶著額道：「我知道了，明天一早便回去。」

這時跟著一起來的朝英又來求見。

容辭其實很不想見顧宗霖身邊的任何人，但當著顧顯派來的人又不能太過分，只能忍著頭痛讓他進來了。

朝英一點馬虎也沒打，結結實實地跪在地上磕了頭。「小的請奶奶安。」

容辭抬手讓他起來。「我記得上次見你還是在半年前，你們二爺近來一向可好？」

現在已經是昭文二年的正月，去年中秋節之前顧宗霖總算下定了決心放下臉面，向王氏詢問到了容辭現在所居的地方，然後派人來問了一次她要不要回府過中秋，被容辭一口回絕後，小半年都沒有動靜，現在居然又派了朝英過來。

朝英每次見到容辭都莫名緊張，感覺比平日矮一頭，向來都不敢在她面前作怪，都是什麼好聽說什麼。「二爺一切都好，就是一直掛念著您。」

容辭挑眉，從鼻腔裡發出了一聲似笑非笑的聲音。「是嗎？那我多謝他掛念。」

朝英面不改色。「二爺怕您走得急，路上不方便，就吩咐我來搭把手，在這兒住一晚，明兒一起回去。」

容辭本沒在意朝英的來意，此时心裡卻咯噔一聲，那圓圓藏在哪裡？

她想了想道：「你去廚房找溫平，讓他把房間收拾一下，今晚同他住吧。」

溫平面粗心細，有他看著，朝英哪裡也去不了。

送走了顧侯派來的人，又將朝英打發了下去，容辭坐在正堂的椅子上發了一會兒呆，站起來向外走去。

這個山莊與謝園的正門隔了一段路，但與側門卻很近，容辭徑直走到側門口，守門的人遠遠見到她便開了門，跟給謝睦開門一樣順手。

容辭一路走到園子裡，路過的下人都自然地與她行禮。

「夫人萬安。」

「見過夫人。」

「夫人萬安。」

一開始見這陣仗容辭還有些不習慣，過了這大半年，她已經對他們的熱情習以為常了，便點頭回禮不提。

她走過正房，來到湖邊，見謝睦抱著圓圓在教他說話。

他可能怕孩子冷，硬是將身上的大氅拉開一些，把孩子放進去裹起來，只從他的胸口處露出一個小腦袋和一隻手臂，看上去讓他這嚴肅端正的衣著顯得有些滑稽。

謝睦抱著圓圓走到一棵松樹前，摘下一根松針讓他觸碰。「圓圓知道這是什麼嗎？」

圓圓懵懂的搖搖頭。

「這是松樹。」

「哄！」

謝睦糾正道：「不對，是松——」

「松！」

「對了，我們圓圓真聰明。」

他對著這孩子好像有無窮的耐心似的，又去教他「水」怎麼說。這個字不太好發音，圓圓學了半天，口水都要流出來了還是說不好。

謝睦怕他傷心就換了一個。「那圓圓知道我是誰嗎？」

圓圓眼睛轉了轉，剛要開口，突然看到了在後面的容辭，他的眼睛立刻亮了起來，迫不及待的張開小手。「娘！娘！」

謝睦心中一動，轉過頭來，見容辭一身雪白的狐裘，正亭亭立於不遠處，靜靜地望著他們。

「怎麼過來了也不出聲？」

容辭便走過來。「看你們正玩得開心，就不忍心打擾了。」

圓圓見到容辭就不老實了，小腿在謝睦的大氅裡蹬來蹬去，手也拚命往她的方向掙。

謝睦沒法子，只能將他從衣服裡拔了出來，送到容辭懷裡。「小東西，見了娘親眼裡就看不見別人了。」

容辭本來一直為回府之事頭痛，此時見兒子無比依賴的趴在自己懷裡，嘴裡不停地叫著娘、娘，心裡多少也有些慰藉。

謝睦伸手撫摸著圓圓的後腦勺，誇讚道：「這孩子好聰明，才十個多月，有些字就能說得很清楚了。」

容辭抱著孩子和謝睦一道沿著湖邊散步，聞言淡淡一笑。「你看他就從沒覺得有什麼不好的，說話早了就誇他聰明早慧，若是說話晚點兒，怕又想說什麼貴人語遲了。」

話還是正常的，但謝睦敏銳的察覺到她的情緒不太對，側過頭看了眼，便見她低垂著眼皮，面上似乎帶了鬱鬱之色。

他皺著眉將她的臉轉過來與自己相對。「這是怎麼了？」

容辭搖搖頭，繼續朝前走。

謝睦溫聲問道：「我好不容易抽空來陪陪你們，才來了半天工夫，就惹得妳不高興了嗎？」

容辭忍不住露了一點笑容。「你明知道不是。」

「剛剛妳那邊是怎麼了，讓李慎這樣心急火燎的把妳拉回去？」

「可不正是為這事發愁嘛……」容辭長長的呼出一口氣。「我夫家有事，這便要叫我立即回去。」

謝睦的眸色瞬間暗了一暗，隨即不動聲色道：「妳願意回去？」

容辭搖頭。「自是不願，可也不好推脫，好在時間不長，頂多不過兩個月就可以回來了。」

圓圓被母親頭上的金釵吸引了視線，一個勁兒的伸著手往上竄，他現在已經有些分量了，這麼鬧騰了一會兒就讓容辭的手臂開始發痠，謝睦見狀便極其自然的把圓圓接過來，拍了拍他的背。「圓圓是好孩子，不許再鬧你母親。」

這孩子確實十分聰明，這麼點兒大就已經能分辨大人話裡的意思了，被訓了這一句之後便不再鬧騰，只是在謝睦懷裡眨巴著眼睛，渴望的望著母親的金釵。

「他近來對這些亮晶晶的東西很感興趣，我連耳環都不敢戴了，就怕他什麼時候摘了吞到肚子裡。」容辭握著圓圓的小手搖了搖。「他還這麼小，我怎麼捨得將他留在這裡，可是有些事又偏偏不得不做……」

謝睦托著孩子的背，沈默了一會兒，突然抬頭道：「阿顏，妳想過和離嗎？」

容辭被嚇了一跳。「什麼？」

「你們既然兩不相見，連面子夫妻都算不上，就沒想過徹底分開嗎？」

容辭閉了閉眼，想過，怎麼沒想過，但那也只是上輩子能作的夢罷了。

上一世和顧宗霖一拍兩散之後，她確實有那麼一段時間想著乾脆和離算了，反正現在的風氣對女子也多有寬容，和離雖然不常見，但也說不上多麼驚世駭俗了，若真能斷個乾淨，也省去在顧府受人白眼了。

若是靖遠伯府容不下她，她也有大把的嫁妝，就算在外邊過得再不好，也比憋死在顧府強。

可是不論是和離或是休妻，決定權都掌握在男方手裡。也不知顧宗霖是怎麼想的，或許是不想和許家斷了姻親關係，或許是真的恨容辭入骨，反正結果就是他寧願生生的把她熬死在恭毅侯夫人的位置上，也堅決不肯和離或者休妻。

當初鬧得那麼難看，兩人都撕破臉皮兩看相厭了，和離之事都沒成，現在這個局勢，想要一刀兩斷就更不可能。這一世的顧宗霖和上一世的那人究竟算不算同一個人，前世今生的恩怨能不能相提並論，這些問題容辭至今也沒能想明白，現在的他什麼都不記得，更別提以前世的事為理由和離了。

何況今生母親尚在，她好歹是許氏的媳婦，怎麼也不可能跟著和離的女兒久居，若不到萬不得已，容辭也不想鬧得太難看，讓母親在許府受人輕視。

容辭長嘆了一聲。「算了，反正船到橋頭自然直，那些亂七八糟的事就留到以後再想吧，現在能這樣就已經是夢寐以求的日子了，還是不多生事端了。」

今晚朝英留在山莊裡，地方一共就那麼大，誰喊一句整個莊子的人都能聽得見，圓圓在母親身邊雖不愛哭，但容辭總怕有個什麼萬一，最後還是沒敢把他帶回去，便將他留在謝園內，託謝睦照顧一晚。

謝睦自然求之不得，沒有拒絕的道理。

圓圓自出生起就常到這裡玩，便是謝睦不在的時候，也常叮囑容辭自己多帶他到這裡逛逛，謝園就像是圓圓第二個家一般熟悉，他日常用的東西這裡也應有盡有，玩具比容辭那邊還多些。

謝睦將圓圓放在書房裡專門為他準備的羊毛毯子上讓圓圓自己玩，他則一邊看孩子一邊將該批的摺子批過，之後便和他一起玩耍，教他說話。

玩了一會兒，謝睦看著圓圓樂呵呵的小臉，突然像是之前在院子裡那樣問道：「圓圓，我是誰？」

圓圓想了想，把以前眼前這人教的想了起來，奶聲奶氣的開口道：「爹爹！」

謝睦輕輕摸了摸他的頭，眼神漸漸暗沈了下來。

趙繼達將茶水送來，正準備輕手輕腳的退出去，突然被叫住了。

「德妃的生日是什麼時候？」

德妃？

趙繼達常年跟在謝睦身邊，謝睦去哪裡他就去哪裡，謝睦熟悉的他才熟悉，要說現在問他溫夫人的生辰，甚至愛吃什麼愛喝什麼、喜歡戴什麼鐲子什麼簪子，他都瞭若指掌，問她有什麼習慣，他甚至能滔滔不絕的講半個時辰。

可是德妃麼……

趙繼達尷尬道：「這個，奴婢記不清了，好像是在下半年……」

這一年中除了上半年就是下半年，說了還不如沒說，謝睦卻不在意，直接吩咐道：「回去之後，你去調出昌平末年德妃生日那天所有出入宮闈的女眷名單，把十四、五歲的女子單獨挑出來，找出她們的姓名、娘家、夫家、現居何地……所有能查的都報給我。」

這次時間很趕，李嬤嬤帶著幾個丫頭忙裡忙外的收拾行李，容辭也有一搭沒一搭的將用得上的首飾裝進匣子裡。

李嬤嬤正琢磨著要帶多少衣服回去才夠用，一轉頭就看見自家姑娘坐在梳妝檯前發呆。她略一思索，輕聲吩咐其他人先出去，然後走到容辭身後，伸手按住了她的肩膀。「姑娘，妳得打起精神來才行啊。」

容辭回過神來，從桌上的水銀鏡裡看到了李嬤嬤寫滿了擔憂的臉。

「我這次得留下來照料圓哥兒，可妳那邊……」

「圓圓還小，妳留在這裡帶他再合適不過了。」容辭轉過身來抬頭看著她。「我剛才不是在擔心回顧府的事——雖然很不情願回去，但也還不至於害怕什麼的。」

「那妳在想什麼呢？」

容辭無意識的摩挲著手下的梳妝盒。「剛剛和謝二哥閒聊的時候，他問我想沒想過和離……」

「什麼？」李嬤嬤瞬間緊張了起來。「你們怎麼會說這個，這事是隨便能提的嗎？」

容辭驚訝於她的反應。「我自然知道此事不可行……我們不過閒談而已，並沒有多說什麼，只是略有感慨罷了……」

李嬤嬤抿了抿嘴，猶豫了半晌，終於嘆了口氣道：「姑娘，妳和那位謝二爺究竟是怎麼樣？」

容辭有些茫然。「什麼怎麼樣？」

李嬤嬤之前一直冷眼看著這兩人相處，並沒有多說什麼，就是因為知道自家姑娘情竇未開，凡事都不往情愛那方面考慮，若是在那時強加阻攔，萬一使她開了竅，反而容易弄巧成拙。

可眼看他們之間變得越來越親密，現在連這種話題都能不避諱的談及，李嬤嬤有些坐不住了——與其等人家那邊主動把窗戶紙捅破，還不如自己先給她提個醒呢。

她拖了把凳子坐到容辭身邊，神情變得十分嚴肅。「妳不覺得你們的關係太親密了嗎？這男女之間走得太近了……怕是要生事啊……」

容辭兩輩子幾乎都沒接觸過這些事，算起來對男女之情想得最多的時候竟是在十一、二歲時，那時候二堂姐許容婷剛剛出嫁，和夫君好得蜜裡調油似的，看得她十分羨慕，一心想讓母親給挑個和二姐夫一樣愛惜妻子的好夫君才行。

可是等自己真正出嫁了，才發現什麼所謂的情愛根本不存在，或許存在，但也是常人可遇而不可求的，反正她並沒有那麼幸運，當時她滿腦子都是愧疚、贖罪、擔憂，每天戰戰兢兢，挨了人家的冷臉也要用熱臉去暖，這樣幾年下來，要是真能對顧宗霖產生什麼愛慕之情，那就是活該她自己犯賤了。

後來和顧宗霖漸漸親近了起來，她的感情也轉化為了感激、依賴或者是相敬如賓的尊敬，究竟有沒有話本中所描述的那種相戀之情，她竟是完全分辨不出來。

——若沒有，那為什麼在兩人決裂時她會有失望的感覺？若有，當時她心中如釋重負的輕鬆感為什麼也是那麼強烈？

她沒有經歷過二堂姐所感受到的那種一眼看去便能分辨的愛與溫存，以至於至此她對於愛慕之情的概念都是模糊不全的，又如何能明瞭自己的心事？

此時李嬤嬤開口挑明此事，容辭愣了一下才反應過來她所言何事，臉色登時不由自主的變紅，連耳根都泛起了粉色，她捂住發燙的臉。「嬤嬤，妳這是說的什麼呀？」

李嬤嬤何等眼力，此時看她的情狀，心中咯噔一聲，她將容辭遮在臉上的手拉下來，緊緊握在自己手裡。「妳說實話，你們現在到底是什麼情誼？」

容辭的臉還在不自覺的發燙，但她此時還認為自己與謝睦之間只是朋友之義，兩人也沒怎麼有過曖昧輕浮之舉，便照實說了。「總之並不是嬤嬤所說的男女之情。」

李嬤嬤閉了閉眼，情知她也不算說謊，畢竟誰也不能承認自己也不知情的事。

容辭見她沒說話，心中便莫名忐忑。「我……我說的是真話。」

李嬤嬤搖了搖頭，嘆道：「人的感情原也不是那麼容易控制的……但是姑娘，不論之前如何，從今往後也必須與他保持距離了，你們的情分……有些過了……」

容辭想笑她想得太多，卻發現自己怎麼也沒辦法提起唇角，只能沈默了片刻後，輕聲說道：「妳放心……」

「那人是皇族謝氏的王孫公子，身分特殊，妳現在又是這麼個情況，便是他再有意，又能如何呢？不如趁他還什麼也沒說，各自離得遠些為好。」

容辭睜大了眼睛，喉嚨像是有什麼梗著似的，她勉強笑道：「嬤嬤這是說的什麼話，若要二哥……他聽見，說不定要嘲笑我們自作多情了。」

李嬤嬤也不想看到她如今的樣子，但若不及時止損，後面恐怕更加難以收拾，她伸手替容辭擦了一下眼尾，拍了拍她不由自主發顫的脊背，安撫道：「若是什麼事也沒有就更好了，就當是我人老眼花，思慮過多了吧。」

待李嬤嬤離開，容辭一個人趴在床上，感覺自己整個人都在止不住的戰慄，剛才的對話讓她覺得又難受又恐懼，她不知道自己這是怎麼了，也不知道該如何形容這樣的感覺，就好像心臟被綁著重石似的，又沈又痛得一個勁兒的往下墜。

理智告訴她李嬤嬤說的是對的，之前她沒想到這一點，但既然現在已經知道了，那與謝睦保持距離可能真的是必要的。

人的情感確實不可控，但幸運的是，行動好歹可以控制。

第二天一早，容辭帶著兩個丫頭上了馬車，臨行前囑託李嬤嬤等他們走遠了之後再去謝園抱回圓圓，以防意外，又仔細交代了孩子的習慣、作息。

李嬤嬤照顧圓圓也照顧慣了，這些自然早就知道，但她心裡知道容辭這是捨不得兒子，便也就一一應了，好讓她放心。

容辭到最後實在沒什麼好囑咐的了，只能最後望了一眼謝園的方向，依依不捨地上了車。

馬車不比騎馬，走得慢了好些，慢悠悠的顛簸了一路，總算到了顧府門口。

斂青將車門打開先下了馬車，容辭心中存著事，漫不經心的探出車外，冷不防見到久違的顧宗霖正站在下面，伸出一隻手，作勢要扶她下車。

容辭頓了頓，將手輕搭在他的手上下了車，隨即抽回手。「多謝二爺，您不用當值嗎？

怎麼有空過來？」

顧宗霖從方才起就一直在看她，眼神中有探究也有疑惑，看得容辭心裡發毛，不知自己又做了什麼招惹了他的注意。

顧宗霖收回目光。「今日休沐，想著妳回來，就過來瞧瞧。」

那還真是不巧……

容辭今天心情極其的糟糕，並不想和他多說什麼，於是只點了點頭敷衍道：「我有些累了，先回房整理一下，一會兒還要去給父親母親請安，恕我不能作陪了。」

顧宗霖又一次用那種奇怪的眼神看了她一眼，隨即道：「那便一起吧。」

容辭動了動嘴，最終還是忍下來，沒再拒絕。

兩人一路回了三省院，說起來，距離容辭出府已經過了一年多了，再一次站在這府裡，感覺好像自己走了不是一年而是十年似的，看這裡的一草一木都顯得又陌生又彆扭。

顧宗霖非常罕見的沒回書房，而是與容辭一路回了正房。

容辭進了中廳先打量了一圈，見房裡收拾得很乾淨，和她走的時候變化不大，只是再走兩步就發現東兩間已經大變樣子，中間的隔斷消失，兩間屋子合為了一間，滿滿當當的擺了一整套的書櫥書架，架子上三三兩兩的添了不少書籍，最靠東邊的書櫃前擺了一張書桌，上面文房四寶樣樣俱全，擺放得也十分整齊，像是沒有人用過的樣子。

她愣住了。「這是……」

顧宗霖道：「妳之前說要把這兩間房改成書房，我便叫人打了家具，在妳走之前就做好了，之後我想著既已做成，若是不用未免浪費了，就仍擺上了，妳看看是否合心意。」

容辭頓了頓，不知該說什麼好，最終深深地呼出一口氣道：「勞您費心了，只是我又住不久……」

兩人沈默了一會兒，容辭便又去瞧了瞧西兩間，見西次間和臥室變化不大，只是……怎麼多了顧宗霖日常用的東西？

容辭心中有種不好的感覺。「二爺，您平日是來這邊休息的嗎？」

顧宗霖一愣，很快解釋道：「今冬大冷得出奇，前邊書房未設地龍，我這才搬到這裡來小住，現在妳回來了，我自然要搬回去……」

容辭鬆了口氣，道：「我近來睡覺時很不老實，若是要同榻而眠，怕擾了二爺清靜。」

顧宗霖聽了這畫蛇添足的一句話，神情變得十分奇怪，他盯著容辭的眼睛。「妳……倒是變了不少……」

容辭從剛剛見到他時就覺得他哪裡怪怪的，感覺這人像是不停地觀察著自己似的，現在這話就更怪了。

要知道自從又活了一次之後，她對顧宗霖就是這個態度，十分隨興，和剛才並沒什麼不同，哪裡有什麼變化可言。

難不成之前哪次不經意間給了他好臉，他誤以為自己喜歡討好他不成？可這也不對啊，她記得他們之前最後一面就是不歡而散，氣氛並不怎麼樣啊。

兩個人都心存疑慮，誰都沒有先開口說話。

這時，留書進來打破了一室的沈默。

她還是一如既往地懂規矩，進來先行了禮。「敬德堂那邊有吩咐，說是侯爺身體不適，夫人也在旁照料，今日就免了二奶奶的請安，請您自去歇息，之後準備接旨。」

容辭巴不得不見那些人，聞言道：「我知道了。」

留書這才抬起頭來，悄悄的打量著這位一年多未見的女主人。

她的個子長高了，樣子也有了一點細微的改變，之前偏圓的杏眼現在微微拉長了一點，少了一分稚氣，多了一點成熟，雙頰也比之前瘦了，美貌更甚，看上去已經不全然是一副小女孩的樣子了。

容辭本來給留書的感覺就是有些與年齡不符的從容，現在一年多不見，她的神情眸光愈加冷淡，更給人一種漠然自若、捉摸不透的感覺。

容辭察覺了她隱晦的視線，漫不經心的往那邊一瞥，嚇得留書慌忙低頭不敢再看。

容辭覺得沒趣，乾脆對顧宗霖說：「我有些乏了，您看……」

顧宗霖懂得她的暗示，知道這是委婉的逐客令，他看了容辭一眼，卻沒再多說什麼，就帶著留書一併走了。

容辭也沒急著休息，只是把鎖朱等人喚過來，先讓她們把房中顧宗霖用的東西收拾好，之後一刻也沒耽誤地叫人送回了前院。

這時候，她才放心的躺在床上歇歇。

等到了下午，聖旨果然到了。

容辭跪在顧宗霖身後，低著頭聽宣旨太監先頒了冊封恭毅侯嫡次子顧宗霖為世子的詔書，再宣讀封其妻許氏為誥命夫人的詔書，最後將品級禮服等物賜下才算完事。

整個二房的下人都很興奮，每個人都盼著能一人得道雞犬升天，倒是兩位當事人毫無感覺，表情沒有改變，也沒有什麼感觸之類的。

將聖旨妥善收好，顧宗霖與容辭一起回了三省院，兩人在羅漢床上隔著炕桌坐下。

他提醒容辭。「過幾日便是大明宮元宵大宴，到時皇室宗親外戚、各府勛貴，三品以上的大臣都會攜妻於含元殿赴宴，各式禮儀流程十分嚴苛，不能出半點錯處，我會派人仔細說與妳聽，妳不要怠慢了。」

容辭也知道這是很嚴肅的事情，便也鄭重的答應了。

顧宗霖看她聽得很認真的樣子，放緩了聲音。「這次與之前承慶宮私宴不同，是很正式的場合，服飾不需要妳費心，都是要按品大妝、著朝服的。」

容辭點頭。「我記下了。」說著她想起一事。「既然父親母親不去，就只咱們去嗎？」

顧宗霖不知想到了什麼，臉色變得難看起來。「原本該是這樣，可今年初許多宗親長輩並朝中大臣一起上書諫言，說是近年來宗親減少，每逢宮宴便頗為冷清，請陛下准許這次赴宴之人可帶一位無官級或未封誥命的子女或者兄弟姐妹，正逢年節，這又不是什麼前朝大事，陛下不好駁長輩的面子，已經應允了。」

容辭輕笑一聲。「這真是……司馬昭之心，路人皆知啊……」

然而她見顧宗霖語帶不滿，不像是事不關己的樣子。

「但也不是強制必須帶的吧？」

他皺眉道：「自然是憑各家意願……可是，母親命我到時務必帶上悅兒。」

「這樣嗎？」容辭有些明白了，她試探道：「大妹今年已經有十九了吧，可曾開始找人家？」

「未曾。」顧宗霖的臉色更加難看。「母親一直拖著，我原以為是悅兒心高氣傲不肯屈就，沒想到……」

容辭聽了淡淡道：「人各有志，你覺得很好的安排，旁人卻不一定領情，強扭的瓜只會使苦味更重罷了。」

她這話其實是一語雙關，可是顧宗霖卻沒聽出來，還在心煩顧悅那說不出口的小心思。

「陛下一心處理政事，並不貪戀女色，這滿朝皆知，她便是如願入了後宮，又能得到什麼？」顧宗霖道：「就算陛下改了主意，不再冷落後宮，也輪不到她獨得聖寵，這有什麼意思呢？」

容辭才是真正的事不關己高高掛起，顧悅不論進不進宮都礙不著她的事。

她不怎麼走心的說道：「說不定陛下就偏愛她這一種呢，天子的口味誰能說得準。」

顧宗霖動了動嘴唇，本不想跟妻子談論親妹妹的缺點，但最終還是神情嚴肅的低聲說道：「悅兒的性子看似清冷高傲，實則驕縱，又總是口無遮攔，世間男子……都不太可能中意這一種的……」

容辭不敢置信的看著他一臉認真的表情，抿著嘴忍了半天還是沒忍住，半趴在炕桌上笑了起來。

「哎喲！你……哈哈是親哥哥嗎？你、你怎麼這樣啊？這話要是傳到大妹耳朵裡……這是生怕氣不死她嗎？」

顧宗霖的嘴角也不由自主的向上彎了彎，隨即又忍住。「我說的是實話，人總是要有自知之明的。」

在一起說另一個人的壞話總是拉近關係的最好方法。託顧悅的福，兩人之間從容辭回來之後就一直彆扭尷尬的氣氛總算有所緩解，容辭也不再是一副皮笑肉不笑的樣子了。

顧宗霖接下來跟她大致說了一下宮宴的流程，又說過一會兒一位熟悉禮儀的嬤嬤會過來教導細節，叮囑她一定要跟著認真學，莫要出差錯。

容辭一一應下來。

之後顧宗霖見這邊也沒他什麼事了，就回了前院，臨走之前特意提了一下書架上的書，說是他從前邊書房取了一部分，又在外面新買了一部分，讓容辭若是無聊就翻一翻。

等他走了，容辭便回想了一番前世的事，想起顧悅在昭文二年確實破例進過一次宮，但那時她並不關心這個，要不是當時滿府中為了顧悅又是裁衣服又是打首飾，弄得沸反盈天，說不定她也並不知情。

那次宴會具體是在什麼時候她雖記不清了，但她還記得顧悅進宮就是昭文二年春天的事，因為當初她還為此事高興過——妃嬪等閒不得出宮，若是得蒙恩寵奉詔省親，起碼得提前一、兩年開始準備，是最麻煩不過的事，而按照顧悅入宮的位分，要召親眷入宮，按例半年才能有一次，想來這難纏的小姑子不能像尋常人家一般隔三差五的回娘家搓磨嫂子了。

看來新妃入宮就是這幾個月的事了，那這次的宮宴應該會至關重要，怪不得王氏不顧兒子反對，執意要他倆帶顧悅入宮赴宴——

——什麼元宵宮宴，分明是選妃大典嘛！

不過這也不關她這個已婚婦人的事，她這個丈夫尚未襲爵、家世又不出眾的人肯定也只是當個陪襯，在一眾誥命夫人、宗親公主中毫不起眼，她只要老老實實按規矩走完流程，想來也出不了什麼意外。

還有，這次若是什麼鄭嬪王嬪的叫她出去說話，她也一定要推拖，再不濟也要在人多的地方說，她可不想再在大冬天裡喝一肚子的冰水了。

這邊夫妻兩個討論進宮赴宴一事，那邊大明宮的主人卻也沒閒著。

趙繼達半弓著脊背站在下首，語帶疑惑的問道：「若要費心查這些，您何不直接派人跟著她呢？」

謝睦，或者說昭文帝謝懷章正坐在龍案後，聞言皺緊眉頭不悅道：「要你去做什麼就照做。」

趙繼達實在是不懂他的心思，心道：您就算是派人跟蹤，溫夫人也不會察覺的，何況就算她察覺了什麼，頂多生兩天氣，等她一知道了您的身分，說不定馬上就芳心暗許投懷送抱了，更加不會在乎這種細枝末節的小事，您又何苦如此患得患失呢？

可惜他膽子沒那麼大，不敢說出心裡話，還是老老實實稟報。「陛下，奴婢已經查得清清楚楚了，德妃娘娘的生辰是十月十二，娘娘甚是簡樸，並未請前朝官員家眷，當日進宮的有諸位宗親、各位在京的公主、郡主等，娘娘的母家錢氏眾人，還有與錢氏走得近的幾家勛貴夫人。」

趙繼達悄悄擦了擦冷汗，接著道：「當日除了皇族與錢氏的女眷，其餘都是已婚的誥命夫人，或者她們隨侍的兒媳一輩，所以年紀在十五歲上下的並不多，只有三位，分別是錢夫人的小兒媳、即德妃娘娘的弟妹宋氏、博洋侯世子夫人楊氏，和……恭毅侯的二兒媳婦，如今的世子夫人許氏。其餘這個年紀的不是宗親，便是德妃娘娘未出閣的妹妹或者姪女。」

謝懷章這時放下朱筆，問道：「她們前一年身處何地？」

「回陛下的話，其中宋氏在家中服侍公婆，前些天還曾隨錢夫人入宮探望德妃娘娘，楊氏也在京中，日常交際飲宴也未曾斷過，只有許氏……據說是為去世的恭毅侯太夫人祈福，住在京郊，近一年多都未曾露過臉。」

謝懷章伸出手來，趙繼達見狀無比乖覺的將手中幾頁紙遞到了他的手中。

謝懷章粗略的掃了一眼，看到了最重點的地方。「顧許氏，夫恭毅侯次子顧宗霖……顧宗霖……」

他覺得這個名字有些熟悉，閉了閉眼仔細思考，片刻後自語道：「昌平末年的榜眼……是他！」

謝懷章猛地睜開眼——竟然是他，那難怪阿顏說過他們二人算不得真正的夫妻，原來如此……

這比他想像得要容易一點，謝懷章心中有點高興，但馬上想到了另一個問題——

——既然他們……那圓圓是怎麼來的呢？

容辭雖然回了侯府，但麻煩事卻意外的不算很多。

王氏雖打著照顧顧顯的名頭，但實際上卻是忙著和顧悅一起張羅進宮的事，跟上一世幾乎一摸一樣，兩人都在忙著謀劃怎麼才能在宮宴上表現得體，最好能靠著容貌與家世一鳴驚人，實在騰不出空來搭理容辭，倒是讓她落得一個清靜。

至於顧憐，則是已經定了親事，為了避免顧顯病逝後要守孝三年，便把婚期提前到了二月分，眼看就要出嫁了，不過她人也乖覺，即使忙著準備婚事，也不忘拉著顧忻一起來見過容辭這位剛上任的世子夫人，她很聰明，每次都是過來坐坐，一會兒就回去，從不會使人不耐煩。

要不是容辭早知道她就是這麼一個見人得勢就會顯得非常貼心的性子，說不定還會覺得她是個既懂禮又識趣的好人了。

相比之下，顧忻雖然也有些自己的小心思，倒是更顯得真實一些。

時間流逝，轉眼間就到了這一年的正月十五。

這次是正式的朝宴，衣服首飾雖不需要自己準備，但朝服穿起來本就麻煩，一層接著一層，布料還相當金貴，怎麼穿戴怎麼保養都自有門道。

宴會是在下午開始，但容辭從上午就開始忙著梳妝穿戴，顧宗霖派來的那位嬤嬤在一旁指點著，斂青、舉荷、鎖朱都上手幫忙，好不容易才把衣服穿好。

大梁的官員官服自有定制，一、二品穿紫袍，三、四品墨綠，五、六品緋紅，七八九品深藍。而容辭這一身便是墨綠色雲霞孔雀紋的三品禮服，這顏色深沈，端莊是端莊，可是常人穿了總容易顯老，但好在容辭年輕，皮膚十分白皙，配著這墨綠色的正裝，顯得整個人皎潔如玉，亭亭玉立，倒也別有風情。

之後又廢了好些工夫才把頭髮梳好，戴上花冠，金釵等配飾，容辭便覺得頭上分外沈重。

她伸手扶了扶繁瑣複雜的高髻。「這、這怎麼這麼沈啊？若真要戴著這些過大半天，脖子受得了嗎？」

那嬤嬤將最後一副耳墜替她戴上，解釋道：「您這是穿便服穿慣了，頭一回穿戴朝服大妝，自然不舒服，等之後戴長了，也就習慣了。」

容辭並不覺得自己會習慣，只覺得身上的衣服沈，頭上的首飾也沈，要是經常這麼打扮，那就真是受罪了。

嬤嬤扶著容辭站起來，讓她走兩步習慣習慣。「您這才是三品的朝服，已經算是簡單的了，按制若是皇后娘娘在自己的冊封大典，或是宗廟祭祀上，需穿十二層衣物，帶赤金鳳冠，插九支金釵，配無數珠寶，那才是沈得抬不起頭呢，可迄今為止，也沒有哪位中宮主子因此失態過，每一位都是穩穩當當的。」

容辭笑道：「要不怎麼說能母儀天下呢，咱們就連穿戴那衣服首飾的力氣也沒有。」

這一番折騰下來也快午時了，顧宗霖那邊也已經收拾妥當，兩人便於大門前會合。但這時還不能走，因為顧悅還沒出來，容辭和顧宗霖只得相對站在門口等著。

過了好一會兒，王氏才帶著顧悅姍姍來遲。

容辭抬起頭，見顧悅一身藍色衣裙，從上到下依次變深，上衣還是淺藍，至裙襬便已是深藍，頭上的金銀珠玉不多，而是別出心裁的戴了許多帶著藍綠色細絨毛的髮針，錯落有致的點綴在髮髻上，很合現在的季節，又與衣服的顏色剛好相配，既新奇又大方，妝容也得體，看得出來是花了很多工夫打扮的。

王氏將顧悅拉到身前，不放心的囑咐道：「我將悅兒交給你們夫妻了，切記一定要上心，時時刻刻提點著她，不能出絲毫差錯。」

顧宗霖和容辭對視一眼，只得答應了。

三人共用一輛馬車，顧宗霖為了怕顧悅不知輕重，不厭其煩的叮囑她禮儀規矩，顧悅聽得煩了，便冷冷道：「這些我都不知練過多少遍了，二哥與其不放心我，不如多與嫂子說說，她長這麼大，恐怕沒進過宮幾次吧。」

容辭早就懶得跟她計較了，根本不想和她多費口舌，聞言閉上眼全當作沒聽到。

顧宗霖卻有些生氣。「妳二嫂行事穩重，不用妳操心，到時候安守本分，切不可輕舉妄動，今晚後宮諸位娘娘都在，若妳做得多了引人注目，反而容易弄巧成拙，連累得全家一同丟臉面！」

顧悅從小就怵他，聞言見他板著一張臉，到底不敢頂嘴，只得悶悶的應了。

容辭不覺得顧悅會這麼不知分寸，因為上一次她是很圓滿的過完了這次元宵節，之後還順利被召入宮，想來就算不出色也不至於出醜。

宴廳設在大明宮規模最宏大的含元殿內，此殿非重大慶典不得用，占地十分寬廣，若在殿門口向前看，幾乎看不清盡頭。現在已經裝飾得金碧輝煌，朱漆玉柱精雕細琢，雖說是慶祝上元佳節，但在殿中能感受到的不是吉祥喜慶，而是莊嚴肅穆，令人畏懼。

大殿上首中央自然是龍案御座，下面中間空出，可能是預備歌舞戲曲以供欣賞的地方，左右分為兩邊，一邊設三列，共六列几案井然有序的從頭排到殿外，可見宴請人數之多，規模之大。

容辭也鬧不清楚宮中座次是怎麼排的，不像是按照身分，也有宗親坐在大臣旁邊；也不像是按照品級排的，容辭與顧宗霖雖只是三品，卻也被安排在一眾二、三品官員之前，不前不後正在右首第二列中間的位置。

容辭便猜測他們二人品階雖低，卻是有爵位的勛貴之家，加上是代表顧顯這位二品侯爵參宴的，所以位次不算靠後。

司禮的太監安排他們落坐便退下了，此時人差不多已經到齊了一半。

顧悅自己一人一張案桌，就設在容辭旁邊，落坐時向對面看了一眼，發出一聲冷哼，容辭順著她的視線往那邊看去，見斜對面是一對穿著三品朝服的中年夫妻，旁邊是一個正值妙齡，十分美豔動人的姑娘，那姑娘眼神也充滿著鄙視與不滿，看來與顧悅頗為不和的樣子。

容辭有些好奇，便輕聲問顧宗霖。「那個穿紅衣服的女孩是誰？」

顧宗霖仔細一看，便道：「她旁邊是工部的堂官馮存如，想來是馮大人的女兒吧。」

容辭記起來了，她前世未出閣前也常與年齡差不多的貴族小姐一同玩樂交際，只是十幾年過去都記不清了而已，被顧宗霖這麼一提醒倒是想起來了。

那女孩她也曾見過，她是工部侍郎之女，名喚馮芷菡，在閨閣中也十分出名，就是因為她長得十二分的豔麗出眾，別說顧悅了，滿京城都找不出幾個像她這樣容貌出色的姑娘，可見其特殊之處。

而今天馮侍郎特地帶這個漂亮的女兒赴宴，其目的也就不言而喻了。

前世馮芷菡進沒進宮來著？容辭實在記不得了，不過長相這般吸引人的女孩子，應該不會被拒之門外吧？

容辭沒工夫參與這些小姐們進宮之前的勾心鬥角，就當沒看見這兩人的眉眼官司，眼觀鼻鼻觀心的等待著宴會開始。

人漸漸到齊了，後宮的妃嬪也按照品級分列於御座兩側，容辭看到了其中的鄭嬪，她可能不知道今晚顧宗霖會出席，因此只是垂著頭坐在自己位子上，並沒有往這邊看。

容辭看了眼身旁的顧宗霖，見他直直的盯著眼前的茶杯，也是目不斜視，沒有絲毫破綻。

時間還沒到，整個大殿中沒人敢喧譁，說話也只是竊竊私語，幾乎聽不見聲音。

這時一聲瓷器破碎的聲音從身後傳來。

這聲音有些突兀，又是從正後方傳來的，容辭沒忍住，回頭看了一眼。

——就看見謝宏那張寫滿了震驚的臉。

容辭見到謝宏的第一反應就是往他旁邊看，卻見他身邊都是生面孔，並沒有她心中所想的那個人。

兩人你看著我我看著你，大眼瞪小眼，然後謝宏把視線移到了與容辭共用一張雙人几案的顧宗霖身上，之後又慢慢移回了容辭這裡，表情越來越古怪，也越來越震驚。

片刻後，他用力嚥了口口水，用口形無聲問道：「溫夫人？」

容辭向他點頭當做打招呼，也不知道他在驚訝個什麼勁兒，自己有夫君不是眾所周知的嗎？她現在想的是既然謝宏出現在這裡，那作為地位和輩分明顯高於他的謝睦應該也在才對……

李嬤嬤讓他們兩個保持距離的話還在耳邊迴響，容辭卻控制不住的用眼睛在整個宮殿內尋找，可是最終也沒見到想找的人。

她心中有些不安——在京城數得上的謝氏宗親今晚都到了，平常跟在謝睦身邊充作侍從的謝宏都來了，他家中肯定也不是地位不夠，那沒道理見不到啊……

容辭心中莫名的慌張，像是馬上要出什麼事似的，令她怎麼也靜不下來。

那邊謝宏還在滿臉糾結，沒等他想出個三七二十一來，鐘樂聲響起，這便是恭請皇帝升座的聲音。

眾人立即隨著樂聲跪伏於地，靜靜等待萬乘之尊的到來。

容辭跪於眾人之中，心裡亂七八糟的也不知想的是什麼，等她反應過來，皇帝已經走了過去，於御座上落坐了，司禮太監隨即喊了「起！」

滿殿文武大臣及家眷起身後按照座次出列，再次跪於中間，行叩拜之禮，恭祝吾皇萬歲，上元安康。

容辭跟著跪地叩首，原本心思飄到別處去了，卻在片刻後聽到熟悉的聲音響起。

「眾卿平身——」

這聲音不算大，後邊的人可能都聽不清，需要一個接一個的太監高聲傳達，但聽在容辭耳中卻有如春日驚雷一般震耳欲聾。

她猛地睜大眼，克制不住的想往上邊瞧，可好歹還記得此處場合，也記得面聖行跪拜禮時是絕不能抬頭的。

她盯著地面咬著牙忍耐，好不容易等旨意傳於殿外，眾人終於可以起身，容辭這才緩緩地抬起頭，向上看去……

她的眼力很好，離御座也不算遠，可此時卻覺得自己好像是個瞎子，用盡全力也看不清那高高在上、身穿龍袍的男人是誰。

——或許看清了，但又怎麼也不敢認。

所有人都開始往自己座位上走，容辭卻像是腳上墜了鐵石一般動也動不了。

怎麼會是他？

——未完，待續，敬請期待文創風859《正妻無雙》2

風 文創

858

正妻無雙 1

國家圖書館出版品預行編目資料

正妻無雙 / 含舟著. --
初版. -- 臺北市 : 狗屋, 2020.06
冊 ; 公分. --（文創風）
ISBN 978-986-509-115-6（第1冊 : 平裝）. --

857.7　　109005621

著作者	含舟
編輯	李佩倫
校對	黃薇霓
發行所	狗屋出版社有限公司
地址	台北市104中山區龍江路71巷15號1樓
電話	02-2776-5889～0
發行字號	局版台業字845號
法律顧問	蕭雄淋律師
總經銷	知遠文化事業有限公司
電話	02-2664-8800
初版	2020年06月
國際書碼	ISBN-13　978-986-509-115-6

本著作物由北京晉江原創網絡科技有限公司授權出版

定價250元

狗屋劃撥帳號：19001626

網址：love.doghouse.com.tw　E-mail：love@doghouse.com.tw